明治零年

サムライたちの天命

加納則章

目次

装幀　幅　雅臣

明治零年

サムライたちの天命

プロローグ　勅書

慶応四年四月十九日、江戸は芝、増上寺でのこと。数日前に江戸城明け渡しを確かめた西郷吉之助が来客と歓談中、そっと入ってきた側近が囁いた。

「先生、お耳に入れたかことが……」

黙って立ち上がった西郷が客を残して別室へ入ると、旅装のままの小男が一人、居ずまいを正して深々と頭を下げた。その前で側近が西郷に小声で説明している。ときどき、側近から報告者の小男に短く問いを挟むと、「はい」や「いいえ」などと、ごく短く返るたび、ちらと西郷の方を見ている。

ほとんどが側近の声で西郷は一言も発していない。が、側近がある言葉を口にしたとき、西郷の大きな目がさらに見開かれた。

「独立国？」

側近と報告者の顔にさっと緊張が走る。

「はい、三州割拠と申し、加賀、越中、能登の三州にて前田家独立国の宣言をするとの噂があります」

「いつからの噂じゃ」

「加州藩年寄が京より帰った日からです」

「年寄とは」

「加賀八家の長連恭《ちょうつらやす》」

「……佐幕派の首領じゃな。影響力が大きか」

西郷が目を瞑《つむ》る。

「さらに、厄介なことが十日前に起こりまして」

側近が付け加えると、西郷はそちらを見る。

「なんじゃ」

言いにくそうに、一度唇をなめる。

「その長連恭が死にもんした。しかも、暗殺との噂があり……」

西郷は静かに尋ねる。

「どこの者が殺した」

「わかりもはんが、気になることが……」

報告者が西郷の耳元に近寄る。

「そん話、確かか」

「はい」

長い沈黙が続く。耐えかねたように側近が尋ねる。

「いかがいたしましょうか」

西郷は目を瞑ったまま答えた。

「その件、誰にも他言無用。おはんらは、直ちに加州から引き揚げよ。後のことは、おいに考えがある」

だが、西郷の心を覗くと、苦々しさを覚えているのがわかる。脳裏には、ある日の出来事が蘇っていたからである。

前年、慶応三年十月十三日のこと、一つの勅書が作られた。

当時、摂政は五摂家の二条斉敬《なりゆき》で、徳川にゆかりの公家であり、徳川宗家を継いだ慶喜の従兄弟にあたる。だから、この時点で幕府は、朝廷が自分たちの政権に不利な詔勅《しょうちょく》を出すかもしれないなどと、全く考えてもいなかった。

島津久光もそうだった。勅許を得るには、摂政もしくは関白の同意が必要であることを、よく知っていたからである。

あの日米修好通商条約を幕府大老だった井伊直弼が朝廷の賛意も得ずに結んだが、後になっても帝の勅許が出なかった。当時の孝明帝が頑《かたく》なに開国を拒んだうえ、近衛忠熙《ただひろ》を初めとする朝廷内の有力な公卿たちがどうしても条約を認めようとしなかった。このことで、幕府は諸藩に対しても外国に対しても面目を失い、あの手この手で勅許を得ようとして、大変な辛酸をなめたことがある。苦り切った井伊は、勅許を得るために近衛らを朝廷から追い落とさねばならなかった。

このときの強引な朝廷干渉が全国の尊皇家を怒らせ、その対策として安政の大獄が起こり、桜田門外の変へとつながっていったのである。

ともあれ、この一件以降、勅許には摂政関白の署名が必要であることを、全国の尊皇家は学んでいたのだが、島津久光もその一人だった。

だから、この年の十月中旬、京から鹿児島の城下に、家臣である大久保一蔵らが「討幕の勅書」を携えて帰ってきたとき、久光は驚いていた。あの摂政、二条斉敬がそんな詔勅に同意するとは思えなかったからである。

鶴丸城で、大久保一蔵は上座から勅書を島津久光に捧げ渡す。久光は下座に着き、端座してまず書状を伏し拝んだ。開いて一読する。そのまましばらく身じろぎもしない。目を閉じていたが、やがて書状を置き、膝をゆっくりと崩す。そして、言った。

「なんだ、これは」

　一同の空気がこわばる。久光の声は表面上静かだが、明らかに怒りを含んでいたからである。どこからも声はない。しばらくすると、久光は目を半眼にし、唇をわずかにふるわせて、もう一度言った。

「これはなんだと聞いておる」

「幕府を討伐すべしとの勅書でございます」

　家臣の座に改めて下がっていた大久保が、面を伏せて答える。

「これが帝の勅だと」

「御意」

　カッと目が見開かれた。

「慮外者！　余を謀ろうというのか。この書状には二条摂政の署名もなければ帝の御璽《ぎょじ》もない。こんなものが、勅であるわけがないわ！」

　大喝されて、傍に控えていた小松帯刀《たてわき》がひれ伏したまま、サッと飛ぶように退く。大久保は身を固くしたまま動かない。無礼討ちを覚悟していた。

　そのとき、一同の最も下座に控えていた一回り大きな影がむくりと動いた。その大きな頭の、ギョロリとした双眼が光る。

「恐れながら、大殿様に申し上げもす」

「黙れ、吉之助。貴様の言葉など聞きとうない。控えておれ！」

西郷吉之助はゆっくりと言った。

「そいでも、申し上げねばなりもはん。家臣として、主君を逆賊にはできませぬゆえ」

苦い顔で西郷を見る。

「どういうことじゃ」

「ただいまご覧いただいたは、ご賢察の通り、正式な詔勅ではごわはん。じゃっどん、帝の本心であることは確かでごわんど。なんとなれば、帝のお言葉を直にお聞きになった中川宮と岩倉卿がお言葉を書状へと認《したた》めたものなれば、帝の御心に間違いはなかということになりもす」

久光の目がスッと細くなる。

「それを誰に聞いた」

西郷に代わり大久保が答える。顔は相変わらず伏せたままだ。

「中川宮と岩倉卿から直接」

ふむ。久光は考え込む。

「だが、真だという保証はあるまい。正式な詔勅ではない以上、帝の御命令だと信じるには根拠が要る。許す、事情を詳しく述べよ」

ようやく、大久保は顔を上げた。

「正親町《おおぎまち》三条卿の申されるには、朝廷では、正式な詔勅ではないものの、やはり帝の御意志を伝える形式として『綸旨《りんじ》』という書状があるそうでございます。今回、当家に降下したのはこの綸旨であると、卿は申されております。

今の朝廷には摂政二条卿がおられ、徳川幕府に不利となる詔勅には同意が得られませぬ。帝もそれをご憂慮されて、二条卿のおられない場で大御心《おおみこころ》を中川宮と岩倉卿に明かされたのでございます。

帝の御意志である以上、従うのが臣下の道。背けば、恐れながら、大殿は後世から逆賊の誹《そし》りを受けましょう」

久光は考え込むように視線を中空に漂わせる。

「じゃが、もし帝の御意志でないと、後に宮中で騒がれでもすれば、余はただの道化」

「断じて、そのようなことにはなりもはん」

低い声が響く。西郷の巨体が再び下座に聳《そび》えていた。

「なぜ、そう言い切れる」

「万に一つ、その書状が帝の御意志でなかったとすれば、天下の士の前で、吉之助がこん腹を斬り申す。

『ああ、ご主君を次の時代の将軍にしようとした、おいが愚かじゃった』

腹を斬るときに、そう言いもす。

そうなれば、世間が笑うのは、大殿ではなく、こん吉之助でございもそう」

久光は西郷を睨みつけた。

「その言葉に相違ないか！」

「確かに」

久光は、この西郷の言葉を信じたのか、それとも別の理由があったのかはわからないものの、この場で命じたのである。

「全軍、上洛せよ！　徳川を討伐いたす」

今から思えば、この薩摩藩兵上洛から徳川幕府の終焉が始まった。言い換えれば、この勅書が時代を変えたのである。だが、西郷にとって、この日のことは重い痛恨とともに思い起こさざるを得ない出来事だった。彼はこう思っていたのである。

なぜ、あのとき、自らの過ちに気づかなかったのだろうと。

第一章　証拠

慶応四年二月十日深夜、加賀国金沢城二の丸御殿でのことだった。加越能三州を領する百万石の大藩加州の藩主にして、正四位上参議という外様大名筆頭の官位と加賀守の受領名を持つ前田慶寧《よしやす》公の御前で、重臣たちの会議が行われていた。藩の年寄役および家老が揃うこの会議の席で不意に、

「偽造だと？」

そう声を上げたのは、加州藩を長きにわたって支えてきた八家の一つ、本多家の当主、政均《まさちか》だった。声は緊張でかすれている。緊張は、慶寧公の御前に居並ぶ老職が全員、同じだったろう。本多が思わず声を上げたのは、これも八家である長《ちょう》家の当主、連恭《つらやす》の驚くべき言葉の直後だった。今、その長に、会議に列する重臣一同の目が釘付けになっている。

加州藩の直臣は、上位から順に、人持組頭《ひともちぐみがしら》、人持組、平士《ひらざむらい》、足軽の四つの階層から成っている。最上位である人持組頭は別名加賀八家と呼ばれ、いずれも大名並みの一万石を超える禄を持つ名門である。

加賀八家の当主には朝廷より従五位下諸大夫《じゅごいしょだいぶ》という官位が与えられる。このような高位の叙爵は本来、大名の特権なのであるが、加賀八家は前田という一大名の陪臣にもかかわらず大名並みの官位を許されている。これは徳川御三家の他では前田家だけに認められた別格の扱いだった。さらに、従五位下諸大夫の官位を与えられるときに受領名も与えられ、例えば本多政均は播磨守《はりまのかみ》、長連恭は大隈守《おおすみのかみ》

という名で公式には呼ばれている。つまり、加賀八家とは、幕府からも朝廷からも大名同然に遇せられる名門ということだ。

その家格の順はと見ると、まず筆頭格が本多家と前田土佐守《とさのかみ》家、続いて長家、横山家、前田対馬守《つしまのかみ》家、奥村河内守《かわちのかみ》家、村井家、奥村内膳家となる。土佐守家と対馬守家は藩主と同じ前田姓だが、祖先を同じくするものの別家である。

加州藩では八家の当主は年寄という役に就くのだが、これは家老よりも上の地位である。八家に続く人持組には一万石から一千石の高禄を持つ約七十の家が含まれていて、これらの家から家老が出る。人持組のなかにも前田姓の家が幾つかあるのだが、やはり宗家の家臣として仕えている。こうした上位の家柄から出る年寄や家老が、加州藩政を動かす重臣、老職ということになる。

この夜、加州藩老職が金沢城へ集められていたのは極秘のことだった。ほんの半刻前に先触れのあった、京詰年寄役である長連恭の突然の帰国の報と同時に、深夜にもかかわらずの招集だったから、一同、これは只事ではないと感じていた。

つい先ほど、加賀八家であり大隈守と呼ばれる長連恭ともあろう者が、大名に準ずる身にはあるまじきことに早籠で金沢城内に飛び込んできたときは、気息奄々《きそくえんえん》だった。ほぼ時を同じくして登城してきた藩重臣たちは、その姿を直に見ている。藩主の御前に揃ったときには、言いようのない切迫感が一同に漂っていたのは、無理もなかった。

だが、実際に長連恭の口から語られたことは、その予感さえ超えていた。

「殿に申し上げます。昨年十月に薩摩藩および長州藩に帝より幕府討伐の勅書が降下したとの噂がございましたが、これは真のことだったとわかりました。鷹司《たかつかさ》殿が勅書をご覧になっていたそうでございます。他の摂関家にも内々に問い合わせたところ、同じ答えを得ました。間違いございません」

早籠から御前へ直行した連恭は髷《まげ》の乱れも気にする余裕なく、荒い息を吐きながらそう言った。怪訝な顔をしたのは、本多播磨守である。

「しかし、大隈守殿、実際に徳川幕府が倒れてしまった今、過去に幕府討伐の詔勅があってもなくても、同じことではあるまいか」

脇に控える本多の方へ顔を向けて、連恭が首を横に振る。

「いいや、播磨守殿、これは一大事なのだ。よく聞いていただきたい」

長は正面の慶寧公へ向き直る。

「昨年十月に討幕の勅書が密かに出され、その勅に応じる形で実際に薩摩と長州が兵を動かしました。それ以前、薩摩の島津久光は幕府と戦うことに乗り気ではなかったにもかかわらず兵を出したのは、もちろん、帝の命令だったからです。ところが、この勅書について、あってはならぬことが行われました。

帝はこの勅をご存じなかったのです。

つまり、……勅書の偽造が行われたのでございます」

余りのことに一座に沈黙が流れた。そのなか、唯一人、口を開いた本多の言ったのが先ほどの言葉だった。

そして、信じたくないことを確かめるように、ゆっくりと呟《つぶや》く。

「偽勅、ということか」

しばらく間が空き、さらに問うた。

「誰の仕業であろうか」

吐き捨てるように長が叫ぶ。

「恐らく、西郷吉之助」

会議の席ではざわめきが起こっていた。

「西郷などという下郎ただ一人の仕業とは思えぬ」

「裏で島津久光が糸を引いているのではないか」

「偽勅とは。島津は気が狂ったか。足利尊氏になる気なのか」

重臣たちは口々に怒りと不安を爆発させていたが、やがて言葉の方向が現実的になっていく。

「許せぬが、朝廷をきゃつらが握っている証とも言える」

「うむ、朝廷の名で命ぜられては、薩摩につくしかないのではないか」

「冗談ではない！　君側《くんそく》の奸《かん》に取り入ろうというのか。偽勅を出すなど、逆賊のやることではないか」

「だが、本当に偽勅なのか。その証拠は？」

一同の目が再び長連恭の方へ集まる。代表するように本多が問うた。

「偽勅の証拠はあるのか、大隈守殿」

「ござる」

おおう。長の断言に、皆が思わず声を漏らした。

「だが、残念ながら、ここで申すわけにはいかぬ」

「なにゆえ」

「理由は言えぬ。ただ、うかつに話せば、大変なことになるのだけは間違いない」

話せ。いや話せぬ。押し問答になるが、どうしても長連恭は明かそうとしない。とうとう、しびれを切らした他の重臣たちが言い始めた。

「言えぬのではなく、そんな証拠はないのではあるまいな」

「拙者が偽りを述べていると申されるのか」

「大隈守殿は元々、佐幕派。尊皇攘夷藩である薩摩や長州を、以前から良く思ってはいなかった。官軍への恭順が気に入らず、あらぬことを言い立てているのではないのか」

「無礼な！」

「本当に証拠があると言われるのなら、せめて、それを隠す理由を言ってもらわねば」

ここに至って、とうとう、長連恭は覚悟を決めたように言った。

「よかろう。もし、偽勅の証拠について明かせば、必ず、陰謀をめぐらした張本人がその証拠を消してしまうからだ。証拠が存在することさえ、まだ、陰謀者たちは気づいておらぬ。

この場でご一同に証拠があると明かしたことさえ、実は危ういのだ。薩摩も長州もこの金沢に密偵を放っているはず。やつらがもし気づけば、この連恭の命も危ない」

「それならば、なぜ、危うさを押してまで、我々にそれを話したのだ」

長は一同をぐるっと見渡し、最後にもう一度、正面の藩主の方を向いた。

「連恭が殿にご報告した理由はただ一つ。ぜひお聞き届けいただきたきことがあるからでございます。薩長が帝を欺いているからには、我が前田家は、断固、戦わねばなりません。ぜひ、加賀、越中、能登の三州の独立を宣言し、天下の逆賊へ反旗を翻してくださいませ」

会議は続いている。だが、長の思惑とは裏腹に、重臣たちの意見はいつまで経っても一致しない。

「なぜじゃ、島津はとんでもない野心を抱いておるのだぞ。これを見逃して勝手を許すは武門の恥。断固、戦うべし」

長は怒り狂っている。

「今、逆らえば賊軍になりますぞ。それこそ末代まで前田家の恥となります」

これは日和見して薩長に接近しようとする家老だった。かつては長と同じく佐幕派だった男だが、御家大事とばかりに手のひらを返したのである。

「賊は薩摩ではないか！　帝の名を騙《かた》っておるのだぞ」

「証拠も示さずに誰が信じますか。かえって、こちらの方が陰謀を巡らしていると逆襲されるのがおち」

長は苦り切っている。

「証拠はあると申しているではないか。いずれ必ず公けにする日が来る。そうなれば、世間の目も覚めるのだ」

「でも、今は何も言えないわけでしょう」

「言わずとも、戦さはできる。薩長の兵ごときに、加州の西洋式軍隊が遅れをとるわけがないわ。力を見せればよい。その上で、朝廷での加州藩の立場を固める。そこで、偽勅の事実を世に広めれば、陰謀を企てた者も、下手に証拠を消すことなどできぬわ」

「そう簡単にいくでしょうか。あの徳川宗家でさえ、鳥羽伏見では薩長に敗れた」

「あれは、慶喜公の腰が引けたからだ。薩長が錦の御旗を出してきた。それで官軍だと思い込んだから慶喜公は江戸へ逃げた。だが、我々は違う。拙者が薩摩の陰謀を知っておる。奴らが偽の官軍だとわかっておるなら、臆することはないではないか」

「いやいや、今では薩長のみならず西南の雄藩がこぞって官軍です。簡単に倒せるなどとは思えません」

こんな調子の水掛け論が続いていた。

加州藩の重臣たちが長連恭に同調しなかったのは仕方がなかった。なにしろ、長が口にしたのはあくまでも疑惑に過ぎないし、それを根拠にして藩を滅亡させかねない「三州割拠」へと突き進めと言われても、おいそれと賛成はできなかった。

そもそも、三州割拠が加州藩の方針として真剣に議論されるようになったのは、慶応三年も終わろうとする十二月九日になって突然出された、あの王政復古の大号令からだった。この宣言は、俗に三百諸侯と呼ばれるほとんどの藩にとって、自らの依って立つ根拠を揺るがしかねない大事件だったのである。

加州藩を含め、全国の諸藩は徳川将軍から領知判物《りょうちはんもつ》を与えられることで自らの領土を治める正当な権利を認められていた。ところが、王政復古が宣せられると、領有の権利を徳川家が与えるというのは原則から言っておかしなことになる。王政復古ということは、政治の権利を徳川幕府に委任するのではなく、朝廷が直接に政治を行うことだからである。となれば、領有の権利を大名に与えるのは朝廷であるとするのが正当な理屈だ。

だが、昨年末の段階では、まだ徳川宗家の実力が維持されており、朝廷に対する影響力も残っていると見られていた。

薩長と徳川のどちらに正当な領有の権利保証を求めるべきなのか。

諸藩にとって、これは容易に判断のつかない問題だったのである。そのため、もし、どちらを正当とすべきか、いつまでもはっきりしない状態が続くのなら、各藩は自らの実力で領土を保全せねばならないという考え方が浮上してきた。

それが、いわゆる「割拠論」である。

加州藩においても、薩長と徳川の対立により混乱が起これば自らの力で「三州割拠」を実現することが皇国のためであると、王政復古が宣せられた直後には藩主自らが覚悟し、重臣たちにもそう伝えていたのである。

だが、慶応四年が明けて早々、鳥羽伏見の戦いで徳川が朝敵と見なされて敗れてからは、薩長が主導する朝廷を正当だとする見方が日本全国の大勢となりつつある。そんな段階になって、もし加州藩だけで三州割拠などに走れば完全に孤立し、滅亡してしまうやもしれなかった。

それにもかかわらず、長連恭が三州割拠を主君に求める理由は、もはや藩領の保全が目的ではなかった。侍としての大義を果たすことが目的だったのである。つまり、そのためには、藩主を初めとする加州藩の武士が全員討ち死にすることも覚悟せよと、長は暗に言っていたことになる。

しかし、いくら名門、長家の当主が言い張っても、主張が正しいという明白な証拠が示されないうちは、藩の重臣たちが三州割拠を肯定できないのは仕方がなく、激しい議論をいつまで交わしても、とても統一した藩論に達しそうにはなかった。

膠着状態を見極め、筆頭年寄格の本多政均が藩主に提案する。

「殿、このままでは結論が出ません。後日、再び老職を集めてはいかがでしょうか」

慶寧公の許可が下りて、散会となった。

＊　＊　＊

「そうか、錦の御旗も偽物か」

静かな声だった。

深夜の秘密会議の翌朝、金沢城二ノ丸御殿、奥向き御用の御居間書院では、藩公が一人の家臣の目通りを行っている。男の名は小川誠之助《せいのすけ》、長連恭の祐筆役として京にいたが、昨夜、長と共に帰国したばかりだった。

「長連恭の監視のはずが、思わぬ話を拾ったものだな」

慶寧公は笑った。

「全くでございます」

主君に同意して小川も皮肉な笑顔になる。

藩内で最も強硬な佐幕派である長連恭は、もう長い間、藩の尊皇派にとって煙たい存在だった。それと言うのも、長こそ加州の尊皇派を粛清した張本人だったからである。

四年前の禁門の変の後、当時まだ世嗣《よつぎ》に過ぎなかった慶寧は長州を庇《かば》う姿勢を貫いた結果、幕府に責任を追及されたことがある。

この頃、加州藩内の尊皇派は慶寧の周囲に集まっており、尊皇の先頭を行くと目されていた長州藩に対して共感を寄せる者が多かった。ところが、長州藩は政変により朝廷の信を失うと、武装して上洛するという大事件を起こした。反長州の立場に立つ会津藩や薩摩藩も兵を出し、武力衝突の危機となる。

この状況を放っておけないとして、長州の立場に理解を示していた慶寧は、加州の尊皇派と共に兵を率いて自ら上洛し、長州藩のために反長州勢力に対して弁護し、また長州藩には強硬な姿勢を改めるよう説得して、仲裁しようとした。だが、甲斐なく、ついに長州軍が京に入ってしまい、禁門の変が起こる。

実はこのとき、加州藩には京を警護する任が課せられていた。だが、生真面目な性格の慶寧はなおも長州と戦うことを良しとはせず、京から撤兵、加州藩領である近江の海津に引き揚げてしまった。

この処置が問題とされた。禁門の変が長州の敗北で決した後、加州は任務を勝手に放棄したとして幕府から追及されたのである。加州藩では危機を乗り切るため、全ての責めを側近たちに負わせた。そして、世嗣の側近だった加州尊皇派は若殿の決定を誤らせたとして佐幕派から糾弾され、一斉に粛清されてしまう。

藩内で尊皇を唱える家臣たちは、いずれも尊皇攘夷の先進藩だった長州とつながりがあり、佐幕論を主張する者の多かった当時の藩主の側近である重臣たちから警戒されていた。そこへ、幕府からの咎めがあったのを幸い、佐幕派による尊皇派の追い落としとなったのである。

長州と特につながりの深かった家臣たちは切腹、その他の者も能登島へ流刑になった。このとき以降、加州藩における尊皇派は、壊滅も同然となったのである。

処分を率先して行ったのは長連恭だった。そのため、藩内でわずかに生き残った尊皇派たちにとって、長連恭は決して許すことのできない敵となったのである。

ただ、本来、加州藩では尊皇と佐幕とを主張する者たちが互いに対立し反目するという関係ではなかった。藩論の統一を重んじたため、各々の意見を尊重するという気風が強く、尊皇論も佐幕論も併存していたし、多様な個々の意見を主張できる空気があったのである。

加州藩内で尊皇攘夷を唱えていた武士たちにしてもそうで、必ずしも意見を同じくしていたわけではない。長州藩に対する接近の度合いにしても様々であり、派閥を組んで統一行動を取っていたのではなかった。ところが、このときの処分では、そうした小さな意見や立場の違いは無視し、尊皇攘夷を唱えていた者を一斉に弾圧したのである。

その理由は、幕府による責任追及から世嗣である慶寧を守るためだった。世嗣の責任を逃れさせようとして、全ての責任は尊皇攘夷派にあるとし、ことさらに過酷な弾圧を行ったという側面があったのである。

むしろ、この一斉弾圧により、それ以前ばらばらだった尊皇攘夷を唱える者たちが結束し、尊皇攘夷派という隠れた派閥を生んだと言った方が正しいかもしれない。言い換えれば、それほどまでに、当事者たちとその縁者にとってこの弾圧は大きな痛手だったのである。そして、弾圧を行った側を佐幕派と見なして、強く警戒するようにもなった。

この粛清は、世嗣だった慶寧にとっても痛恨の事件だった。彼を幼少の頃から守り育ててくれた家臣たちの多くが尊皇派として処刑された。自分の身代わりになって腹を斬った側近たちの無念を、藩主となった今も慶寧は忘れてはいないはずだ。そして、隠れ尊皇派として生き残った者たちと、密かに気脈を通じ続けていた。表立ってではないが、佐幕派の動向に神経をとがらせ、いつか再び尊皇派の復活する日が来るのを信じ続けている。

その動きの一つとして、隠れ尊皇派である小川を長連恭の祐筆としてつけていたのは、慶寧自身の図らいだった。小川は京で祐筆の役目を務めるかたわら、密かに続いている加州藩尊皇派と長州との付き合いを用いて、独自の諜報活動を行っていたのである。

「昨年の暮れ、長州の呉服商から京の長州藩邸へ極秘の届け物があったと、長州の志士から聞いたとき、私には心当たりがありました。実は、御所の蔵から昔使われた錦の御旗の資料が持ち出されていたのです。二つの話を結び付ければ、長州の呉服商が届けた物の正体は、自ずと知れます」

「つまり、徳川慶喜公の戦意をくじいたあの錦の御旗は、帝からではなく長州の商人から拝領した逸品というわけか」

「御意」

答えながら小川は奥歯を食いしばっていた。悔しいのは主君も同じだと思って、伏せていた視線を上げると、意外にも慶寧公は笑っていた。怪訝な気持ちが小川の顔に現れたのだろう、慶寧公は言った。

「許せ。長州の姦計を憎むべきだとは思う。だが、徳川三百年の終わりが、偽造した布切れで決まったかと思うと、むしろ滑稽でな。つい笑ってしまった」

小川の心に不安が広がっている。生真面目な主君にしては、こんな際に笑うのは軽薄すぎる気がして、わけのわからない胸騒ぎを覚えていた。

小川たち加州藩尊皇派の生き残りは、長州こそ尊皇の先頭に立つ藩だと思っていた。それが、いつの間にやら、敵だったはずの薩摩と同盟を組んで朝廷工作を始め、拝領しているはずのない錦の御旗を勝手に作っている。帝を蔑ろにしていると言われても仕方がない。長州に今でも尊皇の志があるのだろうかと疑いたくなる。

かつての禁門の変では、前田家の世嗣だった慶寧公は長州を庇った。結果、加州の尊皇派は佐幕派によって死ぬ羽目になったのだ。なのに、その長州藩が尊皇の志を捨ててしまったとすれば、加州尊皇派の同志たちは犬死ではないか。

その思いが抑えられず、小川は悔しさに歯噛みしているのに、あれほど尊皇派志士の犠牲を悲しんでいた主君が笑っている。もちろん、楽しいはずはない。嬉しいわけもない。ならば、なぜ。

（まさか、殿は自棄《やけ》を起こしておられるのだろうか）

小川には不安だった。

（とんでもないことが起こらねばいいが）

＊＊＊

二日後のこと、長連恭の屋敷を本多政均が訪問していた。予告もない急なことだったが、主人は丁重に奥の座敷へと通す。差し向いになってすぐ、本多がこう切り出した。

「あのような重要な話、どうやって探り出したのです」

長は用件を予想していた。本多は加州藩の政治を実質的に差配している。重大な出来事があれば、大藩加州の筆頭年寄の体面など気にすることなく、自らが出向くことも厭《いと》わない。ましてや、今、長が握っている秘密には、藩の存亡がかかっている。いずれ、本多は接触してくるだろうと思っていた。

（話せる限りのことを、話さねばなるまい）

そう考えていた。

「今年の二月、京で気になることを耳にしたのが、きっかけでござった」

「ほう」本多が興味深そうに先を促す。

「昨年十月の薩摩藩兵の上洛、元々は乗り気ではなかった島津久光公が急に気持ちを変えて決めたらしいと、当藩出入りの商人が拙者にもらしたのです」

昨年秋の段階で、その商人と加州藩とは、かなりまとまった量の銃器の取引を進めていたのに、突然、調達ができなくなったと断ってきた。今年になって商人はその理由を明かしたのだが、それは薩摩藩によって銃器が先に買われてしまったからだということだった。秘密であるはずの薩摩藩の内部事情について、加州の重臣に話してきたのは、上得意を失いたくはなかったからだろう。

「もう一つ、気になることがござった。当時、拙者は京に詰めており、当家と懇意の公卿方から朝廷の様子をうかがっておりました。すると、こんな話が出てきたのです」

十月になってから、中川宮のところへ薩摩の者が出入りするのを何度も目撃していた。その直後、宮中に怪しい動きがあった。摂政を避けて、帝に中川宮が近づこうとしていたのである。そして、薩摩藩兵の急な上洛がある。

後になって思えば、島津久光の心を変えたのは討幕の密勅が降下したために違いなかったと、その公卿は言った。

「なるほど、大隈守殿は薩摩に討幕の密勅が降下したことを、早いうちに察知しておられたのですな」

「さよう。もっとも、拙者が気づいたのは十月の末、その翌月には安芸の浅野家を初め、薩長に同調していた西南諸藩では、既にその噂が出ていたようです」

本多はうなずく。一つ間をおいて、話を変えた。

「ところで、その密勅が偽りであることも、やはり、京の公卿方からの情報でお気づきになったのですか」

長は苦い顔になる。

「それは申せぬ。殿の御前で、理由はお話しした通りです。ご容赦を」

「この先、薩長につくか背くかに、前田家の存亡がかかっておる。貴殿のおっしゃる割拠を選ぶべきだと、心から納得したいのですよ」

「だから、申せぬのです。証拠の何であるかが外に漏れれば、薩長側の耳に入るやも知れず、そうなれば……」

「証拠が消される、でしたな。なるほど、十分にありそうな話です。ですから、証拠そのものを明らかにせよとは申しません。せめて、それが本当に存在することだけでも、信じさせてもらいたいのですよ。さもなければ、藩論を割拠へと統一することが難しい」

「信じさせろ、と言われても」

困惑する長の表情を見て、本多は矛先を変える。

「では、別の話をいたしましょう。

ご承知のように、拙者は大殿、前田斉泰《なりやす》中納言様の意を受けて、藩内の意見を朝廷への恭順に向けて一致させようとしてきました。先代藩主というお立場で中納言様は自ら京に行かれて、何人もの公卿を通し、前田家が朝廷に恭順していることを伝えようとしておられます。当然、ご助力いただいている公卿には、前田家と縁の深い鷹司卿も含まれます。

実は昨日、京におられる中納言様の祐筆から、鷹司邸で不幸があったという報告が届いておりましてな。なんでも、卿の執事が急死したそうなのです。しかも、原因のよくわからない事故で亡くなったらしい。それが六日前のこと。つまり、長殿がまだ京にいた日なのですよ。報告によると、何者かに殺されたという噂もあるようですが、いや、物騒な話です」

いかにも世間話のように本多は平然と語ったが、長は視線を落とし、むっつりと押し黙って聞いている。

「この『事故』と先ほどの話とは、何の関係もないのでしょう。長殿、どう思われますか？」

「さあ、拙者には何とも言えませんな」

相手の顔を、本多はしばらく見ていた。が、にわかに笑い出す。

「いや、つまらぬ話をしました。急に押し掛けたご無礼をお許しください」

そう言うと腰を上げ、本多は長の屋敷を辞した。

＊＊＊

その日の午過ぎ、金沢城内の隠居所となっている金谷御殿でのことである。

「ふん。薩摩の島津久光や西郷を奸賊だと決めつけたところで、負け犬の遠吠えのようなもの。今さら何が変わるというのだ」

加州の前藩主である前田斉泰が不快気に吐き捨てた。四十年以上もの長きにわたり藩主の座にあった斉泰の官位は、正三位権中納言にまで上っており、藩主を退いた今でも「中納言様」と呼ばれて隠然たる力を維持していた。

その御前に控える本多政均がゆっくりと口を開いた。まだ三十歳とは思えぬ老成した口調だった。

「恐れながら、それは少し早計かと」

「ほう。そちには、何か存念があるというのなら申してみよ」

本多は顔を少し上げ、重たげな瞼《まぶた》を半眼にした。

「確かに、今のところ、薩摩と長州は朝廷を握っております。帝の御名で諸侯に命を下し、思うままに操っているかに見えます。それも、帝のお耳に自分たちに都合の良いことのみを申し上げ、偏った方向へと叡慮を歪《ゆが》ませたもうているためです」

「そんなことはわかっておる。余だとて、奴らが奸臣でないとは思うておらぬわ。だからと言って、帝の御名で下された命に誰が逆らえよう。今の日本に逆賊に味方する者などおらぬ。逆賊となれば、即座に孤立する。たった一国で、今の薩長を相手に勝つのは徳川宗家だとて難しい」

「ですが、薩長が帝を無視して勝手な勅書を出しているとすれば、どうでしょうか」

斉泰は首を横に振った。

「ああ、長連恭の申したとかいう、偽勅の件であろう。それでも同じことじゃ。たとえ偽りの勅書でも、それを天下に認めさせるだけの証拠がなければ、本物の勅書として通用してしまう」

本多はまだ顔を半ば伏せたまま言った。

「偽勅の証拠があれば、いかがでしょうか」

斉泰は苛立ちを露わにした。

「連恭は出せぬと言ったのであろう。あっても、世間に示せなければ意味がないわ」

このとき、初めて本多は顔を完全に上げる。しばし、怪訝そうな表情をしている斉泰の顔をじっと見ると、おもむろに言った。

「さて、本当に証拠は出せぬかどうか」

「何だと？　まさか、証拠を探り当てたのか、政均」

本多はゆっくりと首を振る。

「いえ、そこまでは。ただ、証拠とやらが奈辺にあるかについては、少々、当たりが付いております」

そう言って、本多は長の屋敷でのやり取りを、斉泰に話した。真剣な面持ちで聞いていた斉泰は、ふうッと一つ大きな息をつく。

「鷹司卿が何かを知っておるというわけか」

「はい。長殿の隠しごとが、鷹司家に関係していると見ました」

ここで斉泰はしばらく黙って考え込んだ。

「よかろう。三日後、再び京へ参るのだが、鷹司卿に内々にお尋ねしてみよう」

＊＊＊

二月下旬のある日のこと、長連恭は自室の書見台の前で眠られぬ夜を過ごしていた。心を見れば、その怒りは武士の意地だとわかる。尊皇も佐幕ももはやどうでもよかった。ただ薩摩の陰謀を赦せなかっただけである。

最初に、偽勅の陰謀を知ったとき、大藩加州の重臣として政治の裏側を見慣れているはずの長連恭でさえ、思わず全身が粟立つほどの衝撃を受けた。薩摩の志士とはそこまでやるのかと思っていた。このとき、長の心には一種の恐れがあった。

政治はきれいごとでは済まない。ときには汚い手段を使わなければ動かせない事態もある。そんなとき、家臣たる者、主君のためにどんな泥でも被る覚悟がなければならないと、長は思っている。たとえ邪なことをしても主君への忠義を尽くすのが武士だからだ。

しかし、偽勅の陰謀を実行した薩摩の志士に、忠義はあるのだろうか。

長はあらゆる場合を考えてみた。自らの政治経験に照らし、頭を全力で回転させて想像してみた。あの者らの主君とは島津久光か、あるいは帝のはずだ。だが、この偽勅は島津久光も帝も欺いている。島津はあの段階で公武合体を主張していた。討幕は島津の意に反している。では、帝のためになっているか。いや、これも同じこと、あの孝明帝でさえ徳川の倒れることは望んでおられなかったはず。では、主君が島津でも帝でも、偽勅を作ることは忠義にはつながらない。今、薩摩と朝廷とを操っている者は、誰に対する忠義も持ってはいない。

答えは出た。

偽勅の陰謀を成した者は、もはや侍ではない。

すると、次の時代を作る者は侍ではないことになる。恐らく、次の世は侍のいない時代になるに違いない。

「そうはさせない」

元々、佐幕派の首領格だった長連恭にとって、血気にはやった若侍たちの間に怒りの火を広げるのは簡単だった。肝心の根拠の部分を抜きにして、薩摩が帝を道具のように操ろうとしている言動の数々を話すだけで、若い者たちはいきり立った。血の気の多い若侍たちが根城にしていた金沢城下の道場には、今や加州領内では裏に隠れていたはずの尊皇派の若者が集まるようになった。「薩長討つべし」の空気が充満する。その狂気は藩内に広がっていった。藩の命運を握る役目の人間にさえ長に同調する者があったほどである。

長が腰の重い藩の老職たちを見限ってまだ半月足らずというのに、今や加州藩領には、若者を中心に過激な行動へと走ろうとする危うさが漂っていた。これを見逃せば武門の恥。若い者たちはそう叫んでいた。

その首謀者は、口の中で思わず呟いていた。

「侍を捨てた逆賊に、加賀侍の意地を見せてやる」

＊＊＊

一カ月余り後、長連恭の命はふいに消えた。だが、彼が口火を切った怒りは消えることはなく、あたかも遺言のように幾多の侍たちの運命を翻弄することになる。

第二章　船上

「今は戦さをしている場合ではなか」

船室で差し向いになった山県狂介は、いきなり西郷吉之助にこう言われた。

慶応四年四月末日、薩摩藩の蒸気船豊瑞丸は江戸から大坂に向かって、太平洋上を航行している。

四月二十九日に品川沖を出発した後、にわかに起こった嵐を伊豆半島に避けていたが、ようやく風がおさまり、外海へと出たばかりである。

上方に所要があるという西郷は、やはり上方へ行かねばならない山県を、薩摩藩の船に乗せる便宜を図ってくれていた。

西郷が上方へ向かっている目的は、先月の江戸城明け渡しの談判で結んだ約定にしたがい、徳川宗家の新しい封土を決定するためだった。

西郷が言うには、急いで徳川の処遇を決めなければ、徳川方の人心がいつまで経っても落ち着かず、いつ不測の事態に陥るかわからないからだった。先月の談判のとき、勝は徳川宗家の新封土として百万石を求めてきたが、それよりもやや少ない七十万石を与える考えだと、山県は西郷から明かされている。

また、山県が上方へ向かっているのは、東北諸藩との戦争のために北陸道を京から越後へと進軍中の奇兵隊を追うためだった。山県は北陸道鎮撫総督の参謀に任じられていたからである。

その山県に今、西郷が言ったのは、来るべき官軍と奥羽越諸藩との戦争に対する彼の見方に相違なかった。

（まさか、長州に戦うなと言いたいのか？）

山県は西郷の言葉の真意を推し量ろうと、目まぐるしく変わり続けている昨今の情勢を、頭の中で整理し始めた。

この年が明けたばかりの一月三日、京の郊外である鳥羽伏見で薩長軍と徳川軍の間で戦闘になり、六日夜、大坂城から徳川軍の総大将である徳川慶喜が密かに抜け出し船で江戸へと逃げ帰ったことで、薩長軍の勝利となる。

この後、薩長軍は官軍として慶喜追討のために江戸へと東征し、東海、東山、北陸の三道に分かれて進軍した。二月九日には東征軍の大総督として有栖川《ありすがわ》宮親王が任じられ、西郷はその参謀となった。東征軍はほとんど抵抗を受けることなく進んだ。徳川宗家の慶喜が上野にこもり恭順の意を示していたからである。西郷は三月十三日に江戸入りし、この日から翌日にかけて徳川方の勝海舟と談判、江戸城の明け渡しが決まった。

このときの約定により、慶喜は水戸に行って謹慎となるが、「将軍警護」を名義に上野にこもっていた彰義隊は今なお解散せず抵抗を続けている。また、東北諸藩は新政府の会津に対する処分が過酷であるとして反発、官軍といつ戦さになってもおかしくない、一触即発の状況にある。

ここまで考えたとき、突然、山県の背中がぞくりとする。この部屋には他に人はいないはずなのに、なぜだろう、誰かに見られているような、妙に落ち着かない気持ちがしていた。変に、肩の辺りが重苦しくもある。

目の前の巨漢が発する、只事ではない気配のせいだろうか。それとも、これからの時代を左右するかもしれない、重大な話が語られるだろう予感のせいだろうか。

（こんなことを考えている場合ではない）

自分を叱咤し、山県は今の言葉の意味を確かめる。

「戦さの不拡大ということですか」

西郷は、大きな目をじっと向けて静かにうなずく。どうやら、本心で言っているらしいが、山県にとって、この方針は意外だった。

山県は旧幕府方に対する武力制圧しか考えていなかった。将軍だった徳川慶喜が朝廷に恭順の意を示しているとは言え、そんなものはどこまで信用していいかわからない。ほんの三カ月前まで、鳥羽伏見では薩長と戦う意欲を見せていたからだ。それが、薩長方に錦の御旗が翻った途端、慶喜は大坂から船で江戸へ逃げ帰った。逆賊の汚名をそれほどまでに恐れたのだと薩長方では見ている。

だが、朝廷の風向きもいつ変わることか。今は薩長の言い分が通っているらしいが、公家というものがいつまでも言いなりになっているだろうか。徳川宗家だって朝廷に勢力を持っているのだし、「帝の御ために」という口実で徳川宗家の意向が通る日が来ないという保証はない。

そもそも、三百年の栄華を誇った徳川幕府が滅びるなど、ほんの十数年前なら、誰も本気で考えもしなかったはずだ。「幕府を倒せ」などと言っていた、あの高杉晋作を初めとする長州藩の過激な志士でさえ、本当に倒幕が実現するとは思っていなかったろう。

ところが、二年前に、幕府が一大名にすぎない長州に敗れた。続いて孝明帝が突然の崩御、今上帝の信が徳川方から薩長方に移ると、徳川宗家である慶喜が大政奉還を申し出た。そして昨年の暮に、帝から討幕の勅許が出て、鳥羽伏見の戦いで慶喜は戦場から逃げ出して恭順する。

まるで崖から転がり落ちるように、徳川幕府は崩壊してしまった。徳川方から見ればこの展開は悪夢以外の何物でもないが、薩長から見れば千載一遇の好機、徳川を再起できぬまでに叩いておくべきだと山県は考えていたし、薩長の大方もまた同様だったろう。

それなのに、目の前の巨漢は、徳川宗家の肩を持っている東北諸藩と「戦うな」と言っている。普通ならば、耳を傾ける余地もないほどに笑止な言葉だったが、無視することはできない。口にしているのが誰あろう、倒幕という奇跡を本当に起こした立役者、西郷その人だからである。

「なぜ、戦ってはならんのですか」

山県は素直に疑問を口にする。と、相手はこう言った。

「戦さをじっと見ている者がいるからでごわす」

「イギリスとフランスのことですか」

西郷は大きくうなずく。

「二つの国はどちらも日本に手を出すのを躊躇《ためら》っておりもす。うるさい侍がおるゆえ。が、日本で戦さが始まればどうなるか。侍と侍が戦って数が減りもそう。そうなるのを、じっと待っておりもす。イギリスもフランスも。

おいは、強力な欧州諸国が侵略を躊躇っているのは、つまるところ、日本に侍がおるからじゃと思うておりもす。

もし、奥羽越列藩と官軍とが本気の戦さをしてしまえば、いたずらに侍が同士討ちになるだけ。そうなれば、この日本が危うい」

山県は戦慄を覚えていた。西郷は山のような体を二つに折って、山県に役割を果たすよう求めてくる。

「ここは、山県どんに頼るほかはありもはん。奇兵隊を率いるおはんが、長州の部隊を止めてくいやんせ」

今の山県は、血眼になって働き場を求めていた。侍としての戦さ働きこそ彼の存在意義であり、失えば正気を保てないほどに働き場に飢えていた。

少し前まで、侍としての山県の手本は亡き高杉晋作だった。高杉はかつて「素狂」と号していたのだが、それに倣って山県は「狂介」と名乗るようになった。それほどに侍として憧れていた高杉が肺病であっけなく世を去ると、山県は混迷の時代を進むための道標を失ってしまった。

そして、それを再び見出したと思った相手が、薩摩の西郷吉之助だったのである。

前年の五月、山県は長州藩から事情探索を命じられ、高杉の葬儀を終えてすぐに上洛したのだが、このときに初めて西郷と会った。禁門の変以来、長州藩士は上洛を禁止されていたため、山県は薩摩藩士を装って入京して薩摩藩邸に一カ月も滞在し、この間、西郷と時勢について何度も語る機会があった。時に激論を交わすこともあり、これによって西郷の信を得ることができた。彼の計らいで島津久光への拝謁を許され、六連発の短銃を与えられるという栄誉さえ受けたのである。

山県は西郷の人物にすっかり惚れ込んでいた。

特に、西郷が「命も要らず、名も要らず」と言ったのを知ったときには、息を呑んだものだ。命が要らないのは侍なら当然だが、名が要らないという侍は初めてだった。

功名を求めない侍はいない、いればその男はどこかおかしい。名分のない戦さで死んでもただの犬死だからだ。

武士の死には、意味がなければならない。戦さで働いて死んだとする。生きてはいないのだからその侍に出世はない。それでも、家名を後世に残すことを期待して死ぬのだ。それなのに、家名さえ上がらないのでは何のための死に働きか。そんな死に意味があるとすれば、せいぜい武士の意地を通すことくらいか。だが、武士の意地さえ、ぎりぎりの功名心の満足であるはずだ。

なのに、名も要らずとはどういうつもりなのか。命を張って働いて、死後に汚名を被ってもよいとでも言うのか。

（こんなことを言う、西郷という男、きっと狂人に違いない）

そう直観したとき、山県はにやりと笑った。彼もまた「狂介」だったからである。

（ありがたい。あの高杉と同じ、本物の武士がここにいる）

彼はそう思った。


「侍は辛いものでごわすな」

昨年、京へ上ったばかりの山県に、西郷がいきなりこう言ったことを、忘れることができない。これは、祖母を失くした山県への悔やみの言葉だったからである。長州のたかが一部隊の隊長に過ぎない山県、その身内のことまで知っているとは驚きだった。

山県の祖母の死は自決だった。山県の心には言いようのない喪失感が生じ、今も消えてはいない。そのことを西郷は察してくれた。

侍は辛い。まさに、山県の心そのものだと思った。祖母の自決は一種の自己犠牲だった。だが、西郷はそれを武家の女性らしいと褒めるのではなく、武士に生まれたが故に肉親を失わなければならなかった山県の心情を察して、「辛い」と言ってくれたのである。

暗い男。山県を知る者は口をそろえて言うが、どうして明るくなどしていられよう。

山県の性格について重大な影響を与えたのは祖母だった。幼いころに母を失い、彼は親の愛を知らずに育った。彼を育てたのは祖母だったが、厳しすぎる祖母は彼にこう言うのが常だった。

「侍らしゅうしんさい！」

山県の家は足軽であり、侍と呼べるかどうかさえ微妙なほどに低い身分だった。それだけに、かえって侍であることへの強い執着があった。

侍になるための教育に耐え続けたのは、いつかは祖母に「立派な武士になった」と言ってもらいたかったからだ。

吉田松陰の塾に通ったのが縁で高杉と出会い、奇兵隊の幹部として長州藩でも働きを期待されるようになった。父が亡くなり、肉親は祖母だけになる。

自分は侍らしい働きができる、祖母にも誇ってもらえる。やっと孝行ができると思っていた矢先、突然に祖母が自殺した。元治元年三月、萩城下の橋本川に入水したのである。理由はこうだった。

「私の面倒を見ようなどと孫が思っては、未練になる。命を賭けてご奉公しようという孫の足手まといになっては申し訳ない。侍として心置きなく働けるように、私はこの世からいなくなるべきだ」

当時、祖母は数え年で七十八歳、山県は二十六歳だった。

祖母の自殺は、武家の女性としては、あっぱれと言えるかもしれない。だが、一人遺された山県本人にしてみれば、あまりにも残酷な仕打ちだった。

祖母の自殺のわけを知って、山県の足元にぽっかりと黒い穴が開いた。奈落の底へ落ちていくような絶望だった。

甘えたくても甘えられない幼時の寂しさが、記憶の底にこびりついて離れない。いつかは祖母に褒めてもらおうというささやかな願望も、決して叶えられることはなくなった。あの世へ行った祖母は、彼をこの世に捨てたも同然だった。

（いいだろう、とことん武士らしくしようじゃないか。働いて働いて、死んでやるさ）

そんなやけっぱちな気分になっていた。この屈折は、本物の武士などという今の時代に流行らないことを、真剣に求めなければならなかった者にしかわからない。この辛さは、真の侍にしかわからない。

そんな侍だけを彼は信じた。


太平洋上を、薩摩の蒸気船は西へと進んでいる。その船室の中で、西郷は山県にこんなことを言うのだった。

「異人はただの人でごわんど。鬼でも獣でもなか」

その頃、松下村塾の出身者には共通して、欧米の異人を強く警戒するあまり、国防の話が弾むと、つい、「あの獣たち」などと、まるで人ではないかのようにさげすんだ言い方をしてしまう癖があった。師である吉田松陰から強烈な攘夷論を受け継いでいたからだ。

もちろん、松陰は欧米人を単純に蔑視するような愚か者ではない。異国の事情を知るために、鎖国の禁制を冒してまで、ペリーの黒船に乗り込もうとした人物である。異人を敵だと見なすと同時に、学ぶべき優れた文明の持ち主でもあると認めていた。

ただ、松下村塾では日本が侵略される危うさを強く訴えたいがため、勢い余って「あの獣」などと言ってしまうだけのことだったが、これは、当時の日本にあっては無理もないことだった。尊皇攘夷が全国に広がっており、欧米諸国による侵略を警戒していた武士たちの中には、「異人とは巨大で紅い毛の気味の悪い化け物」と思い込んでいる者も珍しくなかった。

山県は長州で四カ国艦隊との戦争を経験していたから、異人を直接見ていたし、彼らが怪物ではないことなど、もちろん承知していた。それでも、「恐ろしく強い」という意識が高じて、やはり「獣」と呼んでしまうときがあった。

西郷はそれをたしなめたのであるが、国を守るという気持ちの強い山県は、

「されど、獣肉を食らい、あのような紅毛にして碧眼の者どもが、我々と同じ人とは思えませんが」

と反論した。紅毛碧眼だから人ではない。こんな表面的な見方はいかにも薄っぺらである。いつもの山県ならば、相手に自分が軽く見られることを恐れて、まず、こんなことは言わない。だが、西郷にならば、自分の心の中にある異人への嫌悪を素直に口にすることができた。素直に言っても、簡単に軽蔑などされない気がしたからだが、その信頼は裏切られず、西郷は大真面目にうなずいたのである。

「おいも、ずっと、気味が悪いと思っておりもした。じゃっどん、だんだんと異人の習慣がわかってみれば、なんじゃ、これもただの人にすぎんと思うようになりもした。

異人を獣じゃと思うと、実際よりも、強そうに見えもす。何が怖いものか、ただの人じゃ。おいは、そう思うことにしもした」

汚らわしい獣が神州日本の侵略を狙っている。

この先入観は、ごく小さな窓から国の外を覗いていたから起こったものだ。徳川幕府が鎖国政策を始めて二百年余り、かの者たちのことはわずかに長崎を通して知るのみとなった。不可思議な道具や術のことは蘭学者たちによって江戸や上方などの庶民にも伝えられたとはいえ、直接に異人を目にする者などほとんどいない時代が長く続いた。この間、日本人にとって西洋とは、怪しい術を持つおと

ぎ話の国のようなものだった。

　ここ数十年、異人船が日本近海に出現していたのだが、全て各藩の内部で秘密裏に扱われ、武士と言えども本当のところを知る者は少なかった。だから、近年になって異人の来航が公に知られるようになると、世間には不安が広がった。無理もない、おとぎの国から来るものと聞けば、どんな怪物が来るか、どんな魔物が来るかと想像してしまうだろう。

　そこへ実際に現れたのが、あのペリーだった。海に浮かぶ山のように巨大で真っ黒い船。そこからこれまた巨大な砲声が何発も轟く。そして、黒船から出てきたのは、真っ赤な髪に青い目をした巨大な男。民衆は日本を攻めに来たのだと思って叫んだ。

「お侍様、助けてください！」

「きっと将軍様があの鬼を追い出してくださる」

　ところが、将軍は追い出すどころか、鬼のような姿の異人の言いなりだった。

　民は恐慌に陥り、侍たちは怒る。

「将軍は武家の棟梁ではないか。夷敵の侵略を防げずして、何が武士か」

　徳川幕府、将軍家の権威は、異人を撃退できなかった時点から失墜したのだ。

　だが、異人を化け物だと思っていた民も侍も、異人のことを中途半端にしか知らない。紅い髪、青い目、鉄の船、日本との違いばかりに目が行く。見慣れない姿の者が強力な武器を持っていれば、それだけで恐れる心が起こる。

「じゃっどん、侍は己に恐れる心があることを認めるわけにはいきもはん。むしろ、恐れがあるのならば、それを斬ろうとするものでごわす。そいで、薩摩の侍は異人を斬り、長州の侍も斬ろうとしもした。異人は怒り、戦さになったのは当然の成り行きでごわす」

異人への恐れについては、山県にも覚えがあった。四カ国連合艦隊と長州とが戦争になったときのことだ。艦隊来襲の報を受けて、奇兵隊も海岸に陣取っていたのだが、船影が沖合に突如現れた。黒船。山県は西洋の軍艦をまじまじと見たのは初めてだったのだが、その怪しい景色に全身に寒気が走っていた。

「なんで、あんな黒い山が水に浮いとるんじゃ……」

横で、隊士の一人が、思わずという感じの震え声で、そう呟いたのを覚えている。その男は確か富裕な百姓の三男坊、戦場というだけで緊張していたのに、あのような異様に巨大な鉄の塊が海上で漂うのを目にすれば、恐れる心も湧こう。

いや、幼い頃から「武士らしく」と教育され、心胆を鍛えてきたつもりの山県でさえ、黒船の光景に圧倒されていた。震えてしまう全身をやたらに拳で叩いていたのは、今から思えば、自分の震えを怯懦《きょうだ》のせいだとは認めまいとして、必死だったのだろう。それほどに、黒船の姿は非現実的に見えて、恐ろしかった。

あれは魔術なのか。それとも呪術、いや妖怪変化の仕業だろうか。

恐ろしさのあまり、迷信深い老人のようなことを考えかけたとき、ふと、

(松陰先生は、あんな化け物に乗り込もうとされたのか)と思った。(何と豪胆な人か)

すると、頭が冷静になった。

「馬鹿！　臆するな。黒船が浮くには、ちゃんとした道理がある。俺たちがその理屈を知らんだけのことだ。蘭学者なら知っている。恐れることはない！」

大声で叱咤する。隊士たちの恐れる心を打ち破らねばと思い直していた。

武士は己の恐れる心を、自らの手で斬らねばならない。徳川はペリーの持ち込んだ黒船の恐れを斬ることができなかった。だから、武家の棟梁の地位から転落した。

西郷の言葉は、徳川政権崩壊の真理をついていると、山県は思った。

長州と四カ国連合艦隊との戦争は惨敗だった。わずか十七隻の黒船による砲撃で、長州の砲台はことごとく沈黙させられた。敵兵の上陸を許し、たった数百の敵兵を、その十倍以上の兵力の長州軍は、撃退できなかった。

兵器の差だった。長州藩上士層の軍事の考え方の古さもあった。この敗戦から、長州藩の軍事は大きく転換した。今の実力では夷敵を退けることはできない。本気で攘夷を行うのなら、まず、夷敵の持つ強力な兵器を手に入れなければ話にならないと気づいたのだった。


四カ国連合艦隊との講和を行ったのは高杉だった。彼を中心に、長州の尊皇攘夷派は大いに欧州の文物に接触するように変わっていった。

その長州と同様に、薩摩藩もイギリスとの戦争に敗れてからは、欧州への接近を始めていた。目の前の西郷がその先頭に立っている。

「西郷殿はイギリス公使パークスと親しいと聞いております。なるほど、身近で付き合っておるなら異人が人だと段々思えてくるのかもしれません。もっとも、あなたほどの人物なら、最初から異人もただの人だったのでしょうが。我が藩の高杉が四カ国連合艦隊との停戦交渉で異人を煙に巻いたように」

西郷は小さく一礼する。

「高杉どんの武勇伝は存じておりもす。肝の太かお人じゃったと」

「西郷先生も同じでしょう」

「いや、初めのうち、おいは異人が気味悪かった。薩摩の他の士と同じように、日本に攻めてくるなら、斬らんばならんと思うておりもした。

じゃっどん、戦さをしてみて、やっと相手をただの人じゃと思うようになりもした。こちらが怖がっとるのと同じ、異人もこちらが怖いにちがいなか。それを悟られんように虚勢を張っておるだけのことじゃと。

戦さが終わると、味方も敵もほっとした。それが異人の赤い顔にもよう出ておりもした。ああ、異人もただの人じゃ。戦さが怖いのはお互い様じゃと、わかりもした」

「あなたが、戦さが怖い？　ご冗談を」

山県は思わず笑いそうになる。が、相手は本気だった。

「侍は辛か。どれだけ戦さが怖くても怖いと言いもはん。平気な顔をせんばならん。おいも同じでごわす。怖いということは口が裂けても言えもはん。やせ我慢でごわす」

巨漢がそう言うと、妙におかしい。相手も気づいたようで、

「やせ我慢をいくらしても、こん身体は肥えたままでごわすが」

とニコリと笑った。容易に他人を信じることができない山県でさえ、言葉の裏を探ろうという気が失せるような、曇りのない笑顔だった。

そんな西郷を前に、山県は本音を言ってみる。

「死んで役に立てと、私は言われて育ちました。侍は命を惜しんではならないと言われて。今では戦さが怖いという感情がわかなくなりました。武士としてはそれでいいのだと思っていたのです」

西郷はまた居ずまいを正す。

「お祖母様の教えでごわすか」

山県は、ええ、とうなずく。

「武家の女性でごわすな。見事、ご自分の命にも未練なく逝かれたとか。じゃどん、逝かれた者には辛か。しかも、侍でなければ味わう必要のない辛さじゃっで、余計そうじゃ」

声が詰まり、何も言えなかった。それを見て、西郷がどう思ったのかはわからない。

「実は、おいも近頃では、自分の命が無くなることを怖いと感じることはありもはん。そこは山県どんと同じ。何度も戦場に立つと、人はそうなるのかもしれん」

だが、西郷は先ほど、戦さが怖いと言ったばかりではないか。顔に考えていることが出たのかもしれない、西郷がこう答えた。

「戦さで怖いのは、自分の死ぬことではありもはん。相手が死ぬことでごわんど」

山県はハッとする。西郷の双眼に鋭い光があったからだ。

「しかし、人を斬るのが侍でしょう」

「そん通り。じゃっどん、誰でも斬るのが侍ではなか。斬るべきを斬り、斬らざるべきは、決して斬ってはなりもはん。ところが、戦場ではそんなことを考える暇がなか。

戦さで人を死なせるたび、おいは、こう思って怖くなりもす。

今の敵が、もし死ぬことがなければ、大勢の民を救う偉か働きをしたのではないか。この後まで生きれば、世の何万という人を救う、大切な命だったのではないか。今、おいはそんな大切なお人を、手にかけたのではないか」

「……」

「おいが殺した人は、生きておれば何千何万の人間のための尊い仕事をする宿命の人じゃったのではないか。そいも知らず、ただ刀があるばっかいに、愚かなおいは、斬ってしもうたのではないか。そげん思うと、怖くてたまらなくなるのでごわす」

山県は思っていた。ああ、本物の侍が確かにここにいると。

＊＊＊

しばらく沈黙が続いた後、西郷が言った。

「あのペリー来航からまだ十五年しか経っておらんとは信じられぬほどに、今ではすっかり、異人の見方が変わりもんした。ほんの少し前までは、攘夷の先陣を切っておったはずの薩長の侍が、特に大きく変わっておりもす」

山県はうなずく。

「確かに、そうかもしれません」

武家の棟梁だった徳川宗家は、ペリーを追い払うことができずに、民百姓からも帝からも信用を失った。その代りに攘夷を期待されるようになったのが、薩摩藩と長州藩だった。

例えば、文久三年三月、将軍だった家茂《いえもち》が孝明帝に攘夷開始の期日を明確に答えねばならなくなって上洛したが、そのとき、家茂に帝からこんなお言葉があった。

「ことがらによっては、（幕府を飛び越えて）朝廷より直に諸藩に指示することもあろう」

もう攘夷を幕府に任せてはおけない、薩摩や長州などの雄藩に期待すると、将軍家茂は孝明帝から暗に言われたのも同然だった。

庶民も同じである。このときの将軍上洛では、石清水神社に天皇が行幸する折に、随行した将軍へ

「攘夷の節刀」が授けられる予定だった。だが、家茂の体調不良で随行ができなくなると、庶民の間には仮病だという噂が立ち、こんな戯《ざ》れ歌が広まる。

「真の御太刀は要らないものよ、どうせ攘夷はできやせぬ」

世の人々は幕府を見はなし、薩長に攘夷を期待していたのである。

だが、この期待通りに率先して攘夷を実行した薩長は、欧州諸国との戦争の後、皮肉なことに、開国論に転じている。

薩英戦争の後に薩摩が、四カ国艦隊との戦争の後に長州が、どちらも急速にイギリスと接近する。これまでの方針を大きく変え、欧米の文物を学び始めた。実戦経験から、異人を追い払うには刀では無理であり、異人の武器を手に入れるしかないと悟ったからだ。そして、兵器を入手するために異人たちと接触して異国の事情に通じるにしたがい、兵器どころか、西洋の政治のやり方や世の中の仕組みまで、手に入れるべきだと考える者さえ出てきた。なぜなら、日本人に比べて、西洋人はとても進歩した人々に見えたからである。

西郷は言った。

「最初は人でさえなかと言うておった異人も、相手のことがわかってみれば、ただの人に変わりもす。さらには、なかなか見上げた心を持った者もおるじゃなかかとさえ、思うようになりもした。いや、それどころではごわはん。異人の言う『自由《リバティ》』『平等《イクオリティ》』『人権《ヒューマン・ライツ》』『デモクラシー』、どれも今の日本の考えよりも上等かもしれんぞと、すっかり惚れ込む者も出てきておりもす」

山県は不快そうに顔を顰《しか》めた。かつて、高杉が、上海の租界で見たことを、彼に教えてくれたのを思い出す。高杉は日本を上海にしてはならんと言っていたものだ。

「自国ではどうか知りませんが、少なくとも、異人たちは清国人に対して『自由《リバティ》』とか『平等《イクオリティ》』など認めてはおらんではないですか。奴らにだけ都合の良い『人権《ヒューマン・ライツ》』など、信じるわけにはいかないのであります」

「そうじゃっど。異人もただの人でごわす。買いかぶってはなりもはん」

西郷は先ほどと同じことを言ったが、今度の意味は少し違った。

「我々、維新を志す者が西洋の文物に惹かれ過ぎるのは、危ういということでありますな」

山県が言うと、西郷は大きくうなずいた。

「おいも、そげに思いもす。耳ざわりの良か言葉を鵜呑みにするのは危ういことじゃ。そいでも、西洋の兵器や様々なる物を生みだすやり方、世の仕組みに優秀なところは確かにある。ぜひ、それは手に入れたか。

おいは、西洋の文物の優れたることを認めもすが、一部の西洋びいきのごと、日本の全てが西洋に劣っておるとは思いもはん。特に、この国の侍には、その心構えや覚悟、武術修練などの中に、なかなか、かの西洋にはない長所があると考えておりもす」

西郷の言葉は終わらなかった。

「侍は命を惜しまぬものとは申せど、軽々しく命を捨てるのは考え物でごわんど。ただ命を捨てるのは勇猛心とは言いもはん。命は大事に使えば随分と役に立ちもんす。大義もないのに命を捨てる者は侍ではなか。それでは匹夫の勇、見境もなく暴れる、与太者と同じことでごわす。大義のためでなくてはやたらに命を賭けるものではないことを、侍の子ならば必ず教わりもんす。

じゃどん、大義とは何かと問われると、これは難しか。

異人たちの言う自由《リバティ》とか平等《イクオリティ》とかは、良かことじゃ。大義とは何かと真面目に考える侍ほど、惹かれもそう。

　己に高い力のある者は、思うさまに力を使える、西洋の自由《リバティ》を欲しがりもす。ましてや、力がありながらも身分の低い者は、誰もが同じように力を使う場所を与えられる、西洋の平等《イクオリティ》に憧れを持つのは当然でごわす。

　じゃっどん、自由《リバティ》も平等《イクオリティ》も、あくまでも自らに力がある者にとって正しき言葉に過ぎもはん。弱い者にとっては、強い者が力を思うさまにふるうことは、むしろ恐ろしかことじゃ。弱い者にとって、平等ですら平安を意味するとは限らず、己にはできないような難しかことを強いられる苦難を意味するかもしれん。

　欧米の国の流儀には危ういところがあると、おいは思うておりもす。

　そいは、異人の考え方をしていると争いを煽りやすいことでごわす。自由《リバティ》も平等《イクオリティ》も、競ったり争ったりすることを始めるための土台として必要なだけじゃ。

　なぜなら、『争いの勝者は神に選ばれた者』と、異人は思うからでごわす。異人の神とはもちろん、耶蘇教の神でごわす。異人たちにとっての正しさとは神の思し召しのことで、神の思し召しは争いをせんとわからん。神は正しき者を勝たせるからでごわす。

　こいが、異人の信ずる正義じゃと、おいは気づきもんした。

　つまり、異人にとっての正しさとは、争いに勝つことを意味するわけでごわす」

　西郷は西洋文明の本質を鋭くえぐった。

「じゃから、異人たちは戦さばかりしている。いずれ、日本にも異人は戦さを仕掛けてきもんそう。そん戦さに、今のうちから日本は備えねばならん。

　ただし、異人の流儀に目をくらまされることがあってはなりもはん。強か者が常に正しいなどという異国の考え方の危うさを、きちんと弁《わきま》えることが必要じゃ。日本には侍の流儀がありもす。強き者もおごらず、自らのことを裁く覚悟を常に持ち続けるのが侍でごわそう。異国の流儀の危うさに呑み込まれんためにも、侍は残すべきじゃ」

西郷は山県を改めてじっと見た。

「今度の戦さ、たとえ敵方じゃろうとも、侍は残さねばなりもはん。侍は滅ぼしてはならぬ所以じゃ、山県どん」

山県は感激の面持ちで聞いていた。が、彼の心は大西郷の深い思索をどれだけ理解していただろうか。

西郷の政治論は一朝一夕に成ったのではない。若い頃より、数々の優れた人々から教えを受けた結果だった。主君であった島津斉彬《なりあきら》、幕閣である勝海舟、かつての敵国イギリスの外交官パークスやアーネスト・サトウ、いずれも単なる知識人ではない。自らの行動と思索によって自論、信念を生みだしてきた人々だ。実践に裏打ちされた言葉は重い。西郷は鋭い洞察力により、彼らの生きた思索を深い水準で理解し、自論へと昇華させていった。

恐らく彼の思索は同時代の人々を遥かに超える高みにあるだろう。西洋との本格的な接触を果たしたばかりの日本にあって、その欠点に気づくなど、ほとんど奇跡だった。それだけに、彼の考えは日本人には理解が難しい。

西郷は孤立を招く恐れがあった。

山県狂介は猜疑心が強く、簡単に人を信じない男だった。が、その反動であろう、一度誰かを純粋に信じると、終生信じ続けるというところがあった。また、生真面目な性格で責任感が強かった。いったん引き受けた仕事は何が何でもやり遂げようとする。そんなところを買われて、大物たちから信用されることもしばしばあった。

大物とは、例えば長州では吉田松陰であり桂小五郎などのことだが、誰よりも彼を引き立てたのは高杉晋作だった。山県は、自分の年下ながら長州藩の上士に属し、藩の尊皇攘夷派を率いてきた高杉の影響を強く受けていた。

慶応四年の今、高杉はいない。幕府との戦争で長州藩を救った後、戦争ではなく病で亡くなった。だから、山県には東北諸藩との戦争では、「高杉の代わりに俺が」というつもりがあった。彼には高杉のような特別な才気はない。それをよくわかっていたから、せめて少しでも近づこうと努力した。その高杉が道半ばにして倒れたからには、生き残った自分が働かなければならないと思っていた。

しかし、凡庸な山県に天才・高杉のまねなどできるわけがない。急展開する時勢に戸惑い、いかに考えるべきか、どの行動を選ぶべきかと迷っていた。答えが出なくて焦り、「高杉ならどうするか」と自問してみても、さっぱり答えは出ない。状況は刻々と目まぐるしく変わるが、迷っている時間はない。焦燥と心細さの中、突然、彼を救う道標であるかのように現れたのが、西郷吉之助だった。

その西郷が山県に、来るべき東北諸藩との戦争について、その大方針をこう語っている。

「戦さをせんことが上策」

西郷と言えば、武力討幕派だと思われていた。

例えば、西郷には、自重姿勢だった徳川慶喜を強引に鳥羽伏見の戦いへと引きずり込んだ実績がある。江戸で浪人者や無頼の徒を暴れさせ、徳川方を散々に挑発した。江戸で留守居をしていた幕閣は、まんまと手に乗って、江戸の三田にある薩摩藩邸を焼き打ちしてしまう。この報が大坂に届くと、薩長と戦うべしとする幕府将兵の声はもう止められなくなってしまった。つまり、鳥羽伏見で薩長軍と幕府軍の戦いが起こったのは、全て西郷の計略によるものだったのである。

こうした実績があるため、西郷は好戦的な人物だと見られがちだった。

だから、東北諸藩と戦うなというのは、意外な感があったが、それでいて、特にその理由らしいことは口にしていないと、山県は思っている。

山県には、そんな点も美徳に見えた。昨年、親密になったばかりの頃に、西郷は著名な尊皇攘夷の志士たちの話を色々としてくれたものだが、なかでも感銘を持って覚えているのは藤田東湖《とうこ》を評した言葉だった。

「先生は、決してご自分の腹の底をお見せにならんかった。何よりも、そのことに敬意を感じておりもす」

こう言った西郷もまた、自分の腹の底は見せないのだと合点して、真意を自分なりに考えてみた。

山県と西郷が乗っている船が品川沖を出港したのが四月二十九日だが、その前日、西郷は横浜でイギリス公使パークスと会っていたはずだ。薩長を中心とする朝廷側と旧幕府側の対立を欧州諸国がどう見ているか、パークスに問うたに違いない。

今のところ、イギリスにせよフランスにせよ、日本国内の対立について、中立の立場をとると宣言している。だが、イギリス公使の様子からこれは信じられないと見たのではなかろうか。

ちょうどアメリカの南北戦争のように、もし日本の武士たちが東西に分かれて全面的な内戦を始めればどうなるか。イギリスやフランスをはじめとする欧州諸国は、それに干渉して、日本の植民地化を狙う恐れがある。だから、「戦うべきではない」と西郷は言ったのだろうと思い至ったのである。

では、西郷の「戦いを避けるべし」との要請を受けて、これから官軍参謀として北陸道を進んで会津を攻めようとしている山県は、どんな方針で臨むべきかと考えて、結論する。

「威圧すべし」

高杉が長州藩の俗論党を駆逐したときのことを思い出していた。萩城の沖で軍艦の大砲を何度も轟かして威圧すると、そのたびに藩内が勝手に意見を高杉の望む方向へと転換していった。あのときのように、圧倒的な兵力で奥羽越列藩に迫れば、戦わずして相手は頭を下げるに違いないと、山県は考えていた。

そのためには、圧倒的な兵力が要る。となれば、日本随一の大藩、加州の西洋式軍隊はぜひとも官軍に必要だった。


徳川時代の武士たちにとって、主君への忠義を尽くし、役目を果たすことで自分の家の地位を向上させることが生きる目的だった。しかし、その目的のためなら何でもするというわけでもなく、最低限の精神的な条件が満たされている必要があった。

すなわち、武士の意地である。侍としての面目が立たなければ、ときとして、主君の命令に逆らうこともあった。徳川時代の初め頃、肥後細川家に仕えていた阿部一族が、武門の意地を貫くという理由のために、主家に逆らって滅ぶ道を選んだのは、その一例である。

この面目は自分の担っている役割の大きさに関係していて、大きな役目を負っている者はそれだけで面目を施していることになり、より大きな恥さえも役目のために忍ぶことができた。例えば、主家の存亡の危機を脱するという大きな役目のためならば、自分の死はおろか、自分の一族の滅亡さえ辞さずに役目を果たそうとする。面目が立つからである。元禄期の赤穂義士が主家のために自らを犠牲にしたのも、そうすることで武士の面目が立つからだった。

こうした面目、武士の意地は、武士の精神的特性の一つだ。

西郷が「名も要らず」と言い、薩摩公でも帝でもなく、もっと大きな、「日本国」というもののために命を捨てようとしていることを、山県は感じ取っていた。そんな西郷に侍としての理想像を見た思いだった。

だが、山県は西郷の思索をどこまで理解していただろうか。西郷の描く新時代に侍は不可欠だった。山県は彼から直接そのことを聞いてはいた。しかし、新しい国家に侍を残すということが何を意味するのかということまで理解してはいなかった。

新しい日本の西洋化と、武士の存在と、この二つをどうやって両立させればいいのだろうかと、西郷は悩んでいたのである。

だが、この悩みを山県は知らない。もっと簡単に考えていた。

侍の気概は日本が新時代を作るときにも役立つかもしれないが、もしそれが因循姑息《いんじゅんこそく》な古臭い侍ならば必要ない。古臭い封建感覚は欧米諸国に植民地化のスキを与えるだけである。

このように考えていたのは、侍を新時代に残すことの意義を理解していなかったからだ。ここに、西郷と山県の違いがあった。

山県は西郷に恩義を感じ尊敬していたし、西郷の描く新時代の建設に貢献したいと思ってはいても、残念ながら、彼の思索を理解し共有することはできなかったのである。

＊＊＊

山県は西郷の船室を出た。なぜか、そのとき、重い荷が取り除かれた気がする。一瞬、寒気がして、全身から力が抜けたようになった。「不思議なこともあるものだ」と呟き、ふらふらと自室へ帰っていった。

第三章　老　人

山県が去った後、一人、自室に残った西郷の心には、重い鬱屈がある。ここ数日、それほどに強い圧迫を受けていた。やがて、西郷の心には、つい先日の出来事が浮かんできた。

四月二十八日のことだった。西郷が横浜にイギリス公使を訪問したとき、上司であるパークスが退出し、室内で西郷と二人だけになると、通詞のアーネスト・サトウはいつものようにくつろいだ笑顔になった。

「つまり、薩摩や長州を初めとする西南諸藩に比べて、北陸道や東北の諸藩は世の見定めが遅れているということですよ」

いきなりこのように語り出したのは、先ほどまで西郷とパークスの間で話し合われていた、官軍と東北諸藩との対立に関する互いの立場と方針の表明にまつわり、サトウ自身の見方を示すということに違いない。サトウはこう続けた。

「遅れはつまるところ、徳川を中心とする政治をどれだけ信用するのかという度合いの違いとなって表れています」

日本の西半分においては、既に昨年半ばの段階で、徳川政権が倒れることは、もはややむを得ないというのが共通した見方だった。長州征伐の失敗、将軍だった家茂の客死などがあり、幕府の権威は急速に失墜していたからである。ところが、東半分ではまだ徳川が倒れることなど夢にも思っていないという藩がほとんどだった。

　昨年のこと、サトウを含むイギリス外交官たちは実際に奥羽や北陸の地で諸藩と接触している。その際の感触がこの見解の根拠となっていた。

「なるほど」

　西郷はゆっくりとうなずく。

　慶応四年が明けた時点で、イギリスは薩長を、フランスは旧幕府を後押ししていた。だから、サトウを初めとするイギリス外交官たちにしてみれば、幕府が倒れてくれないと困るわけである。昨年の秋の大政奉還から暮の討幕の勅令、そして今年に入って早々の鳥羽伏見の戦いと、急坂を転がり落ちるように徳川幕府が倒れたことは、イギリス人であるサトウにとっては思惑通りといったところであり、自分たちの見方は正しかったと言いたいのだろう。

　何も言わずに、サトウの言い分にただうなずく西郷だったが、本当のところ、そう単純にイギリスの見通しを正しいと思っていたわけではない。

　確かに、徳川幕府は倒れた。だが、これはサトウの言うような必然などということではなかったはずだ。もし、ほんのちょっとした偶然が作用していたら、全く別の結果が起こっても不思議ではなかったと、西郷にはわかっていた。

「新時代の行方を決めるキー・ワード……、あー『鍵』となる言葉ですね、これは二つあります」

　サトウの関心は、西南諸藩と奥羽および北陸諸藩との時勢感覚の比較から、もう次の時代の行方へと移っていると気づき、「ほう」と、西郷は先を促すように言う。

「一つは、徳川時代のいわば常識、『尊皇攘夷』です。

この言葉は、侍はもちろん、学者、富裕な商人や豪農のなかの知識ある人々にとっても常識であって、それゆえに最も多くの人々の共感と熱意とを集めている言葉です。

薩摩と長州は『尊皇攘夷』の先頭に立って実践する藩であると認められることで、日本という国の新しいリーダーとなった。実際、帝が討幕の勅令を下したのは薩長に対してでしたし、徳川との決戦となった鳥羽伏見でも錦の御旗が翻ったことが勝因だった。帝の勅令と錦の御旗という確たる証拠を見て、全国諸藩は薩長こそ官軍であり、新時代の王者だと認めたわけです。

『尊皇攘夷』という言葉から生まれるエネルギーを、薩長は上手く使った。時代を正しく見通し、それに相応しい戦略を実行したのですから、現在の薩長の天下があるのは、当然の結果と言うものですよ」

サトウの分析に同意するように西郷はうなずくが、内心では思っていた。

(薩長の天下は当然？　イギリス人のおはんにはそう見えても、実は、綱渡りでごわんど)

ちょっとした成り行きの違いで、徳川政権が形を変えて日本に政治力を残し続けたことは大いにあり得たし、そうなれば、イギリスではなくフランスの見通しが正しかったということになっていたろう。

いや、今でもまだそうなる可能性はある。薩長は「尊皇攘夷」の王者だとサトウは言うが、そこには巧妙なすり替えがある。薩長はある時点から方針を逆向きに変更していたからだ。

まず、天皇のために働くのではなく、天皇を国防のために利用するという、「尊皇」の意味の逆転を密かに行っていた。さらに、外国を追い出すのではなく、外国の力を手に入れて彼らの侵略を防ぐという、「攘夷」の意味の逆転さえも行っていた。

闇雲に欧米を毛嫌いして追い出そうとしていた以前のやり方や考え方を「小攘夷」と呼び、欧米の文物を利用してこれに対抗するという考え方を「大攘夷」と名付けて、新しい現実的な方針としていたのである。

しかし、この逆転の必要性を理解できるのは、欧州諸国との戦争を経験し、彼らの実力を骨身にしみて知った薩摩と長州だけだろう。もし、今の薩長が欧米の武器はおろか文化まで取り入れようとしていることを全国の諸藩が知れば、サトウの言う「攘夷の王者」どころか、たちまち売国の裏切り者へと薩長は転落してしまうに違いない。ましてや、「尊皇」の意味さえ密かに変えて、天皇を利用しているなどと諸藩に思われたら……。

やはり、今の天下は綱渡りでしかないと、西郷は思った。


昨年末の段階で、新時代をかけて徳川方と薩長方との戦さを仕掛けたとき、西郷にとっても先を見通すことは困難だったし、本当のところ、大きな見込み違いをしていた。ただし、幸いにして、悪い方ではなく良い方の誤算だった。

それは、敵の総大将、徳川慶喜の心を読み違えていたことである。

三月十四日、高輪の薩摩藩邸で行われた江戸城明け渡しの談判でのことだった。話し合いが始まったばかりのとき、徳川方の代表者である勝海舟が、それまでの固い口調からがらりと砕けた調子になり、だしぬけにこんなことを言い始めた。

「鳥羽伏見の戦いで錦の御旗を見て、上様が大坂から船に乗って江戸に帰ったとき、フランス公使がすぐやって来た。そして言うのさ。『武器でも資金でも、徳川が勝つための助けを惜しまない』ってね」

もとより、西郷と勝は旧知の仲、互いに敵対する陣営の代表者として向かい合っているうちは言葉遣いも改まっていたのだが、口調を変えたということは、ここからは肚を割って話すぞという意思表示だった。

その勝によれば、フランス公使は、さらにこう言ったという。

必要ならば、フランス軍を江戸の近くに駐留させてもいい。理由はいくらでも立つ。日本に居住するフランス人の保護のためとでも言えばいいのだ。フランス軍が展開して薩長軍を止めている間に、徳川方がフランスの用意する最先端の武器で反撃に出れば、きっと勝てるはずだ。

「欧州各国は徳川と薩長の戦さには中立を守ると宣言していたんだが、徳川に肩入れしているフランスは、密かに助けると言ってきたというわけさ」

西郷はこのフランスの動きを予想していた。

日本国内で旧徳川勢力と薩長勢力とに分かれて戦乱が長引いたとする。そうなったら、欧州各国はどうするか。フランスは徳川を、イギリスは薩長を支援するはずだ。どんどんと軍備を供給すると申し出て、その代価に日本の土地の使用権を担保に要求するかもしれない。ちょうど、清国における租借地のようにである。

これを当時の志士たちは最も恐れていた。仮に鳥羽伏見の戦いで始まった内戦が長期化し、イギリスが自分たちの助けを受けて軍拡せよと煽ってきても、薩長側は決してそれには乗るつもりはなかった。植民地化を恐れるからだ。

しかし、慶喜は徳川体制存続のためなら日本を危機に陥れることも辞さないだろう。西郷は、徳川の武士がそこまで腐敗していると見ていた。フランスの介入の前に徳川方を攻め滅ぼさねば日本の植民地化が始まる、だから、軍事力を用いて一気に徳川を潰してしまおうというのが、西郷を初めとする薩長方の方針だった。

そして今、江戸を舞台に旧徳川幕府方と薩長方との全面戦争が起こるかどうかの瀬戸際の談判が行われている。その席で、徳川方を代表する勝が、本来なら極秘であるはずのこんな話をなぜ明かすのかと、西郷は考えていた。

フランスの後押しがあると教えて、薩長方の進軍を止めろとでも迫るつもりか。

ところが、勝の口から続いて出た言葉は、彼の予想とはまったく違うものだった。

「上様はね、フランスの申し出を全て断ったよ」

西郷は心の底から驚いた。

徳川宗家である慶喜は、欧州諸国によって日本を食い荒らされる恐れを避け、自らが滅ぶ道を選んだのである。国を守ることが武士の役。それが侍としての最も重要な大義であることを、徳川にもわかっているという証拠だった。

(徳川は腐っても、武士としての最後の志は残っていたか)

この一言から、西郷と勝の談判は劇的に進んだ。西郷の徳川に対する見方が変わり、山岡鉄舟を介してかねてより勝の求めていた徳川宗家への穏便な処置を、西郷が受け入れたからだった。

あの勝との談判から、日本武士の心ばえを見直した西郷は、新時代建設に向けた自分の方針を根本から考え直さねばならないと思っていた。

それまで考えていたように、旧幕府勢力を戦さで滅ぼすのでは、全国の武士がいたずらに消耗する。欧米の脅威に対抗するためには、できるだけ多くの武士を生き残らせるべきである。

「戦さをせぬのが上策。新時代に侍の力は必要であるゆえに」

これが、西郷の新しい時代に向けての大方針となったのである。

「……、それで、もう一つのキー・ワードですが……」

サトウの話はまだ続いていた。西郷は先を促す。

「なんでごわす」

「デモクラシーですよ」

サトウの演説は続く。

徳川時代が終わった今、新しい時代の日本を築こうとしている薩長を初めとする西南雄藩の幹部たちは、多かれ少なかれ欧州の文化に興味を示している。彼らの教育水準は高く、異文化の政治論を理解することさえさほど困難ではない。

欧州の言語を習得することも、機会さえあればほぼ全員が可能だろう。武士階級には漢文の素養がある。これは非常に高い水準で中国語を身につけているのと同じだ。漢文が基礎にあるため、他の外国の言語、例えば英語を身につけることも漢文修養の応用で可能となる。

これは驚くべきことだ。英語にせよフランス語にせよ、あるいはドイツ語でもいい、欧州の言語を使えるようになるということは、欧州の文化を理解できるということだ。文化を理解できれば、欧州社会の持つ機能を自らのものにできることになる。

欧州にあってアジアの諸国にない強みとは何か。それはデモクラシーだ。これこそが、社会の構成員たる国民の潜在的な力を最も効率よく引き出し、国家全体の力を最も高めるために必要不可欠な要素であり、今の欧州の実力の根源だからだ。

「高度な水準で中国語及び中国文化を理解してきた武士たちにとって、もう一つ別の外国語を習得することはさほど困難ではない。

ただし、欧州の言語を身につけるにはきっかけが必要です。今の西南諸藩、特に薩長の武士にはそのきっかけがあります。欧州の侵略に対する危機感と、欧州の武力や文明の威力に対する脅威の念ですね。

日本には古くからこんな言葉があります。敵を知り己を知れば百戦殆うからず。これもまた中国の故事であり、中国文化への理解から得た知恵ですが、この言葉の通り、欧州を知ることで欧州諸国の脅威に対抗できると、薩長の武士は思ったわけです。

実際、薩長の心ある武士には、欧州文化を学ぼうという人が増えています。政治の考え方から政治手法、軍事組織まで、欧州文化への理解は日々深まっています。

そんな薩長の幹部たちには、既に『デモクラシー』という言葉はかなり知られていますし、かなりの水準で理解されている。

イギリスの外交官である私にも、西洋の事情を尋ねてくる人が多くありますよ。議会政治とは何か、憲法とは、三権分立とは何かとね。早晩、薩長の武士社会ではデモクラシーを知っていることが当然という日が来るでしょう」


西郷は相変わらず表情を変えないままうなずきながら、内心ではサトウの言葉に反論を加えていた。

デモクラシーを日本に根付かせることは非常に困難だろう。なるほど、武士は基本的に学識を身につけており、欧州のデモクラシーも一応は理解するかもしれない。だが、日本にあって武士は一割もいない。ほとんどを占める民たちは、素朴な読み書きができるというだけの教育しかなく、いきなりデモクラシーなどと言われても役割を十分に果たせはせず、どうしても武士たちの意見に引きずられてしまうだろう。

もし、民にデモクラシーを担うにふさわしい教育を施し、十分な責任を持たせるとしたら、かなりの年月をかけて民の教育制度を整えねばならないだろう。それまでは武士が庶民の手本となって導くのが現実的だ。

それだけの時間と金をかける覚悟を新政府が持てば、日本にデモクラシーを定着させることも不可能ではないかもしれない。

だが、日本にデモクラシーを導入するには、民衆の教育水準のことよりも、もっと重大な障害がある。これは日本の将来を考えれば極めて深刻な問題なのだが、サトウは気づいていないようだ。

それは、侍の存在自体が、デモクラシーという考え方と、大本のところで矛盾しているということだった。デモクラシーは、西洋流の人権を前提としなければ成り立たない。しかし、侍は人権を無視するからこそ存在している。

なぜなら、武士とは、必要ならばいつでも自らを殺すことのできる者のことだからだ。

西洋の人権では人の命を何よりも重いと考える。人の命を重いと思うから、その幸福な人生のために様々な権利が生まれながらに与えられていると考える。その人権を守り、全ての民衆が平等に権利を主張するために、民が世の中の中心であるという考え方、即ちデモクラシーが認められるわけだ。

ところが、侍は自分の命を捨てなければならない。自分の命を惜しめば、恐れに負け、大義のための十分な働きができなくなる。大義のための勇猛心を養うためには、自分の命を惜しんではならないと、侍の子は教えられて育つ。

また、大義のためには、ときに、誰かの命を奪わなければならないこともある。他人の命を奪う者が己の命を惜しむとすれば、それはただの身勝手であり、大義のためだとは言えなくなる。だから、その意味でも、大義のために人を殺さねばならない侍は、自分の命を惜しんではならないのだ。

しかし、西洋の考え方に照らせば、世の中のために自らの命を省みない侍は人権を無視した存在と言うしかない。

するると、もし、日本が本当に西洋のデモクラシーに基づく国家を目指すのなら、いずれ、この国から侍はいなくならなくてはいけないことになるわけだ。

だが、日本に侍がいなくなったとき、強大な国力を持つ欧州諸国の侵略を受ける恐れがありはしないか。人権を守り、デモクラシーに基づいて運営された欧州の流儀の軍隊を作るには時間がかかる。それまで、侍の存在を抜きにして、本当にこの国を守れるのか。

西郷は、西洋人たちの日本に対する本音を知っていた。

サトウにせよ、パークスにせよ、欧州諸国から日本に来ている外交官や商人たちは、侍を最も恐れ、同時に、最も尊敬していた。彼らは、自分たちの母国が日本を植民地にしようとしたとき、最大の障害となるのは侍だと感じている。侍の武術と侍の心とに支えられた軍事的な実力は侮りがたく、自分らの強力な西洋式軍隊をもってしても侵略は難しい。実行するなら莫大な戦費が必要だが、日本にはそれに見合うほどの富がなく、侵略の意味がないと考えている。

西郷は確信していた。日本を欧州の侵略から守りたいのなら、今は、一人でも多くの侍を残さなければならないと。

（では、デモクラシーは諦めるのか）

と、心の中で問いかける声が聞こえる。それなしで、西洋並みの国力をつけることはできそうもない。なのに、侍を残し、デモクラシーを捨てるべきなのか。

答えは出せず、煩悶するしかなかった。

薩長の幹部たちが最も恐れていたのは、欧米諸国によって全国の藩が個別に撃破されることだった。

徳川幕府が諸藩に対して支配力を失った今、薩長が主導する朝廷に従わない諸藩は、独自の思惑で欧米に攻撃を仕掛ける可能性があった。ちょうど、数年前の薩摩藩や長州藩のように戦争となる恐れさえある。となれば、当然のように欧米側が勝つ。薩摩藩や長州藩が敗れたのと同じだ。

ただ違うのは、薩摩にせよ長州にせよ、欧州との講和の際には賠償の責任を徳川幕府に負わせることができたのだが、今となっては幕府がなく、そのやり方はできないことだった。となると、苦し紛れに各藩が自分の領地の一部を欧米に差し出す危惧がある。敗戦から賠償責任を問われて領地を差し出し、植民地化が始まる。清国で実際に起こってきたこの事態を、薩長の指導者たちは最も恐れていた。

薩長中心の朝廷を認めない東北諸藩のように、表向きは恭順の意を示してはいても、「いざとなれば、我が藩だけで独立割拠する」というのが本音の藩も残っているだろうと彼らは見ていた。

独立割拠。何と古臭いことか。まるで戦国時代さながらの感覚だ。今が三百年前と同じような乱世とでも思っているらしい。欧州諸国の脅威がどんなものか、まったくわかっていない。まだ、槍と弓矢と火縄銃で欧米の強力な軍隊と戦えるつもりとは呆れる。こんな古臭い頭のお偉方が支配する藩を放っておいては、欧米諸国によって植民地化される。

殿様への忠義、藩至上主義、御家大事、こんな古い頭のままでいては欧米列強の食い物にされるだけだ。藩のためや主家のためではなく、日本という国への忠義が必要だった。日本全体を統一する中央政府を一日でも早くつくらねばならない。封建の世のままでは古臭い藩から順にボロボロと植民地化が進み、すっかり侵略されてしまうだろう。

中央政府には、「御家の犬」としての侍など不要、むしろ害ですらある。

そんな焦りから、薩長幹部の一部に、「侍不要」と考える人々が出るようになった。

戦争を通じて欧州の軍隊の強さを痛感したのをきっかけに、薩長幹部たちは欧州の文明、文化をどん欲に研究するようになった。そして、深く知るうち、欧州の強さとは、民の強さだと気づいたのである。

彼らは「デモクラシー」に注目した。欧州の強さとは民の強さ、民衆を本位とする政治と民衆の軍隊の強さだと理解したのだった。

日本の侍のような武人でなく、一般の庶民であっても、強力な武器を手にすれば兵力となれる。武人を育てるのは困難だし、数に限界があるが、武器ならばいくらでも製造できる。十分な数の武器があれば、全国民が兵になり得る。

これこそが、欧州の軍隊の強さだと理解した薩長幹部たちは、考えた。

これからの日本を守るのは侍ではなく民だ。

民の力を教育で引き上げて、強力な兵器を作れるだけの国力を持たねばならない。さらに、その兵器を使う兵を育てる組織を作り上げて、民を兵力とする西洋型の軍隊を実現する。

デモクラシーとは、民の力を結集して国力とする方法だ。そして、それを成し遂げるのは、民の中の優れた者たちでなければならない。新時代に侍は不要。新時代は日本の中の優秀な者によって生み出される。

これが、薩長指導者の一部が描く、新時代だった。

三百年にわたって続いた徳川政権が終わり、新しい時代が始まろうとしている今、最も問題なのは侍の存亡だと、西郷は思った。

治世の能吏にして乱世の戦士である侍の重要さを、当の侍が自覚していない。

特に、新時代への幕を開ける役割を果たしてきた薩長の幹部たちが、侍を見放しつつある。薩英戦争や長州対四カ国連合艦隊の戦争で欧州文明の強力さを見て以来、侍の力では勝てないと思い込んだ。侍など、気位だけ高くて古臭い武術にしがみつく時代遅れの存在であり、一刻も早く侍などなくして、欧米流の軍隊を作らなければならないと思っている者もいる。

しかし、今の時代こそ、侍の力が不可欠だ。新時代における日本存続の条件は、国を富ませ、兵力を強くすることだが、侍は富国のためにも、強兵のためにも役立つからだ。富国のために、侍は技術者や官吏として働くことができる。強兵のために、侍は知勇兼ね備えた将として働くことができる。

そんな侍が、この国に住む全ての人間のうちの一割近くもいることの意味を、本当にわかっているのは、日本人ではなく、むしろ欧米人の方だ。

欧州もアメリカも、日本からは遠く隔たった場所だ。そんな遠方から身の危うさをものともせず、東洋の東の果てである日本にまでやって来るような連中は、外交官も軍人も、あるいは商人であっても、度胸が据わり冷静に物事を見ることのできる、ひとかどの人物ばかりである。そんな連中が皆、日本には侍がいるという理由で、いずれ強くなると考えている。

ところが日本人の方では、侍の値打ちが下がっている。自らの利点をみすみす捨てようとしている。それでよいのか。

日本にとって侍が必要か否か。そんなことは、もし日本と欧州とが戦さをすればどうなるかを考えてみればすぐにわかる。彼我の戦力を、ごく大雑把でかまわない、試みに比較してみればよいのだ。

まず、今、日本には何人の侍がいるのか。新政府がきちんと働くようになったらすぐにでも日本の人口を調べねばならないが、「米一石で一人が養える」という農政の常識にしたがえば、米の取れ高から人口を推し量ることができる。

天保二年に幕府が全国の諸藩に米の取れ高を報告させた。それをまとめた『天保郷帳《ごうちょう》』という書類を、新政府は江戸城明け渡しのときに幕府から引き継いでいるのだが、それによれば、全国の米の取れ高は総計で約三千五十九万石となっている。だが、各藩は実高ではなく、少なめの数字を報告するきらいがあった。薩摩藩などは「表高と実高は同じ」だと主張してかなり少なく報告したし、長州藩も前回の報告通りの数字のままで幕府に書類を提出したので実高よりはかなり少なかったという。そう考えると、日本全国の米の取れ高が三千万石を下回ることはまずあるまい。

そこで、米一石で一人を養えるとして、仮に、日本の全人口を約三千万人としてみる。そのうち侍身分の者を一割とすれば、約三百万人となる。うち、男子が半数、さらに戦さ働きのできる年齢の者がその半数とすると、約七十五万人と計算できる。

この時代の日本には、戦争で実際に働ける侍が約七十五万人いるわけだ。

次に、七十五万という侍の数は日本を守るために十分なのか、それとも不足なのかを、大摑みな数字で考えてみる。もし、日本に対し、欧州の国が侵略戦争を仕掛けてきたとする。侵略に成功するには、欧州の国では何人の兵力が必要になるか。

日本の遅れた銃を一発撃つ間に、最新の銃を何発撃てるかと考えれば、少なくとも四発、さらに進歩して十発撃てるとする。日本流の鉄砲しかない部隊よりも西洋式の部隊が優れていると言っても、最新装備を持った西洋兵一人で武士を十人倒すのがせいぜいということになる。日本武士七十五万人に勝つには七万五千人の西洋兵が必要という計算だ。

では、欧州の国が、これだけの兵員を日本に送り込むことは可能だろうか。

西洋の船の輸送能力を見積もってみる。

例えば、ペリーが日本に二度目に来航したとき、艦隊の総数は九隻だった。ペリーに伴って四百四十六人の船員が上陸したことが確認されているが、全艦の総定員は約二千人だったと言われている。

すると、軍艦一隻当たり運搬可能な兵員は二百人ほどとなる。

仮に、欧州の軍艦が一隻で二百人の兵を運べるとすると、欧州から日本へ七十五万人を運ぶには、延べ三百七十五隻の船が必要となる。欧州から日本まで軍艦が来るのに最短で五十日かかるとして一年で四往復がせいぜいだ。すると、必要な兵を一年で日本に送り込むには軍艦が百隻近く必要になる。

しかも、これは兵の輸送だけであり、戦争となれば膨大な弾薬や食料、燃料なども運ばねばならず、必要な艦船は二百隻を軽く超えるはずだ。

アヘン戦争でイギリス軍が動員した兵は総数で二万人近くだったという。イギリス陸軍とイギリス海兵隊だけでなく、インド陸軍まで動員してこの数字になっている。このとき、兵員の輸送にあたり軍艦が二十五隻、他に輸送艦などが十二隻使われていて、総数で言うと兵員を輸送したのは三十七隻だった。

すると、百隻という数は、アヘン戦争の実例の約三倍に当たることになるし、もし必要な艦艇の数が二百隻と考えるならば、約六倍ということになる。現実から見て、これだけ大量の艦艇を動員することは、欧州の大国イギリスにとってさえ非常に困難だと推測できる。

ここまで、ごく粗い見積もりによる推論を行ってきたが、大きな見込み違いはないと思われる。日本の針路の大局観を得るには、むしろ大雑把な見積もりのほうが理解しやすくもあり、十分に役立つはずだ。

戦闘可能な日本武士七十五万人に対抗できるだけの兵力を、欧米諸国が日本に送り込むのは、極めて困難だと考えていいだろう。

第一、日本側の戦力は武士だけではなく、武士に率いられた民も戦闘に参加できる。そうなれば、日本側の兵力はさらに十倍になる。侵略に必要な兵力も十倍になるが、そんな大量の兵力の動員は欧州のどんな大国でも不可能だ。

　また、戦闘が銃撃戦だけとは限らない。

　日本の国土で戦うのなら、地の利を生かした戦法を取ることになるだろう。砦にこもって大砲を撃ち合うような戦いなら、欧州の軍艦が日本の砲台をことごとく破壊するだろう。実際、アヘン戦争では英仏の軍艦が清国の砲台を沈黙させている。

　だが、侵略となれば地上戦が主になる。地の利を活かして不意を衝くことは難しくない。銃撃戦よりも両軍入り乱れての戦闘に持ち込めるだろう。肉弾戦となれば西洋兵に後れを取る日本の武士はいない。

　日本人が三千万人以上、戦える侍が七十五万人以上。その侍は、全員が高度な知的教育を受けており、当然のように敵を倒すための武術を幼児から鍛え続けている。しかも、自分の命を捨てても戦う覚悟を養っている。

　冷静に考えて、こんな国を侵略するには、欧州の大国でさえ、所持する全軍事力と全ての国力を注入する必要があるが、日本からはそれをするほどの見返りを、とうてい得られない。

　つまり、現実として、今の日本が欧米から侵略されないのは、この国に非常に多くの武士がいるからだということになる。

　それなのに、日本を守るためだと言って、日本人自身が西洋式軍隊を作り、武士をなくそうとしている。これは愚かで危うい選択だと言わなくてはならない。

　そのことを、どうやって、西洋の長所に目を奪われている薩長の幹部たちにわからせればよいのだろうか。

西郷の苦悩は、いつ終わるとも知れず続いている。無間《むげん》の地獄を彷徨《さまよ》っているかのようだった。そのとき、ふっと、心が軽くなる。

船室の入り口からぼんやりと射し込む、外の光に目が行った。

＊＊＊

「危ねえ！」

「誰か止めろ！」

気づくと、何やら甲板が騒がしい。大声で喚く者がいる。何を言っているのかわからない声に混じり、助けを求めているようなのは江戸で雇った水夫たちだろうか。それに向けてのように、また意味不明の喚き声が重なる。

「ないごとじゃ」

西郷が自室を出て、外に控えていた者たちに問いかける。すぐに、側近が様子を見に行って報告した。

「どうやら、酔漢が暴れているようでして」

「薩摩ん者か」

「はい。長州の山県殿も乗っておられるのに、恥ずかしかことですが」

「おいが止めてくるって」

と腰を上げる西郷に、側近が慌てた。

「おやめください、先生。したたか酔うて、抜き身を振り回しておりもす」

「よか。薩摩ん恥は、おいの恥。止めんばいかん」

西郷が甲板に上がったちょうどそのとき、人ごみの向こうに、もろ肌脱いで、酒が回ったか上半身を真っ赤にした男が、短めの大刀を右肩に担ぐように振りかぶったのが見えた。

（蜻蛉《とんぼ》の構えじゃ。やはり、狼藉者は薩摩ん士）

さらに西郷は、男の血走った目が睨んでいる方に目をやると、人ごみの向こうに白髪の頭が見えた。

（ケンカの相手は老人？）

思ったとき、斜めに構えていた男の太刀の切っ先が、緩やかに老人の方に向かって動き始める。太刀を構えたまま相手に向かって歩いたのである。脅しではなく、明らかに斬る気だった。

（いかん！）

西郷が一喝しようと息を吸い込んだときは遅く、

「ギエー！」

吠える声とともに、太刀を振り下ろしてしまう。しまったと西郷は思い、慌てて幾重にも取り巻く人ごみを掻き分けた。

「止めんか！」

西郷がやっと大音声を上げると、さっと群衆が道を開ける。騒ぎの現場が見えた。

酔漢の背中が荒く上下している。刀はだらりと左手に。相手の老人は血まみれで倒れているかと思いきや、姿が見えない。酒臭い息を吐きながら、男がキョロキョロと辺りを見回している。

「こっちだ」

そう聞こえたのは、男の斜め後ろからである。

白髪で顎鬚まで真っ白い老人が立っていた。かなりの長身でごつい身体、顔も腕も真っ黒に日に焼けている。江戸で雇われた水夫か、それとも、乗り合わせたどこかの百姓かという風情であるが、凶刃を向けられて恐れ慄《おのの》くどころか、全く涼しい顔をしているのは豪胆ゆえか、それとも鈍感なだけなのか、表情からはちょっとわからない。

男は怒気をみなぎらせる。必殺の一太刀をあっさりとかわされただけでも頭に血が上るところなのに、相手の人を食ったような様子には我慢がならないらしい。再び太刀を蜻蛉に構え、右足ではなく左足を前に立つ独特の体勢を取る。

それを見て、また本気で斬りかかるつもりだと西郷にはわかったが、今度は止めようとはしなかった。

「キャー！」

男はまた獣のように吠えると、右肩に担いだ太刀を、老人の頭をめがけて右袈裟に振り下ろした。が、やはり何も起こらない。相手の姿はまたしても男の前から消えた。

(あん老人、太刀筋が見えちょっど)

西郷が思ったとき、甲板の上に、どすの利いた声が響いた。

「こら。こんな爺《じじい》に、抜き身を振り下ろす奴があるか」

いつの間にか男の背後に白髪の老人が立っている。振り向いた男は、真っ赤に充血した酔眼を目玉の飛び出るほどに剝いて怒り狂った。

「こん、くされ爺が！」

サッと右肩に大刀を担ぎ、まるで猿の吠えるような奇声を上げながら、今度は、右袈裟左袈裟と連続して、猛烈な勢いで振り下ろす。が、刀はまったく当たらない。まるで偶然であるかのように、老人から刀身が逸れていく。

「上手いことかわすな、あの爺さん」「ホント。身の軽い年寄りだな」「いやそうじゃねえ。あんなに酔っちゃ、刀の行方が定まらないんだろう」

群衆の声が聞こえたか、男はむきになり、もう一度、同じように太刀を連続で振り下ろすが、やはり無駄、刃はかすりもしない。息絶え絶えに腰をかがめる酔漢は、向こうに転がっている鞘に戻す気力もないのか、刀を甲板の上にそのまま置いてしまう。

老人が正面に立った。真っ黒い皺だらけの顔で、酔っぱらいを見下ろすと、

「馬鹿者！」

と、頭をポカリと殴りつけた。堪らず、頭を抱えてしゃがみ込む酔漢。

「酒に呑まれるなら、二度と飲むな。二本差しが泣くぞ」

おうー。どよめく群衆から、一斉に拍手がわいた。

「誰じゃ、あんお人は」

西郷が、その場の薩摩侍たちにそう尋ねると、「あ、西郷先生」と、なかの一人が答えた。

「あの老人は特別に許可を受けて、こん船に乗っておりもす。名は存じもはんが」

「名前はわからん？」

その侍は緊張の面持ちになって答える。

「……出船直前に、特別に乗せてほしい人物があると、その……、長州藩の桂小五郎殿のご要望だったので、乗船者の名も聞かず承知したそうで……」

「桂どんが頼んだ？」

あの老人、ひょっとして……。西郷には閃くものがあった。

＊＊＊

　酔漢が沈黙して人々の輪が散り散りに解けた後、薩摩船の甲板上で、老人は傍らにいる若侍に尋ねた。

「いずれこの国には、侍など一人もいなくなる日が来るかもしれん。それでも、おまえは剣を習いたいかね」

　老人の従者である若者は呑気そうな顔を老人に向けていたが、そう問われると、目にちょっと困ったという影が差して、視線が揺れる。

「そんな日が本当に来るんですか」

　本気で心配しているという声。老人も真剣だった。

「わしが生きているうちには来ないかもしれない。だが、お前が人の親になる頃には、本当に侍は日本にいなくなっているかもしれん」

　若者は目を丸くする。

「そりゃ大変だ。剣はやめたほうがいいでしょうか」

　老人は腕組みして考え込む。いかにも真剣に相談に乗っている風情だが、若者のことをからかっているように見えなくもない。

「うむ、そのほうがよかろう。このまま田舎に引っ込むか？」

　えーっ。若者は思わず不満げな声を上げる。

「もうちょっと江戸に居たいなあ。大先生《おお》、お願いします」

「じゃあ、今はとりあえず剣の修行だな。当分は代々木村で開墾もな」

老人の名は斎藤弥九郎篤信斎《とくしんさい》、江戸で練兵館という剣術道場を開いている人物である。若者はこの老人の従者として旅をしている。

若者は、鳥羽伏見の戦さが終わって二カ月ほど後、「剣術で身を立てたいから」と練兵館に入門を願い出てきた。郷里だという加賀の剣術道場、その目録の書状と、練兵館ゆかりの人物からの紹介状とを持っていた。それら書状を読めば、名は田邊伊兵衛と記されている。

既に幕府が瓦解したというご時勢になっているのに、わざわざ江戸へ出て剣術家を志そうというのだから呑気なものだが、それを許した両親もよほどのんびりしている。聞けば、家は士分とはいえ郷士らしく、代々、農業を営んでおり、今ではかなりの田畑を持つ富裕な家のようだった。次男坊の望み通りにさせてやろうということで、江戸への剣術留学を許した。

ところが、練兵館の入門を許されたのはいいが、若者の期待とは違って、もっぱら剣の稽古もそっちのけで、毎日のように農作業をやらされた。道場のある九段から、はるばる郊外の代々木村まで出かけて、荒れ地の開墾をするのである。

「なんでこんなことを」

誰もいないと思って愚痴を漏らすと、

「身体と心を鍛えるためだよ」

と大きな声が降ってきた。ビックリして振り向くと、恐ろしく大きな老人が立っていた。日焼けで真っ黒い顔に真っ白い髪、長い口髭と顎鬚も白く、ギョロっとした目玉が妙に人懐っこい。代々木村の長老か何かかなと思っていたら、彼をここへ連れてきた練兵館の塾頭がすっ飛んできて最敬礼をする。

「本日は遅くなりました、大先生！」

慌てて彼も頭を下げる。てっきり百姓だと思った老人が、あの有名な江戸三大道場に数えられる練兵館の道場主、初代斎藤弥九郎だったのである。今は道場経営も弥九郎という名前も長男に譲っており、本人は篤信斎と名乗っているとは、後で知った。

その後、七日間も代々木に通う日が続く。田舎では慣れていたはずの農作業、すぐに「おまえは手際が良いな」と篤信斎老人に褒められた。剣ではなく鍬を振る方で認められたのが面白くないという顔をしているうちに半月が過ぎた頃、急に「里から一度帰って来いという手紙が来た」と言って、慌ただしく若者は加賀へ戻っていった。


道場の方では、「このような時勢では仕方ない、もう帰っては来ないだろう」と言われていたようだが、ひと月も経たないうちに、若者はひょっこりと江戸へ戻って来た。

これが今年の春、四月中頃のことである。帰ると翌日、「代々木へ行け」と塾頭に命じられ、「また開墾ですか」と嫌な顔をすると、「大先生の前で稽古だ」と意外なことを言われた。開墾ばかりさせていたから、若いのが逃げそうになっていると、篤信斎老人も心配したのかもしれない。

代々木の屋敷の稽古場で、彼は塾頭と仕合った。練兵館の塾頭は、名にし負う神道無念流《しんとうむねんりゅう》免許皆伝の剣豪、渡辺昇である。たかが田舎道場の目録の腕で敵うわけはない。竹刀仕合いでたちまち十本取られ、一本も取り返せなかった。

あまりに一方的にやられ、途中からはむきになったらしい、乱暴に竹刀を振ったのだが、篤信斎老人の「それまで」の声がかかった後で、相手の渡辺塾頭から「おまえ、面白い剣を使うな」と、なぜか褒められた。

一方的な仕合いだったのに、どこが気に入ったのだか、老人も「おまえの居合を見たい。自分の刀を持って来い」などと妙なことを言う。下手だからと尻込みしても老人は承知せず、とうとう居合の型をやらされた。

そこが違う、ここが違うと何度も中断され、文字通りに手取り足取り教わっていたが、とうとう刀を取り上げられた。「こうやるんだ」と、老人自らが手本を見せるために、若者の剣を振った。

真剣が流れるように走る、と思えば、ピタリと止まる、微動だにしない。その動きの正確さ、速さ。本当にこの人は老人なのかと、驚くしかなかった。

「どうだ。これが、剣聖、初代斎藤弥九郎先生の太刀筋だ」

塾頭は嬉しそうに言う。「昇、大げさだ」と言いながら、老人は彼の刀を返した。

それから八日後、突然、若者は旅支度をさせられる。旅に出る老人のお供をしろと言われた。何が何だかわからないうちに品川まで行き、大きな蒸気船に乗ることになったのである。


「侍がいなくなると、剣の修行をしても出世はできないんでしょうか」

従者となった若者は老人に問う。老人は少し怖い顔になる。

「ごっこ遊びをする子供じゃないんだ。本当の世の中で起こるかもしれない変化の話をしている。おまえにとって、侍とはただ剣が上手ければ出世するという仕事に過ぎないのか。もっと大きな意味で、気にしなければいけないことがあるだろう」

問われて今度はなかなか口を開かなかったが、考え込んだ挙句、別の話を始めた。

「僕の家は代々郷士で、名字帯刀は許されてますけれど、ご領主から禄はいただいていません。ご城下から十里も離れた山すその田畑を一家で耕していますが、士分というより、本当は百姓に近い暮しなんです。だから、もし世の中に侍というものがなくなっても、暮らしは別に変らないと思うんです」

こう口火を切ると、若者は自分が練兵館にやって来るまでのことを話す。

彼が斎藤弥九郎の名を初めて聞いたのは、金沢の城下だった。力自慢の次男坊の将来を剣術の道で開いてやろうという父親の勧めで、藩士が多数通う剣術道場へ行くようになった。彼はそこで江戸の噂話の一つとして、江戸三大道場のことを耳にする。なかでも練兵館は、加州藩領の出身者である斎藤弥九郎が開いた道場だと知り、親しみを覚えた。背の高い師範代が言っていた。

「技の千葉、位の桃井、力の斎藤、と言ってな、数多い江戸の道場の中でもこの三つが頂点だ」

彼は、力の斎藤、というのがいいと思った。身体はさほど大きくなかったが、野良仕事で鍛えた筋肉には自信があったからである。

その道場に通って五年、練兵館への紹介状を書いてやろうという人が現れた。父親の知人で、斎藤弥九郎の実弟である斎藤三九郎だった。この人は加州藩に西洋式の兵器や部隊のことを教えるために召し抱えられていたのである。

彼は喜んで江戸への留学を決めた。

「それなのに、毎日、剣じゃなくて鍬を握って開墾でしょう。これで剣の修行になるのかなと思っていたら、今度は旅に出るって言われて驚いてしまいました。

そのうえ、これからの世の中で侍はいなくなるかもしれない話を聞くわで、頭がついていけません。もちろん、大先生のことは好きですから、一緒に旅をするのは嫌じゃないんです。でも、侍がいなくなったらどうするか、なんて難しい話をされても、簡単な答えしか返せないんです。そこんところは、許してほしいんですよ」

　老人は表情を緩めていた。

「なるほど。今まで百姓のような暮らしをしてきたから、侍のいない世になっても、別に暮らしは変わらない、か。すると、お前は別に困りはしないな」

「それがそうでもないんです。ついさっきまでは、我が家は百姓と変わらないと、僕も思っていたんですが、でも、大先生の真剣な顔を見ているうち、あれ？　侍がいない時代になると、家も困るのかもしれないという気がしてきたんですよ」

「ほう、それはなぜだ」

「どうしてなんだろうと、ずっと考えてきたんですが、今さっき思い出したことがあるんです。昔から、父親が言っていたんですよね。なんかあるたびに、口癖みたいに何度でも同じことを言うんです。『御家に大事あれば』って」

　老人の顔が引き締まる。先を促されたように彼は言う。

「正月が来て一族が集まるときも、僕が元服したときも、江戸へ出るときも、同じことを言いました。『我が家はご領主の禄をいただいてはおらんが、このように田畑を作って生きていられるのは天下が治まっているおかげだ。先祖代々の家訓通り、御家に大事あれば、一族を上げて、命を惜しむことなく働かねばならん。決して忘れるな。おまえたちの肝に銘じ、子々孫々まで伝えるんだぞ』

　この『御家に大事あれば』というのが、どうも、侍ということなんじゃないかと、今、そう思ったんです。僕に子や孫ができたら、多分、同じ言葉を言わなきゃならないと。

　だから、侍がいなくなった世というのを、考えられないんです。そうなったら、僕は僕じゃないし、僕の一族ではないとしか思えないから」

老人は顔を皺だらけにして笑った。

「おまえは良い父を持ったな」

＊＊＊

それからしばらく後のことである。

長州藩からの客ということで、老人には船室を一つ与えられていたのだが、そこを出たところで、突然、話しかけられた。

「先ほどはお見事。失礼ながら、斎藤弥九郎先生ではごわせんか」

振り向くと、船内の暗がりに立っていたのは、非常な巨漢。だが、老人も体格が良く、じっと相手を見る目線は、特に見上げるほどでもない。別に相手を怪しむふうもなく、老人は言った。

「乗船のときに名乗らなかったのに、よくわかったね」

「長州を率いる桂小五郎どんが、薩摩藩に頼んでまで船に乗せようとするとは、よほどの恩人に違いなか。しかも、恐ろしく強いご老人となれば、あるいはと、ご推察した次第でごわす」

この言葉に、老人は黒く焼けた皺だらけの顔で、白い歯を見せる。

「そう言うあんたは西郷さんかい」

「ご明察どおり」

立ち話もなんだからということで、西郷は老人を士官室へ案内する。と、そこにいた航海士や機関士などは、西郷に遠慮して部屋の外へ出て行った。二人になったところで、老人は口を開いた。

「あんたの貫禄を見れば、西郷さんだとわかるさ。ところで、何の用だい」

「名高き天下の剣豪にして論客である、篤信斎・斎藤弥九郎先生に、ご挨拶かたがた、お近づきになりたかと、参上しもした。

初にお目にかかりもす。薩摩藩士、西郷吉之助でごわす。どうか、お見知りおきを」

「ご丁寧にいたみいる。こちらこそ、天下の西郷どんに会えて嬉しいよ。薩摩の蒸気船に乗せてもらって有難う。助かっている」

「上方へは急ぎのご用事でも？」

「いや、ただの里帰りのためなんだ。上方じゃなく北陸に田舎があってね。もう五十年も帰っていない。死ぬ前に親父の墓参りでもと思ってね。

だから、わざわざ蒸気船に乗るほどじゃなかったんだが、昔の知り合いが気を利かせてくれたんだ」

「桂どんでごわすな」

「ああ。良い奴さ。昔の縁を今も忘れないでいてくれる。ほんの十日前、昔の弟子で長州藩士だった男が道場に遊びに来たんで、俺が旅をするつもりだとちょっと話したんだが、桂にそれが伝わったらしい。薩摩藩に頼んでくれたんだよ」

そういうことでごわしたか。そう言うと、なぜか少し逡巡するように間をおいて、西郷はこう言った。

「何と言うても、篤信斎先生は『三大剣士』と呼ばれるほどの名手。武芸についていろいろとお聞きしたきことがごわす。実は、薩摩の剣は少し変わっておりもす。示現流《じげんりゅう》という田舎剣法でごわすが、ご存じで？」

「ああ、見たことはあるよ」

水夫が茶を持ってきた。それをすすりながら、篤信斎老人はニコリと笑って、ゆっくりとうなずく。

西郷も笑った。

この後、四半刻ほど諸国の剣についてよもやま話をして、老人は士官室を後にした。

また、西郷は一人、部屋に残った。だが、先ほどとは違って、今度は不思議と心が軽い。あの老人の存在を知ったことが理由だった。

この出会いが、一筋の光明を与えてくれる。西郷にはそんな予感があった。

第四章　承諾

慶応四年閏《うるう》四月五日の早朝、薩摩藩の蒸気船は大坂の川口に着く。

ちょうどこのとき、桂小五郎は今上帝の行幸に随身して大坂におり、上陸した山県は仮の御所となっている本願寺津村御坊に桂を訪ねて、西郷の意向について説明した。

幸いにして、「なるべく戦さは小さく」という方針は、桂にも受け入れられた。薩長両藩の指導者の意志を一致させたことで、山県は一定の役割を果たしたことになる。

大いに安堵していると、上方に駐留していた奇兵隊は既に越後に向けて発っていると桂から知らされた。

山県が不在ゆえ、奇兵隊を含めた長州兵の全体を統率しているのは時山直八《ときやまなおはち》である。時山は山県と同い年で松下村塾の出身であり、禁門の変では久坂玄瑞《くさかげんずい》らとともに会津藩兵と戦った。師の松陰からは二人とも「気」を褒められたように、武骨な人間であるところが山県と似ていて、誰よりも気が合う。奇兵隊幹部としてずっと共に戦ってきた男であり、山県にとって最も信頼のおける戦友だった。

その時山が率いている本隊を山県は急いで追わねばならないが、その前に京の情報を集めておこうと思い直した。具体的な気がかりがあったわけではない。猜疑心の強い彼にとって、現在の政治の中心である京について最新の情報を得ておかねば安心できなかったのである。

「加州兵の指揮官が慌てて国へ向かったと？」

長州藩蔵屋敷で山県は怪訝な声を上げた。相手は奇兵隊の平隊士で、糧秣の調達や連絡のために留守居をしている男だった。

「それがどうした。加州には朝廷から官軍へ兵を出すように命が下っている。北陸道を進む薩長の部隊と同行するために、慌てて出発したのだろうよ」

「いいえ、それが違うのであります。京を発ったのは部隊長だけでして、兵は一人も連れていないのであります」

長州の斥候によると、加州兵がいたはずである近江の海津は、部隊長が出発する以前からもぬけの殻だった。近隣の住人に聞き込むと、鳥羽伏見の戦いが終わった後に兵が脱走していたという。

うーん。思わず山県は唸る。藩論が統一されていないとは聞いていたが、軍の統率まで失っているのだろうか。

加州藩については、もう一つ気になる報告もあった。五摂家の一つ鷹司家から加州の重臣が血相を変えて出てくると、慌てて国に帰ったという。それが三カ月前のことだが、この重臣は、つい最近、国元で死亡した。藩内のいざこざに巻き込まれて斬られたらしいと、加州領内の密偵から報告されていた。

加州へはこれから行かねばならないが、どうやら、暗雲が立ち込めているようだった。

＊＊＊

まだ日の残る薄暮の中、大坂薩摩屋敷の門番は来訪者に気づいた。見れば、長州兵の制服らしき筒袖を着ている。笠を目深に被っていて顔はよく見えないが、平隊士の服である。誰何《すいか》すると、男は言った。

「長州藩奇兵隊の者であります。山県参謀からの書状を持ってまいりました。西郷先生に直接お読みいただきたいとのことであります」

門番が中の藩士に伝えると、藩士が彼を邸内に入れて書状を受け取った。藩士は奥座敷で書見をしている西郷の前へ向かう。

「どげんした」

「長州藩からの使者が、山県殿の書状を持ってきました。先生に直に読んでいただきたいと言うております」

西郷は書状の封を解いて目を通し、藩士を振り返る。

「すぐに返事を書く。長州のご使者には待ってもらうよう伝えてくいやい」

下がろうとする藩士に、西郷は「ああ、ご使者には丁重にな」と付け加えた。

しばらくして、控えの間に座っている使者のところへ、西郷が一人でやって来た。使者は室内に入っても、なぜかまだ笠を被ったままである。それを怪しむこともなく、西郷は対面に歩を進め正座する。手には先ほど受け取った書状があり、それを使者の前に置く。そこには、たった一文、こう記されてあった。

「桂参上」

西郷は畳の上で、平隊士の筒袖の男に深々と頭を下げた。

「わざわざ、このようなお手間を取らせての御足労、本当に感謝しもうす」

言われて、ようやく笠を取った男は、確かに桂小五郎だった。

桂が人目を忍ばねばならなかったのは、山県から渡された西郷の書状に、至急かつ秘密裏に面談したいとあったからである。

そのときの桂の心を見ると、こんな考えがあった。

(秘密に会うと言ったところで、西郷はあの通りの巨体、人目に立たずに出歩くことは不可能だ。となれば、自分の方から出向くしかない)

ただ、現在の桂の立場から言えば、軽々しく動くわけにもいかないところではあった。彼は長州藩を代表している。薩摩の西郷に呼び出されてホイホイ動くと思われれば、長州の体面にかかわる。

しかし、西郷の求めているのはあくまでも秘密裏の面談だった。公式の会談でないなら、長州の体面を気にする必要もないから、気兼ねなく出かけられる。

(だが、非公式を望むにしても、普通ならば、宴席でも設ければいいところだ。なぜ、わざわざ面談を求めているのか)

さらに、書状には「余人を交えずに」ともあった。

(薩摩藩内にも知られたくない用件だろうか。いずれにせよ、よほど緊急事態に違いない。……となると、やはり、こちらから出向くべきだな)

思案が決まれば桂の行動は早い。人に知られないように動き回るのはお手の物だし、自分の方から動くことが性にも合っている。

山県が帰ってしばらく、桂は密かに津村御坊を出た。そこから土佐堀に面する長州藩蔵屋敷までは目と鼻の先だった。自分が来たことを山県に気づかれたくはない。門番に口止めして裏口から入り、平隊士の筒袖に着替えると、また裏口から外へ出た。

数件隣の同じ土佐堀沿いに、薩摩藩蔵屋敷の焼け跡がある。焦げ臭さがまだ残っていて、春から夏に変わろうとする生温かい川風に乗って、桂の鼻を刺激した。つい四カ月前の鳥羽伏見の争乱のとき、ここには軍用金があったために徳川方に襲われた。そのとき、薩摩藩士たちが自ら藩の蔵屋敷に火をかけて、軍用金を守ったのである。

さらに夜道を急ぐと、別の薩摩屋敷へ出る。桂は素性を隠して西郷に会うため、単身でやって来たというわけだった。

対面しても、桂は西郷に何も言わない。不安な圧迫感。無言の理由は、多分、用件が何か、桂が薄薄感じているからだろうと、西郷は思った。しばらくして、西郷の方から、桂にこう切り出した。

「つい先日、大久保一蔵が、おいに気になることを話したのでごわす」

「ほう、大久保殿が。どんな話でありますか」

「聞いてくれもんすか」

「ぜひ」

世間話でも聞くような調子だが、その目には緊張がある。やはり、桂は西郷の要件を察していると思った。

「では、聞いていただきもそう」

それは、江戸城明け渡しを無血で行うと決めてから、数日後のことだった。薩摩藩邸で大久保と西郷が二人きりになった。幼い頃からの親友同士が、忙しく諸国を飛び回って活動する日々が続き、偶然、久々に二人だけで話す機会ができたのである。

いきなり大久保が西郷にこう言った。

「君臨すれども統治せず。イギリスの王は、優れたる臣下に政治をすっかりまかせるそうじゃ。吉之助、わいはこれをどう思う」

薩英戦争の講和が成って以来、薩摩藩の指導者たちの多くは急速にイギリス人に接近して、かの国の文物を貪欲に吸収していた。元々、薩摩は琉球王国を抜け道にした密貿易を財源にしていたこともあり、早くから西洋事情に明るかった。歴代藩主も西洋への関心が高く、理解の深い例も珍しくなかった。ことに、先代藩主である島津斉彬は天才的な頭脳の持ち主で、西洋事情についても日本の置かれている危機的状況についても、当時の日本で最も正しく理解していた人物である。

その斉彬公から直に手ほどきを受けた弟子が西郷であり大久保だったから、西洋についての知識も関心も非常に高いものがあった。イギリスの外交官や貿易商から西洋文化に関するかなり専門的な部分まで聞き出し、彼らが驚くほど高い水準で理解していた。

そんな大久保だったから、同じ志を持つ西郷に会うと、西洋に関する意見を聞いてみたくなったのかもしれない。

「それは、イギリス政治の大原則じゃな。衆議を尽くして決まった『ロウ』を、王と言えども尊重せねばならんということを意味する。

昔から、日本にも同じような習わしがある。聖徳太子が制定された十七条憲法に『和を以て貴しとなす』とある。この精神と同じことじゃろう」

「おいは、少し違うふうに理解した。

衆議というても、大方のところ、最も優れた者の意見に皆が説得されるのが常じゃ。それが、ロウすなわち法となって、王でさえ逆らえない。

つまり、優れたる者が国を治めるのが、イギリスの政治ということになる。

今、世界一の強国がイギリスなのは、ここに理由があるのじゃなかろうか。最も優れたる、力のある者が国を率いるから強くなる。身分も生まれも二の次。王でさえも、優れたる者に頭を下げるべきなんじゃ」

思わず西郷は笑った。

「そいじゃ、誰が一番かと、国中で毎日ケンカばかりになっど。イギリス式も良かが、それよりも、古くからの由緒あるやり方のほうが日本には合うと、おいは思う。

日本には古くから帝がおられたゆえ、大きなケンカにならずに、衆の和が保たれてきた。イギリスとはそこが違いもそう」

ふと、大久保の表情に曇りがさした気がした。が、すぐにこう言った。

「そん通りかもしれん。おいの言ったことは忘れてくれ」

だが、西郷にはそのときのことがどうしても忘れられなかった。不吉な影が大久保の背に見えた気がしてならなかったからである。

「一蔵は、侍をやめて西洋人になりたいのかもしれん。あのとき、おいには、ふとそんな気がしもした」

西郷が不安げな顔で言ったとき、桂の目が急に鋭くなった。

「だから、大久保殿は勅書を偽造したのでありますか」

やはり、桂は西郷の疑念を悟っていたのである。

＊＊＊

慶応四年四月末、東北諸藩は反薩長の意志を同じくしていたが、時勢は既に薩長方へと大きく傾いていた。このまま、時勢を大きく変えるような事件がない限り、両者が戦争となったときに問題となるのは、もはや勝敗ではなく、むしろ薩長方がいかなる勝ち方をするかだった。逆らう者を完膚なきまでに叩き潰すか、それとも時代の変化を悟らせればよいというだけの痛みを敗者に与えるにとどめるのか。

「こんたびの戦さについて、一蔵は表向き、何も意見を言ってはおりもはん。じゃどん、戦さをすべしとする輩と目立たぬように手を結び、彼らに与《くみ》しているように見えもす。

一蔵のように先のよく見える男が、今、国内で戦さを大きくすることの愚がわからんはずがなか。こん戦さが終われば、いよいよ力を入れて新しか国づくりにかからねばならん。西洋の良かところを学んで取り入れるには、優秀な人材がいくらおっても足らんはず。そげなとき、大戦さをやらかせば、気骨があって知恵も働きもある良か侍から先に死にもす。新しか国を作るためを思えば、もったいなかこつじゃ。しかも、戦さが長引けば、欧米諸国に侵略のスキを与えることになるのは、誰の目にも明らかじゃ。

戦さをすべしとする一派の唱えるように、東北諸藩を立ち直れぬほどに叩き潰そうとすれば、戦さは大きく長くなり、新しか国づくりを困難にしもす。

なのに、あの鋭利な頭の一蔵が、何を考えて戦さをしたがる者たちの肩を持つのか」

「薩長の天下を作るため、としか見えませんな。少なくとも、日本の国力をできるだけ温存するという考えはどこにもない。

たとえ、国力を弱くして、西洋諸国に付け入るスキを与えても、薩長の天下にしなければならない理由が、大久保殿にはあると、見るしかない」

「薩長に誰も逆らえない国が出来上がれば、その薩長を動かす者が日本を動かすことになりもす。一蔵は、日本を意のままに動かしたいのかもしれん」

思わず桂は唸った。

「覇王だな」

西郷は苦しげに言う。

「……もし、一蔵に世のためを思う心があるなら、必ずしも、覇王ではなか。西洋のように最も優れたる者が国を動かせば日本も強くなると、一蔵は信じておりもす。たまたま、己が国で一番優れたる者じゃと気づき、国のためにかじ取りをしようと考えているのかもしれん。そいならば、一蔵は覇王ではなか」

桂は厳しい声で言った。

「しかし、もし自分の意のままに動かしたいがために、新しい国を都合の良いように作ろうというのなら、それはすでに侍ではない。ただの野心家、覇王と呼ばれても仕方がないではないですか」

「今のところ、一蔵は大義のために働いておるのか、私欲のために働いておるのか、それがはっきりしもはん」

「あの密勅が偽りだったのなら、大久保殿は覇王です」

桂は断言した。

帝の大御心を無視して自分の良いように権威だけ使おうなど、大義のために命を捨てる侍のすることではない。そんなことをするのは私欲に生きる、賢《さか》しらな匹夫だ。

「私欲で権力を握ろうとする匹夫は、覇王としか呼べません。違いますか」

言葉鋭く問われ、項垂《うなだ》れるだけの西郷に、もう、友を弁護する言葉は残っていなかった。


尊皇の根拠は歴史にある。日本では調和を重んじる歴史があり、帝は調和の象徴として機能してきたからだ。

日本では、帝が尊重されていた時代、権力者たちの間で調和がとれていた。逆に、帝が尊重されていなかった時代、最も権力のある者が好き勝手に政治を行った。そんな時代では、必ず権力者は誰かに背かれて、権力が長続きしなかった。織田信長も豊臣秀吉も、その天下は短命に終わっている。争いを好まず調和を求める文化ゆえ、それを無視する独裁的な権力者は嫌われたからである。

ところで、調和には細部の不満がつきものだ。その不満を抑える働きをしてきたのが、侍たちの武力である。侍たちは大義のためにだけ武力を使うのであり、私欲のために使うことはない。だから、武士がいくら強力になっても、帝を象徴とする調和のとれた世の中を壊して、一人の武士が独裁的になることは防がれてきた。

尊皇とは調和を好む日本古来の文化に基づいた姿勢であり、それを実現するのに必要とされるのが武士だったと言える。

ところが、この姿勢を根底から覆す考え方が海外からもたらされた。

「人権」と、それに基づく「デモクラシー」である。

デモクラシーもまた調和を目指している。だが、調和を求めるのは帝という歴史的存在ではなく、民衆だ。そして、デモクラシーの根底にあるのは人権である。この考え方を実現するには帝も武士も必要なく、民衆によって選ばれる民衆の代理人がいればいい。

つまり、異人たちの国から、調和を実現するために、日本とは別のやり方が伝わってきたのである。

西洋文化を知ると、二つのどちらが良いか比較するようになる。すると、意外なことが起こった。

西洋の文化に接する侍が増えるうち、次第に異人たちのやり方のほうが日本古来のやり方よりも正しいと思う者が出るようになってきたのである。それも、道理だったかもしれない。二つの文化の違いを要素別に比べればよくわかる。

身分に違いがあるよりも平等が良い。刀で人を押さえつけるよりも議論で説得する方が良い。宿命よりも努力の方が良い。

力づくで秩序を保つ身分制の社会では、人口の多くを占める民衆の潜在力が活かされない。人権とデモクラシーによる社会では、多くの民衆の潜在力が活かされる可能性を増す。

こうして、日本の古《いにしえ》よりの文化を一部捨てて、西洋文化を取り入れるべきだという者が増えて行った。二つの文化が両立しないのであれば、古い日本のやり方を捨てて、新しい西洋のやり方を選ぶということだ。

そして、一部の指導者たちは、西洋型の政治と経済を導入して産業を興し、強力な西洋型の軍隊を持つために、侍という古い要素は捨てられるべきだと考えるに至ったのだった。

だが、それは早計だった。西洋型社会にも重大な欠点があったからである。

まず、人々の争いを増やす恐れがある。自由を唱えると、つまるところ弱肉強食の実力主義の世になるからだ。その行き過ぎを制限するために、平等を唱える。これにより人間としての最低限の水準の暮らしを保証するというのが西洋の考え方だ。

しかし、人間らしい最低限の生活をする権利といっても、何が最低限なのかという点を決める明確な基準がない。結果として、極端に貧富の差の大きい世の中にもなり得るし、逆に極端なまでに同じ生活でなければ承知しない世の中にもなり得る。このようにどうしても、平等の具体的な内容が確定できないため、考えの異なる人々の間で争いが非常に起こりやすくなる。

また、実力主義の社会になることで、最も優秀な一握りの人間により、その他の人々が操られてしまう恐れがある。つまり、独裁者が生まれやすい。しかも、権力闘争の末に生まれた独裁者は強力に人心を操作する術を持つ恐れがあり、どんな残虐な行為も正当化してしまいかねない。

このように、西洋文化のやり方も万能ではなかった。そのことに気づかないうちに、西洋文化に惑わされる新時代の指導者が増えつつあった。

大久保はその一人だったのである。


「一蔵とおいは、兄弟のようなものでごわす」

西郷が珍しく苦し気な表情をしている。

「なら、なおのこと、真っ直ぐに訊いたらいいではないですか」

桂の口調は容赦ない。実際、相当に怒ってもいるようだった。

「偽勅か、と？」

「そうであります」

「一蔵は、正直に言えるかどうか。もし、偽勅なら、おいは腹を斬ると、久光様に約束しもんした。じゃっで、たとえ自分が殺されても、一蔵には認められはしもはん」

桂は眉をひそめる。

「あなたが腹を？　今、それは困る。そういうことならば、むしろ真の事などわからんほうがいいくらいであります」

「ところが、真の方で世の中に出たがっておりもす。とんでもなか秘密ほど、人の胸には収まり切らんもんでごわす」

　桂はますます眉間の皺を深くする。

「確かに。現に、芸州では昨年の秋に偽勅の噂が出ていました。ですが、証拠がなければただの噂に過ぎません。大きな事件では必ず裏があるかのような噂が流れるものですが、これもそんな噂だろうと受け取られて、すぐに消えました。私も、根も葉もない話だと思っていたのであります。

　しかし、本当に偽勅だとすれば、確かに由々しきこと。これから新時代を作っていくにあたって、大きな禍根になりかねません。私としても許せません。

　しかし、たとえ真の事であるとしても、証拠が出なければ、やはり世間は信用しない。不本意だが、当面は、現在の状況が大きく動く心配はないのではありませんか」

　西郷がいつにもまして目を大きくして桂を見る。

「もし、そん証拠があるとしたら?」

　桂の眉がピンと上がった。

「どういうことですか」

「加賀前田家が独立宣言をする?」

　西郷がうなずく。

「三州割拠と唱えておるそうでごわす」

　加賀、能登、越中の三州を領する前田家が、朝廷方にも旧幕府方にも与せず、独自の勢力として自立を宣言する。それが三州割拠ということだった。

「徳川宗家が朝廷への恭順を示し、朝廷が旧幕府を圧倒しておる今になっても、割拠を唱える、そんな理由が、帝に対する薩摩の不義じゃと言うております。薩摩が帝をないがしろにし、勝手に朝廷を動かす。そいは許せん、ということらしか」

「だが、そんな話は日本中にある。自分の藩だけで割拠だなんて、戦国の昔ではあるまいし、今の世で実現できるわけがない。そんな暴論に賛成する者など一部に過ぎないでしょう。藩論を統一できないのではありませんか」

「ところがそうでもなか。この国には、本来は無理なことでも、無理ではなかことのように変えてしまう場合がありもす。侍が大義だと信じるときでごわす。

例えば、足利尊氏の時代、朝廷が南北に割れたのは、楠木正成公が後醍醐帝を守るという大義を信じたからでごわんど。

江戸の幕府が倒れたのもそうじゃ。ほんの二十年前に、徳川幕府を倒せるなど、日本中の誰に聞いても『無理じゃ』と答えたに違いなか。ところが、今、現実に徳川幕府は倒れもした。これは薩長の侍が幕府を倒すことこそ大義じゃと信じた結果でごわす。

日本の侍にとって自分の命は二の次、なによりも、大義のために死ぬことが大事。じゃって、侍が大義じゃと信じれば、無理も無理ではなくなりもす。

いくら、今、薩長に勢いがあろうと、日本中の侍が薩長を倒すことを大義じゃと信じてしまえば、逆転はありもす」

「つまり、薩摩が帝を欺《あざむ》いている、帝のお許しもないのに勝手に勅を出しているという証拠が出れば、薩摩を倒すことが日本中の武士の大義になる、ということでありますか」

西郷が大きな体を縮めるようにして項垂れる。

「帝の名を騙《かた》る者など、こん国の侍ならば誰も信用しもはん」

「まさか、加州で割拠が実現しようとしているのは、偽勅の証拠を握っているということなのですか」

「そん通りでごわす」

桂は何も言わなくなった。疑惑の意味することの深刻さをやっと理解したからである。

「偽勅ならば、私にも許せぬ」

真っ青な顔の桂が不気味に静かな声で言ったのは、かなり時間が経ってからだった。その言葉を聞く西郷の濃い眉が心持ち動いた。この男らしからぬ哀し気な顔。何も出せる言葉がない。じっと沈黙するしかなかった。やがて、桂が再び口を開く。

「許せぬ。が、放っておくわけにもいかぬ」

もし、偽勅が天下に知られれば、情勢は一気にひっくり返る。

なるほど、帝の名を騙った者とその同士がどんな目に遭おうが、それは自業自得というものだが、事態はそれだけでは済まない。薩長を動かしてきた討幕派の全てに、全国の武士たちの不信の目が向けられる。国中から責め立てられて、薩摩藩も長州藩も討幕派を処罰しなければならなくなるだろう。

そうなれば、時勢にそぐわない古臭い政治意識の持ち主たちばかりが生き残り、この非常時に日本のかじ取りをすることになる。欧米諸国の巧みな外交手腕に翻弄され、欧米の強力な軍隊の力で恫喝されるだろうが、封建時代のまま、その場しのぎの政策と、旧式の装備しかない軍隊とでは、対抗できるわけがない。

もし欧米諸国と戦争となれば勝てるわけがなく、ちょうどアヘン戦争に敗れた後の清国のように植民地化が始まり、その後はいいように国力を吸い取られてしまうだろう。

「不忠者を告発し、最悪、たとえ薩長が滅んだとしても、この日本が守れるのならば、それでもいい。しかし、今、薩長が力を失えば、日本は戦国時代のような大乱の時代になり、西洋諸国の餌食になる。西洋諸国の真の脅威も今の日本の弱さもわかっておらぬ、愚かな者たちばかりでは、日本は守れない。

かと言って、不忠者を朝廷の中枢に放っておけば、新時代の日本はどこへ行くかわからなくなる。邪《よこしま》な者の私利私欲で新しい国を作られては、日本は滅んだも同然になってしまう。

不忠者を公然と倒せば、国が侵略される。だが、不忠者を許せば、未来の国が危うい。

どうすればいいいんだ」


侍とは忠義があってこそ無私でいられる。無私だからこそ大義のために己の命を捨てられる。主君のため、世のためという心がない者は無私でいられず、侍でもない。

もし、忠義も大義も省みない士道から外れた者が帝の名だけを利用して権力を狙っていると知れば、日本全国あらゆる土地の侍たちが決して許しはしない。

そう言って、桂は大久保の野望を推測した。

「大久保殿は、自分がもはや侍の心を失った覇王だと世間に知られる前に、この国の侍を全て抹殺したいのかもしれませんな。そのための第一歩が、東北諸藩と官軍の全面戦争なのでしょう。

お互いが違う大義を掲げて、侍と侍とが真っ向から戦えば、戦さは激しく大きくなります。恐らく劣勢であろう東北諸藩側も野山に隠れての徹底抗戦を覚悟したとすれば、少々の軍事的優位にあるとはいえ、官軍には簡単に戦さを終わらせることはできますまい。

そうなれば、この国の侍は激減するでありましょう。

侍の数が十分に減ったところで、新時代にふさわしくないという理由をつけ、侍という身分を廃止する法度を出します。侍の数が減っていますから逆らうことができません。どんな無理でも通るわけであります。

侍が完全にいなくなったところで、自分の意のままに国づくりをしようという目論見なのでありましょう」


「ともあれ、大久保殿への疑惑は、偽勅か否かを確かめることでしか明らかにはならないわけであります。では、どうやって確かめるのか」

桂は自らの頭を整理するように、これまでわかっていることを並べ始めた。

偽勅か否かには証拠が必要である。証拠があると言っているのは、加州藩の長連恭だけだった。ところが、ごく最近、長は死亡、暗殺された疑いがある。

「偽勅の証拠を探るには、まず、長連恭の死を調べるしかありません。それには、加州領に出向いて調べねばならんが、ただの間者ではちと荷が重いでしょう。と言うのも……」

もし本当に長が偽勅の件で口封じのために暗殺されていた場合、それを薩長の間者が調べていることを加州藩に気づかれれば、薩長が暗殺したとますます疑われる。そうならないためには、調べる者は薩長の人間ではない方がいい。

「さらに加州藩に対する臨機応変な対応が必要となる。下手な対応をしてしまえば、加州を追い込んで、予期せぬことになりかねません。

例えば、長連恭の暗殺が偽勅問題とは無関係で、純粋に藩内の対立から起こったのかもしれない。

ならば、我々は深入りせずに静観すべきですが、つまらない建前から恭順派の後押しなどしようものなら、藩政干渉だと反発されます。

そうならないためには、高度な政治の見定めのできる者を調査に派遣すべきで、いっそ私や西郷殿が行ったほうがいいくらいだが、我々では大ごとになって逆効果だ」

「薩摩でも長州でもない土地の出身で、状況の見定めができるほどに経験の豊富な人物でごわすか。これは難しか」

「そうなのであります。この人選はかなり難しいのです。なぜなら、難しい条件がさらに二つ加わるからです。まず、難しいのは、調査を依頼する人物に対し、肝心の偽勅問題について核心部分を教えることができないことであります」

西郷はうなずく。

「真に調べたいことは、偽勅か否か、その証拠は存在するのか、どげな証拠なのかということじゃどん、そげなふうに依頼はできもはん」

「その通り。偽勅の疑惑について、我々薩長の人間が本気で調べているなどと、よその人間に知られれば、それだけで、もう危うい風評を呼んでしまうでしょう。

ですから、あくまでも我々が知りたいのは、長連恭の死の真相であり、加州藩の恭順姿勢が本物かどうかなのだという建前で、調べを依頼するしかないのです。

それだけの依頼で、もっと重大な問題に探りを入れてくれるほどに、政治的な経験を積んだ人間であることが、条件となるわけです」

「なるほど、これは難しか条件でごわす。そんな人物を探すより、確かに、おいか、桂どんが加賀入りした方が早かほどじゃ」

「さらに、もう一つ、厄介な条件もあります。調査する者には、相当な武芸の心得が必要になることです。依頼を受ける人間にとっては、かなり気の毒なことではありますが、非常に命が危ないからです」

　西郷は眉を顰めた。

「長を暗殺した者が、調査をする者の口も封じようとするからでごわすな」

「さよう。もし、この事件が、藩内の対立が原因でなく、本当に、偽勅にからむ口封じだったなら、下手人はかなりの手練《てだれ》でしょう。なにしろ、他藩の重臣を密かに亡き者にしたのですから。しかも、正体不明の暗殺者です。そんな危ない相手から身を守らねばならないとすると、なまなかの腕では足りません」

　西郷は考え込んでしまう。

「そんな人物がおりもすか」

　意外なことに、即座に答えが返ってきた。

「一人だけ、おられます」

　一瞬、驚いた顔をする西郷だったが、何かを思い出したように言う。

「確かに、この日本中を探しても、そんお人しかおりもはん。じゃっどん、引き受けてくださるじゃろうか」

　桂は大きくうなずいた。

「心を尽くしてお頼みすれば、きっと」

＊＊＊

弥九郎の大坂の宿を突然、桂小五郎が訪れたのは、閏四月六日の夜だった。

「こいつは練兵館の後輩だ」と桂は弥九郎から従者を紹介される。従者は畳に平伏して桂に挨拶してから、「何かありましたらお呼びください」と、部屋の外へ出て行った。

久々に会う恩師の姿を見て桂の心が温かくなるが、今日はそれだけではなかった。先ほどから、妙に心が重い。肩でも凝ったような圧迫感もある。桂は勘の良い男である。（何かあるな）と感じた。良くないことが起こるときには予感がある。その予感のおかげで、今まで何度も窮地を逃れてきた。だが、今の感じはそう悪くはない。重苦しくとも、彼にとって別に悪いものとは思われなかった。

それよりも、今日は大事な用件がある。そちらへと気持ちを切り替えねば。

内心でこんなことを思いながら、互いの近況を尋ねあった後、用件を思案するうちに無言の時間が流れてしまう。と、おもむろに弥九郎が言った。

「ところで桂、俺に何か用があるんだろう」

言い淀んでいるのを見抜かれてしまったか。

桂は確かに恩師を前に困っていた。事態は深刻だった。しかも、調査の適任者は恩師である斎藤弥九郎の他に、まずいない。ぜひ引き受けてもらわねばならないが、何をどこまで話せばよいのか。

危ない仕事になるのはわかっている。できるだけ多くの情報を伝えた上で承知してもらいたい。だが、話せることはあまりにも少なかった。

（ただ加州の重臣の死を調べてくださいとお願いしても、すんなりと引き受けてはくれまい。理由を聞かれるだろう。それはそうだ。加州藩の重臣の死をなぜ長州藩士が気にするのか。誰が聞いてもいぶかるだろう。理由をどう言えばいい）

こんなことを考えているうち、恩師に迷いを見透かされたのである。剣の達人を相手に、下手な駆け引きは無駄だと覚悟を決めた。

「さすが斎藤先生。ご推察の通りです。我が長州藩と薩摩藩にとって由々しき事態が起こっております。ぜひ、先生に助けていただこうとお願いに上がったのであります」

そう切り出すと、できるだけ正直に話してしまうつもりになった。

「具体的なことはご容赦願います。実は……」

桂は事件のあらましを説明した。

「ふーん。すると長連恭という加州藩の年寄役が死んだのは、暗殺かもしれんわけか。そして、その年寄役が長州の秘密を握っていたと」

「はい。あ、いや正しくは、秘密を握っていると、長連恭自身が言っていたということでありますが」

桂の様子がぎこちないが、気にも留めない様子で弥九郎は続ける。

「どんな秘密かは、まあ、聞くまい。それより、俺が気になるのは秘密をその重臣が墓場まで持って行ったのか、それとも誰かに漏らしたのかということだ。

もし墓場に持って行ったのなら問題ない。下手人が誰だろうが、お前さんらは安泰だ。そんなら、俺みたいな爺の出る幕ではないわけだし、秘密は外に漏れたということなんだろう？」

どこまで鋭いんだ、この人は。七十を超えたはずなのに……。桂は呆然とする。

「いえ、はっきり漏れたと決まったわけではないのでありますが……」

「誰に漏れたんだ？」

長州人は怜悧だとよく言われるが、昔から桂は師の弥九郎に、剣だけでなく口でも勝てたためしがない。こちらが得意の理屈を述べる前に、相手の洞察力の鋭さにやられてしまうのだ。多分、こちらの微妙な表情や声の変化などで察しているのだろうが、こう、ずばりと決めつけられると、下手に隠すこともできなくなる。

「うん？　誰なんだ？」

答えを催促されて、観念した。

「……前田慶寧《よしやす》公であります」

なに！　今度は弥九郎の方が驚いた顔になる。

「そりゃまさか、加賀の殿様か？」

「はい」

うーん。さすがの論客兼剣豪も絶句した。しばらく腕組みして考え込む。と、やがて大きく息を吐いた。

「で、俺は何をしたらいいんだ。殿様を斬れと言うんじゃなかろうな」

「ま、ま、まさか！　我々はそんなことを考えておりません。第一、先生にそんなこと、お願いしませんよ。めったなことを言わないでください」

彼をここまでしどろもどろにする相手は、日本中探しても、この老人だけだろう。昔からそうだったと、懐かしいような迷惑なような、複雑な気分で思い出していた。

桂が口にしたのは、あくまでも可能性だった。

恭順姿勢だった加州藩が、長連恭の死亡を境に、朝廷の要求を上手く逃れようとし始めた。そして、藩内の過激な一団から『三州割拠』の声が急速に高まってきた。さらに、独立機運の中心に大きな後ろ盾がいる。こうしたことがいわば遠回しの証拠のようになって、『加賀の殿様に長の秘密が渡った』という疑惑が出たのである。

「もし加州が長州を脅かす秘密を握っていた場合、早急に手を組むべきだと、私は思っております。さもないと、これから越後、会津を攻めようとしている官軍の背後を加州の西洋式軍隊で襲われ、挟み撃ちになってしまいます」

「加州が独立なんてことになると、薩長も危ないな」

「はい。加州藩は先生のご舎弟、三九郎殿の召し抱え以来、西洋式の軍備を熱心に取り入れています」

「あの藩に実戦経験はないものの、かなり強力な装備があり調練もできている。おまえさんたちでも簡単には倒せまいよ。

東北諸藩と組んで官軍を挟撃されるのも脅威だろうが、もっとまずいのは、中立を宣言して加越能の領国に立てこもられた場合、海陸双方で官軍の糧道を絶たれることだ。北陸道は官軍の補給路だから通れなくなるのがまずいのはもちろんだが、加州の所持している西洋式の軍艦で能登沖を封鎖されると、戦争の行方に重大な影響が出る。もし、大量の補給が可能な海上の輸送路を閉ざされれば、官軍は越後や会津で戦えなくなるやもしれん。

かと言って、領国に立てこもった加州の西洋式軍隊は簡単に撃破できない。となれば、東北諸藩との戦いは、旧幕府の影響力が強い江戸方面からのみの不安定な補給路に頼ることになる。恐らく、東北諸藩との戦いが長引くだろう。

そうなると、日本全国で、加州に倣って、独立割拠の動きが広がる恐れもある」

斎藤弥九郎が高島秋帆《しゅうはん》直系の西洋軍事専門家として世に名を馳せていたのは、ペリー来航の頃だった。当時、弥九郎は韮山代官江川英龍《ひでたつ》の配下として台場造営《ぞうえい》を現場で指揮していた。江戸に留学し練兵館で剣術修行をしていた桂は、恩師の軍事知識の深さをよく知っている。その弥九郎の分析だけに、軽んじることはできない。

また、長州藩も加州の軍事力には警戒していた。長州も薩摩も意欲を持って西洋の装備を調《ととの》えてきたが、加州もまた同様の方針であることを知っていたからである。加州領に密偵を放って監視してきたのだが、密偵からの報告はまさに弥九郎と同じ危惧を指摘していた。

「やはり、加州の独立割拠の動きは止めたいところであります。割拠の理由が薩長への不信にあるのなら、放っておくわけにはいきません」

「だが、本当に殿様が秘密を握っているのかどうかもわからんわけだな」

「そうなのです。わからないことがあまりにも多い。

秘密は実在するのか、長連恭の死で秘密は闇に葬られたのか、それとも他の誰かに伝わっているのか、その誰かとは前田慶寧公なのか。これらを一つずつ確かめる必要があります」

「なるほどね。だが、調べるというのなら、密偵の方が適任じゃないか」

「単に調べるだけならばそうであります。しかし、これほど重大な問題を調べるとなると、調査の過程で何が起こるかわかりません。実際に応じて、政治状況を考慮したうえで時宜に叶った方策を見極めなければ、取り返しのつかないことになりかねないのです。

その見極めは、密偵では荷が重すぎます」

「つまり、秘密を知ったとき、どうするかということだな」

「はい。この国のために、何が最良かを考えていただかなくてはならないのです」

「真相を知ったとき、もし、俺が反長州側についていたらどうする」

「それもやむを得ません。もし、先生に見捨てられるようなことを長州がしていたのなら、歴史の中に葬り去られるのも仕方がないと覚悟を決めております」

「そのときは、誰か長州の人間が俺を斬りに来るかもしれんな」

「申し訳ないですが、その通りであります」

　じっと桂を見た。が、やがて大笑いする。

「相変わらず正直者だな、塾頭。いいだろう、加賀へ行こう」

　安心した途端、桂の心が重苦しさから解放された。ふと桂は上の辺りを見やりながら、やはり悪いものではなかったな、と呟いていた。

＊＊＊

　閏四月六日の午過ぎ、前日に会ったばかりの桂からまた呼び出しがかかったとき、山県は少し意外な思いがした。やむを得ず訪ねると、桂は加州の藩情勢に怪しい動きがあると言い始めた。

「藩内が混乱しておるのは加州に限ったことではないが、割拠などと藩の重職が言っているのは穏やかではない。おまけに、その重職に暗殺の噂まであるとなると、割拠などあり得んと高を括ってもいられん。お前はどう考える」

「一応は調べた方が無難でしょう。ただ、私は早く本隊に追いつかないと。長岡の情勢が急を告げておりますから」

「ふむ。今や奇兵隊軍監というだけではないからな。官軍参謀としては前線指揮が最優先だ。それでも加州は放ってはおけんぞ。どうするつもりだ」

山県は言葉に詰まる。そのとき、山県は急に体が重く感じる。頭も重苦しい。最近時々起こることだった。不安がそうさせるのかもしれないと思いながら、桂に答えた。

「密偵に調べさせるくらいしか……」

「ただの密偵には手に余る。時局を考えて行動してもらわねば、外交問題だからな。実は一人適任者がいて、既に、俺が調査をお願いしてあるのだ」

そう言って立ち上がった桂は、隣室から一人の老人を連れてきた。見覚えがある。

(薩摩の船で酔っぱらいを退治した爺さんじゃないか)

「紹介しよう。俺の師匠、江戸練兵館の斎藤弥九郎殿だ」

山県は驚いていた。長州の尊皇派には練兵館に通った者が多い。だから、その名を山県もよく知っていた。かつては剣客としても尊皇家としても著名だった人物であることも承知している。

「ああ、斎藤先生、どうも御足労いただき感謝いたします」

思わず、山県も深々と礼をするが、改めて弥九郎の姿を見ると眉を顰《ひそ》める。

薄汚れたたっつけ袴をはき、髪も髭も白く、顔は皺だらけだった。かつて日本全国に名の聞こえた剣豪にして尊皇家も、今ではすっかり耄碌した百姓くらいにしか見えない。

(こんな老人に、官軍の仕事を任せて大丈夫か)

斎藤弥九郎というと七十歳近いはずではなかったか。こんな高齢者に、難しい調査など頼んでよいのだろうか。

そんな不安も知らず、桂は言った。

「斎藤先生には官軍参謀補佐という役目で加賀に入ってもらう」

そう言うと、桂は一通の封書を老人に渡そうとして、「ああ、そうだった」と言いながら、目の前でその封を切った。中から辞令を取り出す。

「まあ、形だけですが、これで官軍でも加州でも、先生に便宜を図るように朝廷が命じていることになるわけです」

そう言いながら辞令を封に戻した。受け取って、斎藤老人は中を改めて、「確かに」とうなずく。その様子は何となく大仰に山県には感じられ、ますます不安になる。そこへ、さらに意外なことを桂から言われた。

「ああ、狂介。この後、西郷殿のところへ寄ってくれ。薩摩藩からも、おまえに頼みたいことがあるそうだ」


「斎藤先生は天下の名士ゆえ、素性をあまり人には知られんようにしてくいやんせ」

西郷はそう言った。

なるほど、昔の名声を知っている者が「一手ご教授を」などと言って、近づいてくるかもしれないと、山県も思った。

（やれやれ、これから北陸道を越後から会津へと進まねばならない非常時に、面倒な荷物を背負わされたものだ）

しかも、山県には移動の途中にある諸藩に対し、官軍への援兵を実行させるという重要な役割もあった。どの藩も恭順していて、援兵の件は同意しているとはいうものの、実際に兵を送るところにまでは至っていなかったからだ。急展開する時勢で藩内が混乱しており、準備が間に合わないと弁解しているが、わかったものではない。実際には薩長が主導する朝廷方と旧幕府方のどちらにつくのが得か、日和見をしている藩もあるに違いなかった。そうした諸藩を説き、兵を出させるのが仕事だった。

ことに厄介なのは加州藩だった。言わずと知れた百万石の大藩だが、所帯の大き過ぎることが災いして藩内が混乱しているというのは、先行して加州領を通ろうとしている奇兵隊の時山直八の報告書にあったし、領内で探っている密偵の報告によっても本当のことらしかった。

加州領の城下町、金沢では藩論が激しく動揺しており、時勢の変化についていけない佐幕派が反薩長を叫んで、恭順を説く藩の上層部と対立し、時山たちが領内を通過するときも、いつ背後から佐幕派が襲いかかって来るかと、気が気ではないと報告書には記されていた。

ただ、こうした混乱は多かれ少なかれ、この時期にはどの藩にもあり、特別に警戒する理由はない。藩内の佐幕派と言えども、肝心の徳川宗家である慶喜が恭順していることは承知している。もはや、徳川の時代が終わったことは明らかで、今さら徳川への忠義など何の得にもならないことはわかっているに違いない。

いかに過激な佐幕派でも、帝にはむかって逆賊になるつもりはないはずだ。奥羽越列藩でさえ例外ではなく、彼らが反発しているのは薩長に対してであって帝に対してではなく、決して逆賊になるのを良しと考えているのではない。ただ、時勢の読みが甘く、反薩長の旗を掲げることが即、朝廷への反抗と見なされることを理解していないため、戦争も辞さずなどと言っているだけのことだ。

各藩の佐幕派が反薩長を訴えているのも今だけのことで、時間が経てば、恭順するしかないと折れるはずだと山県は思っている。だから、

(どうしても説得を聞かないのなら放っておけばいい)

北陸道の諸藩に対して、山県はそう考えていたのだが、加州だけは例外で、そうするわけにはいかない事情があった。加州藩には大規模な西洋式軍隊があったからである。

加州の西洋式部隊は、銃隊馬廻組一組、銃隊物頭四組、砲隊物頭一組で一つの大隊となる編成で、六つの大隊が作られている。密偵からは、西洋式部隊の将兵の総数は一万人を超える規模だと報告されていた。さらに西洋の軍艦も購入しており、二隻の蒸気船と一隻の西洋型帆船を中心とする海軍さえある。

これだけの軍備を持つからには、北陸道の官軍を指揮する参謀である山県としては、加州から必ず官軍へ援兵を出させねばならなかった。

ただし、加州の軍制そのままで官軍に来られては困る。各藩独自の軍制による官軍への参加を、朝廷は認めていないからだ。したがって、加州藩式から官軍式へと部隊を再編させることも、山県の仕事のうちということになるのだが、これは加州藩の自負心を叩き潰すことを意味するだけに、かなりの抵抗があるだろうと予想された。

こうした状況を西郷が知らないはずはない。

「ちょうどよか。斎藤先生は加州領のご出身、かの国の人の気心はようご存じでごわんど。山県どんが説得に困ったときには、先生が相談に乗ってくれもそう」

この言葉で、斎藤弥九郎老人が山県に同行する理由も、なんとなく見えた。

（地元出身の有名な論客だから、加州藩が気を許すかもしれないと西郷殿は考えているということか）

ふいに身体が軽く感じる。重荷が離れたようだと思いながら、西郷に言った。

「なるほど。それは心強い。お心遣い、感謝いたします」

＊＊＊

大坂を出て二日目の朝、北陸道を東へ進み、金沢へと向かう一行は、越前を目指して歩いていた。その道すがら、弥九郎主従はのんびりと話をしている。

「え、大先生は元々、士分じゃなかったんですか」

従者の若者は驚きの声を上げた。老剣客は真っ黒い顔で笑う。

「ああ。おまえの家と同じ郷士でな。ただ、違うのは斎藤という苗字はあったものの名乗ることは許されていなかったことさ。二刀を差すこともなかった。生活は全くの百姓そのものさ」

斎藤弥九郎の生家は越中国射水郡氷見《ひみ》にあった。先祖は郷士だったと伝えられるが、徳川の世となり、越中が前田家の所領になったときに、斎藤家は百姓身分だった。弥九郎はその家の長男だったが、武士になろうと志し、十五歳のときに江戸へ出た。

「百姓が嫌で、侍になろうと思ったんですか」

「いや、別に百姓は嫌じゃなかったよ。ただ、同じ命ならば、もっと世の中を正しくするために使いたいと思ったんだ。それには、侍になるのが一番だと、そう考えた」

「世の中を正しくする、ねえ。なんだか、難しいことを考えていたんですね」

弥九郎は苦笑する。

「まあ、自分の生きたいように生きようと、そう思っただけかもしれん」

「ああ、それならば、少しわかる気がします。僕も、好きな剣術で身を立てたいですし」

「そういうことさ。命があれば、思うさまに生きたいというのは、誰しも願うところだろう。願いのだけだ。

中身は人によって違う。俺の場合、それは世の中を正しくするために役立つ生き方をすることだった
　ただ、思うように生きたくても、誰もが願い通りに生きられるわけではない。そんなことを全員がやり始めては、世の中が動かなくなってしまう。世の中に必要なことと、自分のやりたいこととがいつも一致するとは限らんからな。

　俺は運が良かったんだ。幾つかのめぐり合わせのおかげで、十分となることができた」

「へえー。若者は妙に感心して聞いていたが、やがてこんなことを言い出した。

「大先生は、きっと、そうなる運命だったんですよ。

だって、侍が似合っていますもの。

　白状するとね、最初に会ったときに百姓仕事をしていたから、僕は代々木村の長老かと思ったんです。けれど、すぐに違うと気づきました。だって、こんなにおっかない百姓はいませんから。塾頭が『大先生』と呼んだとき、やっぱりそうか、と思いました。こんな偉そうな人が百姓であるわけないなとね。

　大先生は、いずれ侍になるようにと、天から決められていたんだと思いますよ」

　弥九郎はまた苦笑する。

「おっかないか」

「ええ。練兵館ではみんなそう言ってます。あの怖い塾頭さえそうです。でも、みんな、大先生を慕っていますよ。大先生はいつも言いたい放題なのに、不思議と言われた方は、腹が立たない。あれは人徳だと、渡辺塾頭も言っていました」

　昇の奴、塾生にそんなことを言っているのかと、渋い顔になる。

「まあ、そのことはいい。

ただ、おまえはさっき、『天から決められていた』と言ったな。それは大事なことかもしれん。日本では、身分は天が決めたものだと思っている。

天命だと思って、自分のやりたいことを抑える。そうやって、世の中に必要なことをする人間が足りなくなるのは防がれる。

もし、世の中の方が人の一生よりも大切だと思うのなら、天命だと思って我慢するのは正しいことになる。そうやって身分を全部、天が決めたことだと思い込むと、自分のやりたいことを我慢する方が普通になってしまう
侍に生まれるのも、百姓に生まれるのも、天が決めたことだから仕方がない。そう思ってあきらめるのが普通なんだろう。だが、俺は自分が侍になることを間違っているとはまったく思えなかった。先祖が郷士だということもあったろうが、それ以上に、学問へのあこがれが強かった。正しいことを求める学問がしたい。それが自分のやるべきことだと信じていた。

もっとも、自分の望みが叶ったのは、元々、そうなる宿命だった、天命だったのだと思うこともできるがな」

「そうじゃないんですか」

「おまえはいつも、こう言っているな。剣術で身を立てたいと。

だが、世の中をうまく動かすために、大勢の人が我慢をしなければいけないとしたら、それは人の生き方として、どこか間違っている気がしないか」

「でも、皆が好き勝手に生きて、世の中が動かなくなったら、元も子もないでしょう」

「ところが、そうでもないかもしれんのだ」

「そんな、勝手な奴ばかりの世界が上手くいくわけないじゃないですか」

「上手くいっている国もあるとしたらどうだ」

「それはどこにあるんです？」

「西洋さ」

「西洋？　まさか、異人の国のことですか。日本をそんな異国と比べても仕方がないでしょうに」

「そうかな。人間はみんな同じだと思うがね。異国では、人間であるからには生まれながらにして全員が持っている、『人権《ヒューマン・ライツ》』というものがあると考えている。

　人が思うままに生きることもその一つだ。これを『自由《リバティ》』と呼ぶ。そして、人は皆同じだと考える。これを『平等《イクオリティ》』という。

　すると、日本では当たり前だと思っている天が与えた身分は、『平等《イクオリティ》』ではないことになる。西洋の国では、士分という身分は認められないわけだな」

　若者はぼうっとしていた。あまりに突拍子もないことばかり言われて、とても理解できそうもなかった。


　二人の姿を山県は苦々しい思いで見ていた。

（やれやれ、呑気なものだ）

　初めのうち、西郷の言葉の通り、この老人には加州藩に人脈でもあるのかと期待したのだが、旅の途中に従者と、呑気そうにおしゃべりをしている年寄りを見て、その期待も怪しくなっていた。

（加州藩の件、やはり俺一人で何とかするしかないらしい）

　越前へ着けば加州はもうすぐそこである。ため息をつきつつ、山県は覚悟していた。

第五章　暗殺

慶応四年閏《うるう》四月七日、加州藩士、小川誠之助は金沢に着いた。京詰家老、前田内蔵太《くらた》の側近として、国元に急ぎ伝えなければならない情報があった。官軍参謀、山県狂介の金沢入りが近いことである。小川たち加州尊皇派は、長州藩の尊皇派と交流がある。その誼《よしみ》を通じて得た情報だった。参謀山県はちょうど今頃、京を発して北陸道を越後へと向かう旅に出たばかりのはず、加州藩領に入るのは早ければ三日後、遅くとも六日後だろう。

山県は、加州藩に対して正規軍である西洋式部隊を官軍へと送るように求めてくるに違いなかった。しかも、加州独自の軍制ではなく、官軍の軍制に合わせて部隊を再編せよと強硬に要求するはずだ。官軍はこの件を非常に重大視しているからである。加州藩の京詰役にはそのことが明確にわかるのだが、どうやら、国元では今一つはっきりと認識してはいないようだった。

先月末、参謀である山県に先行して、長州藩奇兵隊を含む官軍が加州藩領を通過した。その際、越後との国境を守備していた加州の斎藤与兵衛を惣司とする一大隊が、官軍の要請により合流している。国元では朝廷からの官軍参加という命令は果たされたと考えているようだが、官軍側では不十分と見なしている。この情報が長州藩からもたらされたとき、京詰家老前田は驚き、急遽、小川を国元へ送って説得に当たらせることとなったのである。

　京を発つ前のことを考えているとき、小川は視界がぼうっと霞むような錯覚を覚えた。まるで、自分の記憶を探して雲の中を歩いているような妙な感覚である。いぶかりつつも、頭の中には数日前のことが浮かんでくる。前田内蔵太の姿だった。小川を送り出すとき、家老は眉を顰めて言った。

「金沢ではよほど混乱しているのだろう。どうも、官軍参加の準備そのものができていないようだ。先に官軍に兵を合流させたのは、大殿、斉泰様の意向に過ぎず、殿の下した正式の決定ではなかったらしい」

　小川も不安な面持ちで答えていた。

「それが官軍に知られれば、我が藩の恭順を本物かと疑われます」

　前田内蔵太は腕組みし、「それにしても……」と唸るように呟く。

「まさか、藩論がここまで混乱するとは想像もしていなかった」

　小川も同じ思いだった。

「やはり、大隈守殿が急逝されたためでしょうか」

「おそらく」

　苦々し気に家老はうつむく。


「それはおかしかろう」

　先月中旬のこと、早飛脚で知った金沢の状況に、前田内蔵太が思わず呟くのを、小川は聞いていた。

　四月九日、年寄長連恭急死、暗殺の噂あり。かねてから長連恭が煽動していた加州藩割拠の動きが、急速に強まっている。

　報告には、そう記されてあった。

在京の家老はこの状況を納得いかないと思っていたのである。

「武士ならば主家のことを第一に考えるのが務め。我らの主君は帝ではなく前田公ではないか。前田家の存続する道を探すのが家臣たる者の仕事であるはずだ。なのに、今、官軍となった薩長に弓を引けばどうなる。主家は滅んだ上に逆賊の汚名まで後世に残す。家臣にとってそちらのほうがよほど恥ではないか」

小川は同じ疑問を感じながら、別のことを考えていた。

(それにしても、あの長殿がなぜ若侍のごとく血気にはやっていたのだろうか。父君と同様、冷静な現実家だとばかり思っていたのだが)

小川の脳裏をよぎったのは、長家の亡き先代、長連弘《つらひろ》の鉄のように動じない面構えだった。加州を席巻した黒羽織党の頭領として、反対する者を容赦なく断罪、粛清していった男だった。そして圧政が行き詰まるや、今度は仲間だったはずの商人、銭屋五兵衛までも切り捨ててしまった。

その長連弘の息子が連恭である。まだ二十代半ばながら、本多政均《まさちか》とともに加州を佐幕派一色に染め上げてしまった手腕は、まさに父譲りだと思えたものだが。

「その長連恭殿に冷徹さを捨てさせるほどの何かが、裏にはあるということなのかもしれぬ。だが、わしにはどうでもよいことだ」

どうやら小川と同じことを考えていたらしい家老は、再び、小さく呟いた。今は薩長にすり寄ってでも主君前田公の立場を保ち、御家の存続を果たさねばならない。さもないと、時代に取り残されて前田宗家は消え、家臣たちの家も消滅する。

「今は、加州藩の生き残ることだけを考えるときだ」

この言葉を胸に収め、小川は金沢に戻ったのである。

その日の午過ぎ、金沢城に登った小川は、国元老職の前へ出て、さっそく京詰家老から託された書状を差し出した。

「急ぎ、殿にお目通りを。直に、ご説明申し上げたく存じます」

通例なら、小川が京から帰国したときには、藩公への目通りがその場で許されるところだった。小川たち加州尊皇派と藩主慶寧公との絆は非常に深い。帰国すれば必ず労《ねぎら》いの言葉が直接、藩主からかけられてきたし、また、慶寧公には京の新しい情報を早く知りたいとの思いもあったからである。

ところが、この日、小川に告げられたのは意外な言葉だった。

「殿より、長旅ご苦労、とのお言葉があった。目通りは後日とし、しばらくは身体を休めるようにとのお達しじゃ」

老職はそう伝えると、報告書を受け取って立ち上がる。小川は慌てた。

「京詰家老殿より申しつかった、殿および国元ご老職の皆様にぜひお聞きいただきたいご報告がございます。どうか、急ぎ、お集まりいただきますようお願いいたします」

老職は少し面倒そうな表情になる。

「それについては、まず、本多殿にはかってからになろう。今日のところは、これで城から下がってよい」

言うと、そのまま立ち去ってしまった。取り残された小川はしばらく呆然と動けないでいた。すると、しばらくして若い侍が伝言を持って来たのである。

「今夜、播磨守殿のお屋敷へ寄るようにとのことです」

＊＊＊

広壮な本多の屋敷を訪れたのは、まだ夕陽の名残のある時刻だった。

黄昏時、この世のものとは思えないほど真っ赤に染まった空を見上げて、背筋が思わず冷たくなる。

本多家の執事が先に立っていて、小川は奥へと案内される途中だった。

「いかがされました？」

執事は怪訝な顔をする。小川の足が止まっていた。

「いえ、その、……さすがに金沢、京より肌寒いなと」

執事は納得したように歩き出す。

奥の座敷に通されると、待っていたのは、年寄本多政均だった。一通りの挨拶をいかにも型通りに終えると、本多は重たげな瞼を半眼にして、いきなりこう言った。

「長を殺したのは誰だろうか」

おや、と思わず声を上げそうになった。

小川が京詰家老、前田内蔵太の配下になってからまだ二カ月だった。この二月、長連恭が突然の帰国となり、そのまま金沢に残ったから、小川は元の前田家老付きの役職に戻ったのである。その前田家老は、「長の暗殺を最も喜んだのは本多ではないか」と言ったことがあるのだが、小川もそう思っていた。

だから、今、本多がいかにも何も知らぬという顔をしているのを見て、つい、

（あなたがやらせたのでは）

と言いそうになるが、もちろん声には出さない。努めて平静を装った。

「ご老職殿も、あの件を暗殺だとお考えとは驚きました」

皮肉を込めて言ったが、本多は素知らぬ顔だった。

「お主は、暗殺だとは思わないのか」

昨年末に突然、王政復古が宣せられて、鳥羽伏見での幕軍敗北、つい先ごろの江戸城明け渡しと、この四カ月で徳川政権は完全に消滅した。加州藩においても佐幕派は存在の意義を失って意見が分裂している。

かつて佐幕派の首領格だったのは、亡くなった長連恭と本多政均の二人だった。一方の長は、割拠論を強硬に主張して藩内の若侍を集め、過激勢力の中心になっていた。他方、本多は先代藩主の意を受けて藩内を恭順論に統一しようとしており、長の過激論とは真っ向から対立していた。突然の長の死亡は、だから、本多にとっては好都合であり、前田内蔵太や小川などは、あるいは彼が暗殺の首謀者かと疑っているわけだった。

年寄役本多政均は際立った政治手腕の持ち主である。前田家老や小川ら、加州尊皇派の生き残りにとって佐幕派の本多は同志を死に至らしめた仇敵だった。だが、その手腕には一目を置かざるを得ない。どんなに追い込まれようとも顔色一つ変えずに切り抜け、必要とあらば、眉一つ動かさずに見事なまでの転身を成してしまう鉄面皮ぶりである。憎むべき敵ではあるが、その胆力には武士として素直に敬服すべきものを感じる。

小川が何と答えるべきか逡巡していると、本多がもう一度問いかける。

「大隈守の死、お主はどう思う」

「どうと申されましても、拙者には全く見当もつきません。四月から、金沢を離れておりましたゆえ、とんと事情に暗くなっております」

当たり障りなく答えたが、本多の重たげな瞼の奥の目はじっと小川に注がれたままだ。

「岡目八目と申す。遠い京からのほうが、よく見えることもあろうと、尋ねてみたのだ。例えば、前田内蔵太殿は何と仰せかな」

あなたを疑っておられます、とは言えないし、困っていると、相手の口の端が少し上がった。

「わしの仕業だと、言っておられたかな」

図星だが、顔に出してはならない。

「ただ、『今はそれどころではない』とだけ、仰せでした」

本多の微かな笑顔はすぐに消える。

「官軍への参加の件かな」

「早急に決めませぬと。もう四、五日もすれば、官軍参謀が城下に到着してしまいます」

本多と気まずくなるのは得策ではない。まずい空気になる前にうまく話を本論へと戻すことができて、小川は内心ほっとしていた。

今回の小川の帰国は、京詰家老、前田内蔵太の意向を受けて、官軍への援兵を早く実現させるように、国元を説得するためだった。東北諸藩との戦さのために、官軍が北陸道を進んで越後入りしている。もうすぐ、官軍参謀が金沢に入り、援兵を催促するはずだった。万が一参謀の要請を蹴るようなことでもあれば、加州藩は朝廷から逆賊扱いされかねない。京で朝廷の動向に身近に接している前田内蔵太にはそのことが痛いほどわかるのだが、遠く離れた金沢では切迫感があまりないようで、いまだに藩の正規軍である西洋式軍隊の派遣が決まっていない。焦った京詰家老は、国元の本多に助力を頼もうと考えたのである。

元々、本多は佐幕派だっただけに、朝廷への恭順には消極的だろうと思っていた。だが、この二月に前の藩主である斉泰公が京にやって来て、藩の恭順を朝廷に対して印象付ける工作を始めた。その動きに本多が同調していたと前田家老は知る。実質的に加州の政治を取り仕切っているのは本多である。その本多が理由はわからないながら恭順姿勢を見せているのだから、京詰家老にとっては強力な味方になるかもしれなかった。もし、本多を説得できれば藩論を官軍への援兵へとまとめることができると見ていた。

ところが、金沢に帰ってみれば、藩内の状態はそう単純ではないことがわかってきた。ことに、長連恭暗殺の噂は、混乱に一層の拍車をかけていたのである。

「官軍へ正規軍を送れとのことだが、わしに否やはない。だが、一存で決められる話ではなくてな。今、金沢は一筋縄ではいかぬ状況にある。重い空気が垂れ込めているのだ」

「それは大隈守殿のことですか」

黙ったまま本多はうなずく。

「まずいときに死んでくれたものだ」

どうやら本心らしい。では、暗殺の黒幕は本多ではないのか。小川は頭の中でもう一度整理してみる。

元々、本多と長は佐幕派の主導者として同志と言える立場だった。ところが、昨年末の王政復古以来、二人の立場は分かれた。

長は徳川幕府が鳥羽伏見の戦いで敗れても反薩長の姿勢を変えなかった。それどころか、尊皇派の若者まで吸収して反薩長の動きを強めて行った。そのことは、藩内尊皇派の中心人物である前田内蔵太の耳に届いていた情報だった。長が帰国して以来、「薩長のやり方は帝を蔑《ないがし》ろにしている」と反発する若侍は、尊皇派にも増えていたのである。

他方、本多政均は、王政復古を境に、方針を柔軟に変えていた。鳥羽伏見で旧幕軍と薩長軍がにらみ合っていたときには、金沢から旧幕府側への援軍を送るよう主張していたが、加州兵がまだ北陸道を進んでいる途中で旧幕府軍の敗色が濃いとの報告を受けると、援軍を素早く引き返させていた。そして、佐幕に意味がなくなったと見て取ると、一転して朝廷への恭順を唱えるようになった。

このように、二人の立場は相反するようになっていた。そんなときに長が急死し、暗殺の噂が立ったわけである。さては、本多殿が、と思ったのは前田内蔵太や小川だけではなかったろう。

だが、その本多が黒幕でないとすれば、誰が長を殺したのか。割拠論を唱える長の暴走を恐れていたのは、藩内で本多だけというわけではない。しかし、長連恭ほどの大物を斬ろうとする胆力のある者が、そうそういるとは思えなかった。加州の旧佐幕派のうちで長を倒せるとしたら本多くらいだし、加州尊皇派には残念ながらそんな人材はいない。前田家老や小川も含めて、力技を使えるような類の人間ではないし、もっと若い侍にいたっては、むしろ長の割拠論に同調する者のほうが目立つくらいだった。

いや、もし仮に誰か尊皇派の若い者が単独で斬ったのだとすれば、小川たちの仲間に気づく者がいないのは変だった。それに、尊皇派に斬られたのなら、長連恭の親族がそれを隠す理由がない。殺された側が真相を隠すのなら、権力で抑え込まれた場合くらいしか思い当たらなかった。そうなると、やはり、本多が怪しいことになる。

小川には、いくら考えても、下手人の想像がつかなかった。

「ご老職にもおわかりにならないのなら、あるいは、本当に急な病で亡くなったのでは」

「いや。大隈守は病で死んだのではない。確かに斬られたのだ」

「わしはこの目で、長の死んだ直後、亡骸を見たからだ」

声にならない驚きが小川を襲っていた。

「なぜ、わかります？」

本多政均にとって、長連恭の死は二重の意味で上手くない巡り合わせとなっていた。まず、彼にとって痛かったのは、貴重な情報を長から聞き出す前だったことである。

「あの日、わしは長殿の屋敷に呼ばれていた。事と次第では割拠に与《くみ》しないでもないと、以前からそれとなく伝えていたのでな、秘密を明かす気になったのかもしれない。

ところが、屋敷に着いてみると、奥の間に通されて待たされることになった。家人が言うには、先客があるらしい。小半刻も経った頃だったが、屋敷うちが妙に騒がしくなったのだ。庭の向こうの離れから女の悲鳴が上がる。ただ事ではないと直観して、そちらに駆けつけた。いや、嫌な予感がする理由はあったのだ。庭に降りたとき、禍々《まがまが》しい匂いがしていたからだ。

予感は当たった。離れは開け放たれていて中の様子が一目で見えるのだが、座敷は血の海という他ない惨状、その真ん中で仰向けに倒れている男がいた。初めは長連恭かどうかもわからぬ。血まみれだったし、頭を斜めに割られていたのだ。

酷い斬られ方だった。右から左から、頭と言わず胴と言わず、何度も袈裟に斬り裂かれていた。あんな死に方は初めて見た」

話を聞くだけでも胸が悪くなる。他藩との折衝や斡旋ばかりしてきた小川は、荒事が苦手だった。

「そんなに酷い斬られ方とは。相手は大勢だったんですね」

本多は全く平然とした顔で答える。

「いや、客は一人だったらしい」

「その客が一人で、長殿を斬ったと？」

うむ、と本多はうなずく。

「門番が言うには、その夜、急な客のあることは主人から予告されていたらしい。客が来たと主人に伝えると、自らが出迎えて離れに通したと言う」

「誰なんでしょう？」

「長連恭しか知らない男のようだ。門番の他は客の姿も見ていないし、門番が覚えていることさえもわずかだった。笠を深くかぶっていて顔はよく見えなかったそうだし、声にも特に聞き覚えはなかったと言う。

ただ、言葉遣いが土地の者らしくなかったそうだ。江戸者ではないかと言っていた。『お約束の者が来たと取り次いでもらいたい』と言ったらしいが、江戸詰めの家臣の喋り方に似ていたと門番は言う。

もっとも、そんな言葉遣いだけで江戸者とは決められぬ。国の訛《なま》りを隠すために、江戸言葉を遣うということもあるからな」

小川も江戸言葉をよく遣う。京で他藩との折衝をするときには、だいたいそうだった。京や江戸で外交役をしている者なら、どの藩の家臣でも江戸言葉を遣っているだろう。そう思ったとき、本多がじっとこちらを見ているのに気づく。

「まさか、ご老職は、我々京詰役の誰かが下手人だと、お考えではないでしょうね」

冗談ではない。小川は憤然として、自分の両刀を鞘ごと相手の前に差し出した。

「どうぞお改めください。自慢じゃありませんが、私の刀はもう何年も抜いたことさえない。血のりなんかまったくありませんよ。代わりに錆の方はありそうですが」

　本多は苦笑する。

「その必要はない。悪いが、お主では無理なのはわかっている」

「では京の他の者がやったと？」

「同じことだ。京詰役にあれができる手練はおらぬ。なまなかの腕前で、連恭は斬れぬよ。藩内で知る者はあまりいないが、奴の富田《とだ》流《りゅう》小太刀はかなりの腕前だった。その連恭を相手に、一人であんな力技をやってのけるには、よほどの技量が要る」

　そう言われて、ホッとしかけたが、本多の視線はまだ冷たくこちらに向けられている。

「まだ何か、お疑いのことでもありますか」

「京詰役にはできなくても、他に手段がないわけではない。例えば、他藩の者を金沢に手引きしたとしたら不可能ではなくなる」

「他藩？　何がおっしゃりたいのですか」

　本多の目が鋭くなる。

「例えば、長州の者」

　ようやく、相手の考えていることが見えた。

「我々が長州と結託していると、そう言いたいのですか」

　本多の方でも、いつもの半眼の奥の目が厳しくなっている。

「加州に対して、薩長の主導する朝廷は盛んに恭順を求めてきた。我が藩も先代藩主である中納言様やわしが恭順の意を伝えるべく努力してきている。しかし、今のところ藩内の意見は恭順で統一できているわけではない。そのため、朝廷から求められている官軍への援兵の件は、準備がなかなか進んでいないのが現実だ」

薩長側ではそのため、藩の恭順を疑い始めている。本心は今でも佐幕であり、旧幕府方へ与したいのではないか、奥羽越列藩と同盟を組むつもりがあるのではないか、そう疑っている。

京で朝廷を相手に折衝をしている前田内蔵太や小川らが、もし、長州と気脈を通じているとすれば、藩内の割拠論を官軍側に教えているだろう。その中心人物が長連恭であることも。長州は連恭を亡きものにしようと考えても不思議ではない。

「そして、長州の手練を金沢に送り込んだ。藩の京詰役を案内にして」

これが、本多の疑いだった。小川を今日、私邸に招いたのは、自白を迫るためだったのか。

（いや、冷静になれ）

小川は、荒事はだめだが、こと折衝となれば話は違う、追い詰められた状況にも慣れているし、かえって度胸が据わる。

（もう一度、頭の中を整理しよう）

もし、小川たちを本当に疑っているのなら、自分の手の内を、こんなに簡単に明かすだろうか。いや、本多老職はそんな単純な男ではない。恐らく、今回の真の狙いは、小川から前田内蔵太を中心とした京詰役の持つ京の情報を引き出すことではなかろうか。

「敵と共謀している」と疑って見せる。すると、相手は必死に弁明する。通常なら明かさないような情報も漏らす。

小川らが下手人とは考えてはいないのだが、その可能性を口にすることで動揺させ、本多や先代藩主がまだ知らないことを喋らせようとしている。

（そういうことか）

小川が相手の腹を読めたと思ったとき、本多の追及が始まった。

「大隈守が消えて、得をするのは、長州とお主ら尊皇派だな」

「長州は得をするかもしれませんが、我々は得などしませんよ」

「佐幕派が弱くなれば、尊皇派は得をする」

「いいえ、長殿が亡くなっても、あなたがいらっしゃるんですから同じです」

「わしはもう佐幕ではない」

「それならば、ますます長殿を斬る理由がありません。あなたが手を引いた佐幕派など、いずれ弱くなりますから」

「そのときまで、待っていられなかったのではないか。薩長はこれから越後と会津で戦さになる。加州の兵を出させるために、早く佐幕派は消えてほしかったのだろう」

「確かに長州はそうでしょうが、我々は長州とは別だと言っているでしょう。長殿だけで佐幕派はもちません。割拠論なんて実行不可能ですよ」

「なぜそう言い切れる。奴には切り札があったのだぞ」

「偽勅の証拠、ですか」

「ほう、なぜそれを知っている。国元の重臣しか聞いておらぬはずの話だが」

「とぼけないでください。あの人は金沢中の過激な若侍に薩長の不義を説いていました。藩内では公然の秘密です。私だって、尊皇派のある若い侍から聞きました。藩内を取り仕切っているあなたが、城下の状況をご存じないわけがない」

「お主、偽勅の証拠があると信じているのか」

「ご老職だって信じているでしょうに」

「なぜそう思う」

「あなたが新たな朝廷工作を始めたからですよ。長殿の言い分に何か裏付けがあると思われたからでしょう。それを取引材料にして、朝廷内に加州の勢力を作り、薩長に対抗するためにです。違いますか」

「面白い。だが、さっき言ったな。長連恭はあの夜、わしに秘密を明かそうとしていたのかもしれんと。あの暗殺は、わしに証拠の正体が知られる前に、連恭を消すのが目的だったかもしれぬ。つまり、わしは真相を知らぬままだということ。お主の推測は見当はずれじゃよ。

するると、やはり怪しいのは薩摩と長州。特に長州は金沢に協力者が居る。加州の尊皇派がそれだ」

「拙者も申し上げました。我々と長州は別です。もし長州に利のあることでも、加州に害のあることに手など貸しませんよ。長殿が何を知っていたにせよ、それは加州にとって貴重なことです。それを自分の手で闇に葬るなんてするわけがない。

むしろ、拙者がご老職にお尋ねしたい。長殿が亡くなって得をするのは誰かと」

「わしが得をすると言いたいのか」

「長殿が亡くなった夜、ご老職は秘密を手に入れる予定だったとおっしゃった。そのために、長殿を訪ねたのだと。しかし、本当は秘密をすでに手に入れていらしたとすればどうです。長殿のお屋敷を訪ねた目的はその秘密の使い方を相談するためだった。ところが、お二人の意見はまとまらなかった。それで、長殿は命を絶たれた」

「わしに連恭を斬る腕前はないが」

「長殿が斬られたとおっしゃっているのは、ご老職だけです。長家の人々は、あなたに言われて口裏を合わせているだけかもしれない。あなたほどの権力者なら、長家の存続を保証することと引き換えにそのくらいできるでしょう。本当の死因は全然違うのではないですか。例えば、短銃で撃ったとか、毒とか、あるいは、長殿自身が腹を斬ったとか」

本多は苦笑いをした。

「なるほど、ありそうな話に聞こえるな。ところで、お主は知っておるか。今、金沢の城下では若侍どもが騒いでおるそうな。

長殿の仇、本多を斬れと。

先ほど、長連恭が死んで困ったことが二つあると言ったな。一つは奴からわしが秘密を聞く前だったこと。そしてもう一つがこれだよ。今、わしは、長連恭暗殺の黒幕として、城下で命を狙われている」

小川は愕然とした。筆頭老職である本多でさえ威信を失い、命を狙われているなどとは考えてもいなかった。本多でさえ操れない今の加州藩という船は、舵を失って完全に漂流しているのだと、初めて気づいたのである。

この屋敷を訪れたとき感じた気味悪さは、これを予感してのことだったのかもしれないと、小川は思っていた。座敷の外で轟々と鳴る風の音が聞こえる。金沢の夜は、不安を包むように、ゆっくりと更けていった。

＊＊＊

閏四月十日の午少し前のこと、参謀山県と同行している弥九郎主従は、福井を目指して歩いていた。

その道すがら、いつものように、弥九郎と従者の若者が話をしている。

「大先生は侍の世が本当に終わると思うんですか」

「いや、正直なところわからん」

「じゃあ、侍はどうなるといいと思います？」

「本物の侍は残った方がいい。腐った侍はいなくなった方がいい」

「本物って？」

「阿弥陀さまに謝りながら刀を抜くような侍さ」

「阿弥陀って、なむあみだぶつ、のことですか」

「そうだ。私が弱いばかりに刀を抜く羽目になりました、南無阿弥陀仏。こんな私のことはどうでもいいですから、私に斬られる相手を救ってください、南無阿弥陀仏。本当にお手数かけます、南無阿弥陀仏。こんな感じだな」

「大先生は、なむあみだぶつに詳しいんですね」

「南無阿弥陀仏というのは、浄土真宗の門徒が唱える名号のことだ。俺は越中国の出なんだよ。越中は真宗信仰の盛んなところなんだが、俺の生まれ育った氷見という土地では住民のほとんどが門徒だった」

そう言って、弥九郎老人は故郷の話を始めた。

村の中では冠婚葬祭のたびに南無阿弥陀仏と念仏を唱える。どの家でも念仏の声のない日はない。熱心に唱える村人の中には、僧職でもないのに難しいお経をそらんじている者さえ珍しくない。

そんな真宗の村で育つと、自分の身の上のことで不満を持つということがなくなる。どんな不運にも、不幸な生まれにも不満を感じなくなる。現世で巡り来る全てのことは、御仏の与える試練だと考えるからだ。一見、不運に見えることも、不幸に思えることも、全てが仏からその人に与えられた課題であり、それに耐えることは現世に生まれてきた目的なのだという意味だ。

仏教では、人には魂があって、死んでも滅びることなく、何度も生まれ変わると考えている。他の仏教の諸宗派と同じく、浄土真宗でも同じように生まれ変わりを信じている。そして、前世の行いを見ていた仏によって、現世でどのような立場や境遇で生まれ変わるのかが決められると考えている。

越中氷見では、それを「あたわり」と呼ぶ。仏から与えられたもの、という意味だ。氷見の人は、「あたわり」を弁《わきま》えて生きることを当然と思っている。

だから、どんな不幸な生まれだろうが、恵まれた境遇だろうが、同じ「あたわり」だと信じる。一人一人のあたわりが違うのは、仏の与える課題が人によって違うからだと理解する。前世の行いに応じて、現世での身の上を阿弥陀さまが与えるわけだ。

江戸でも、「分を弁えろ」と言うが、「あたわり」とは、この「分」と同じ感じである。自分に与えられた条件を大切な課題だと自覚しろということだ。宿命とも呼ぶ。

越中国の氷見で真宗の門徒に生まれた者は、そういうわけで、自分の境遇がどうであっても不幸だと言って嘆くことはないし、不運なことがあっても不満を漏らさない。

全ては、仏の与えてくれた「あたわり」だからだ。宿命だからと受け入れて、精一杯、生きる。すると、阿弥陀さまがそれをちゃんと見ていてくださって、来世では良い「あたわり」を与えてくださると、そんな風に思っている。

自分もまた氷見で育ったからには、「あたわり」を信じているし、不満に思ったことはない。百姓身分に生まれたことにも不満などなかった。

ただ、そのまま一生、農作業をして生きるのが、本当に自分の「あたわり」なのか、確かめようと思った。

「俺は百姓仕事が嫌いじゃなかった。でも、もっと自分を鍛えたかったんだ。学問をして頭を鍛えたかった。武術をして体を鍛えたかった。自分にできることを目一杯やって、心を鍛えたかった。そんな生き方をするのが、本当の『あたわり』なんじゃないかと思えたんだよ。そのためには、侍になった方がいいのではないかという思いがどうしても消えなかった。

先祖が郷士だったことは父親から聞いていたが、俺はひょっとして、時代を間違えて生まれてきたのかもしれないと考えていた。

それを確かめるために、江戸へ出たのさ。

旅に出たと言っても、ろくに路銀もなかった。どこかで飢え死にするかもしれなかった。それでも別に構わないと思った。侍になれるかどうかを確かめてから死ねるのなら本望だった。きっと、それもまた、俺に与えられた『あたわり』なんだとね」

「そういう『あたわり』だったのか、俺は侍になった。そうなる巡り合わせになったということだ」

侍へと近づこうとしていたときも、侍という身分になってからも同じことだが、毎日剣の修行を積んできたし、学問を続けてきた。

剣術以外の武芸も機会のあるごとに学んできた。馬術を品川吾作先生に教わったし、特に、兵学の大家だった平山行蔵先生は武芸百般に通じておられて、槍術、柔術、居合、棒術、弓術、砲術、水泳まで教わることができた。学問も色々とやった。国学はもちろん、儒学も昌平黌の古賀精里先生から学んだ。

そんな具合に、ずっと武芸や学問をしていると、侍というものもやはり阿弥陀さまの与えてくれる

「あたわり」なんだと、何度も実感することができた。

「来る日も来る日も竹刀や木剣を振っていると、ああそうか、とわかるときがある。学問でもそうだ。それまで何度読んでもわからなかった一節の真意が、突然、腑に落ちるときがあるものだ。そんなとき、俺は阿弥陀さまを感じる。俺と共に阿弥陀さまも竹刀を振り、あるいは書物を読み、いつも傍にいてくれたのだなと感じる。そしてある日、本当のことを教えてくれたのだな、と思うんだ」

剣の極意に近づいたときはいつも、阿弥陀さまが現れて、一瞬だけ、浄土を見せてくれたような気がする。それに近づいたことで、この世の悪が少しだけ減ったと感じる。学問でも、大義とは何かという真に近づいたことで、「ああ、これで無用に刀を抜かなくて済む、そのことで悪が少し減った」と実感する。

そうやって、剣を磨き学問を積むことで、人を斬るという悪をなるべく減らすという「あたわり」を、仏から与えられた者が侍なのだと感じてきた。

そうやって、人を斬るという悪を減らすように毎日励むことで、侍という悪もまた浄土へ行ける。そう思うと、自然に南無阿弥陀仏という念仏が口から出てくる。

「これからも、死ぬまで侍として生きようと思っている俺にとって、これが浄土真宗の教えなんだ。そして、真宗の教えは侍の世だけではなく、どんな世の中になっても役立つと俺は思う。

新しい世の中では、侍などいなくなり、西洋流の自由や平等が広まるのかもしれん。だが、自由や平等と侍とが両立できるかどうかは、やってみなければわからないと、俺は思うよ。

人それぞれに『あたわり』が違うように、自由や平等のあり方もきっと人によって違う。なかには、侍として生きながら、自由と平等を謳歌できる人間だっているかもしれん。人生の課題が違うんだから、両立を『あたわり』として生まれた侍だっていそうだと、本当に思うんだよ。

人生の課題が違う人間同士だ。自分の課題を思うさまに追求すれば、衝突することだってある。そんなときの争いはきっと意義がある。勝者が正しく、敗者が間違っているなどという単純なことじゃない。各々が得るべきものを得るという解決だってあるはずだ。

人は皆、自分自身の課題を持って生まれるという意味で等しいのだと、俺は思う。

悪を止めるために、人斬りという悪をなすのが侍だ。異国から、今まではこの国には存在しなかった種類の悪が迫っているのかもしれない。そんな新しい時代にこそ、侍という『あたわり』を持つ者の課題が重要になる。

侍はこれからも、日本に残り続けるべきだろう」

こんな話をしているうちに、日はようやく西に傾き始める。福井までは、もう少しだった。

＊＊＊

閏四月八日の午少し後のことである。

「おお、青木、不破もか」

小川は思わず喜びの声を上げていた。

金沢城下を流れる犀川を渡り西新地の茶屋街へ出る道筋に、尊皇派の仲間が開いている剣術の道場がある。昔から同志のたまり場になっており、小川は国元の混乱について知りたいと考えて、訪れていた。そこで、道場主である男から、かつての仲間が罪を赦され、道場へちょくちょく来ると聞かされたのである。

この三月二日、今上帝の元服が行われた。それに合わせて諸国では大赦が実施され、加州でも禁門の変の後に服罪していた尊皇派が赦免されていたのである。

　小川は興奮した声で尋ねた。

「本当に良かった。奴ら、身体はどうだ？　元気か？」

「ああ大丈夫。二人とも牢に入っていたわけじゃなく、自宅で禁固になっていたんだからな。元気なもんだよ」

「そうか、それを聞いて安心したよ。で、次はいつ来るんだ？　今日は？」

「ああ、多分来るだろう」

「よかった。早く会いたいものだ」

　このとき、道場主の顔が曇った。

「いや、会わん方がいいだろう。お主のためにも、奴らのためにも」

　小川は意外な言葉に戸惑った。

「どういう意味だ」

　道場主は険しい目つきで言った。

「考えてもみろ、青木も不破も、尊皇攘夷を掲げる長州を庇ったがために、長い拘禁生活を強いられたんだ。

　それなのに、今の長州はどうだ。夷敵を追い払うどころか、すっかり開国主義に変わっている。それ以上に解せんのは、尊皇どころか、帝を蔑ろにしているという噂のあることだ。あの二人にしてみれば、長州に裏切られたという思いだろうよ。今では、反長州の急先鋒になっている。

　ところが、小川、お主は恭順派、相も変わらず親長州だ。お互いに立場が違うんだよ」

　かつて加州尊皇派だった者の多くは今の長州に反感を持っているという。そのため、亡き長連恭が唱えていた三州割拠に賛同する尊皇派も多い。

「攘夷のための開国だなどと薩摩も長州も言っているようだが、異人との戦争に敗けて、戦意を失っただけとしか見えん。西洋の軍門に下ったのなら、徳川幕府と何も変わらないではないか」

「いやそうじゃない。開国したのは、あくまでも西洋の武器を手に入れるためであって、それを使って攘夷をやろうということだよ」

道場主は首を振った。

「まあ、俺はそういうことでもいいさ。だが、長い間不遇をかこった青木や不破にしてみれば、夷敵と手を結んでいるとしか思えないんだよ。

その上、帝を蔑ろにしているとあれば、とても許せないという気持ちだろうさ」

「ちょっと待て。帝を蔑ろにしているとは、ただ、長殿が言っていただけで、何も証拠はないだろう。なぜ、長殿を信じて、長州は信じられないんだ」

「俺はどちらが正しいのか迷っているよ。だが、あの二人は長殿を信じている」

「だから、なぜ」

「恩赦があった後だった。まだ長連恭が生きていたときに、あの二人に頭を下げたからだ。割拠の同志になってほしいと言ってな」

小川は驚いていた。あの八家の一つ、長家の当主が頭を下げるなど普通ではなかったからである。

「加州侍の意地を奸賊どもに見せてやりたい。そのためならば、何でもすると言って、平伏したそうだ。薩長の裏切りの証拠は確かにある。自分を信じてくれと言ったらしい」

この行動の意味は重い。そのことはよくわかった。

「青木と不破は、その場で長連恭と手を組むことを承知した。初めのうちはそれでも、長殿の言う証拠が本当にあるかどうかと半信半疑だったようだが、どうやら、信じるに足るだけの話は本人から聞かされたらしい。今ではすっかり信じているよ。

青木と不破の二人がうちの若い奴らを口説いて、この道場は割拠論を唱える尊皇派の根城みたいになっているんだ。

今は、割拠の首謀者だった長殿の暗殺の噂に、若いのが殺気立っている。恭順派に鞍替えした本多老職が黒幕だという話もある。『奸賊、本多を斬る』と息巻いている連中も多いよ。そんなときに、恭順派のお主がのこのこ現れてみろ、ただじゃ済まんぞ」

そして、気の毒そうに言った。

「わかったろう。悪いことは言わん。あの二人に会うことは諦めろ」

「だが、長殿はもういない。首領を失ったんだから、割拠なんて途方もないことは実現できないだろう。時間が経てば、冷静に話ができるようになるんじゃないか」

道場主は首を振る。

「いや、冷静になるどころじゃない。むしろ、長殿亡き今こそ、結束を固めるべきだとあいつらは言っている。誰なのかは全くわからんのだが、どうも、割拠勢力には長殿の他に後ろ盾があるようなんだ」

うつむいて、小川は考えていた。

（割拠の後ろ盾？　それはまさか……）

嫌な予感がした。小川は長暗殺と偽勅の真相とを、早急に、調べねばならないと考えていた。

＊＊＊

閏四月十一日、山県参謀の一行は、加州藩領である大聖寺の城下に到着していた。長州藩の定宿に入ると、弥九郎は従者の若者にこんな話を始めた。

「北陸には浄土真宗を信仰する者が多く、前田本家の領地である加賀、能登、越中もまた真宗の門徒が多い土地柄だ。この旅で真宗の寺を方々で見かけるうち、気が付いたよ。俺はやっぱり真宗の門徒なんだな」

斎藤弥九郎は加州藩領である越中国氷見に生まれ育った。十四の年に国を離れて江戸に出て以来、もう五十年が過ぎており、その間、一度も郷里の土を踏むことはなかった。

「だが、長い無沙汰の後に帰ってみれば、つくづくと自分が真宗の門徒として生きてきたのだと感じる。江戸にあって、夢中で剣技を磨き学問を積んでいた頃には自覚はなかった。しかし、あの頃でさえ、自分は浄土真宗の門徒だったのだなと、今、思った」

「門徒として生きる？　そりゃ、どういうことです」

不思議そうに若者が尋ねる。彼もまた、同じ加州領の出身、家は浄土真宗を信仰しているだろうに、どうやら真宗門徒の自覚などないらしい。まあ、若い者は、信仰のことなど深く考えないからだろうと、弥九郎は言った。

「一口で言えば、自分の本当の心に対して嘘の無いように生きるということだ。

仏に自分の心を見てもらいながら、南無阿弥陀仏と感謝の言葉を唱えるのが門徒だ。見方によっては、いかにも日本人らしい生き方、と言っていいかもしれん」

若者は、ますますわからない、という風に首を傾げた。

「善人は善人のまま、悪人は悪人のままでいい。そのままで仏さまは許してくださる。ただ、南無阿弥陀仏と唱えれば、必ず救ってもらえる。良かった良かった。

そう思って生きることさ」

「なんだか勝手な生き方ですね。だって、どんなに悪いことをしても、南無阿弥陀仏で許してもらえちゃうなら、みんな、好き勝手を始めますよ。そんな勝手なのが、本当に日本人らしいんでしょうか」

勝手と言やあ、勝手だな。弥九郎は笑った。

「南無阿弥陀仏と唱えるのは、心は弥陀と共にあるという感謝の意味を含んでいるのさ」

弥陀とは仏のこと、どんな場合でもどんなときでも、自分の心を仏が見てくれているという安心感がある。だから、思い切って生きることができる。

「自分のやりたいこと、正しいと思ったことを精一杯やれば大丈夫、だって、仏さまが傍で見ていてくださるのだから、ということだよ。

自分の信念に従って生きてもいいんだ。そう思っているから、ただの身勝手ではない。仏との共同作業なんだな」

若者の顔が少し歪む。苦笑している。

「悪人が悪いことをするのも、仏の許しがあるわけじゃないでしょう」

「昔、おまえさんと同じことを言った侍がいたそうだよ」

弥九郎は穏やかな声で話す。浄土真宗の開祖である親鸞聖人の師である法然上人に、甘糟太郎忠綱《あまかすたろうただつな》という武士が尋ねたのだと教える。

自分は祖先以来の家業を守り、子孫のために戦さをしなければならない。敵方と戦って人を殺さねばならない。それが武士の誇りだが、これは仏法から見れば悪であることは自分にもわかっている。どうすればいいのだろう。

するると、上人はこう教えた。

悪は悪のまま、阿弥陀仏は救ってくださる。

これを聞いて、忠綱は安心して戦さに赴き、南無阿弥陀仏と名号して死んだという。

「自分が戦場で人を斬っているときにも、仏が見ていてくださる。忠綱はそう教わって安心したのだろう。悪を成す自分の心をちゃんと知った上で、それでも仏が救ってくれると信じたんだよ」

若者は皮肉な目になっていた。

「でも、法然さんの言うことが本当だという保証なんか、どこにもないじゃありませんか」

そうだなと、弥九郎はうなずく。

「それでも、法然上人を信じると、親鸞は言ったそうだよ。

たとえ、お上人に騙され、地獄に堕ちようとも、一片の悔いもない。

そう言って、師の教えを信じ続けた。だまされてもかまわない、それは正しいから。自分の信じることを精一杯やる。浄土真宗の開祖自身がこれを実践したということだ。

本当に生きるというのは、これなんじゃないか。俺は、こんな生き方が良いと直観している人々こそが、日本人だと思うんだよ」

若者はうつむく。もう、何も言わなかった。

翌日はいよいよ金沢。一行は皆、早めに床に就く。加州藩百万石の城下町で何が待っているのか、まだ誰も知らない。

第六章　金沢

閏《うるう》四月十二日、官軍参謀山県狂介がついに金沢に入った。前の日に領内に入ったときから加州藩士が付いていて、一行の案内役を務めている。

午過ぎ、北陸街道を歩いて来た一行は、金沢城下を流れる犀川を渡った。北に金沢の城を見ながら進むと、百万石の城下らしく賑やかな街並みが続く。

気づけば金沢城は、薄雲を貫く初夏の日の光と同じ、南の方向に見える。反対の方には大きな橋があり、城下を流れる浅野川というもう一つの川に架かっている。金沢は二つの川の間に栄えてきた町なのである。

さらに浅野川の向こうに見えるのは卯辰《うたつ》山、その麓には東新地という茶屋街が広がるが、街道をそのまま進めば多くの寺院のある地区に出て、一千人を超える規模の部隊さえ宿泊が可能である。

やがて大店が並ぶ繁華な通りに出た。尾張町である。一行の泊まる長州藩定宿はもう近い。

官軍参謀の様子は、城下に入ったところから、逐一、藩の役人により城内へと伝えられていた。それとは別に、到着から一刻ほどして、長州藩奇兵隊の連絡兵が金沢城へやって来た。色の黒い頬のホクロが目立つその男は、山県からの文書を携えている。官軍と加州藩との談判を要請するものだった。

「ついに来てしまったか」

小川誠之助は参謀到着の報告を聞きながら、思わず呟いた。前日に山県ら官軍の一行は加州領に入り、大聖寺に投宿していた。その先触れが金沢城に届いたときから、小川は気が重かったのである。

小川は官軍に援兵を出す決定を引き出すことを目的に、京詰家老、前田内蔵太から金沢に派遣されていた。それなのに、目的を果たすどころか、予想以上の金沢の混乱に、翻弄されるばかりだった。藩論は乱れ、援兵を実行できるだけの支配力を持つ者さえ見当たらない。あの実力者、本多政均さえ「長暗殺の黒幕」として命を狙われているありさまである。今、金沢に官軍参謀が入っては、「帝を蔑ろにしている」として斬ろうとする者さえ出かねない。

もしそんな事態になれば、加州は即、逆賊にされてしまう。もちろん、老職たちは過激な行動を抑えようとしてはいるが、あの本多でさえ統率できないようでは、どれだけの効果があるか心許ない状態だった。

さらに不安を誘う出来事も起こっていた。長州藩定宿で記された一行の名簿の中に妙な名前があることに、城中の者たちが気づいたのである。

「参謀補佐、斎藤弥九郎篤信斎」

先触れの段階でこの名を目にしたときには、誰も気に留めなかったのだが、宿で本人の姿を見たある者が言った。

「なぜ、江戸練兵館の斎藤弥九郎殿が、官軍の一員なのだ」

これはたちまち金沢城内に広がり、様々な憶測を呼び、大騒ぎとなる。

山県の到着は、ただでさえ藩の首脳たちにとって頭の痛いことだった。加州藩は朝廷への恭順を建前にしてはいるものの、実のところは藩論が統一されていない。それどころか、亡き長連恭を筆頭にして、有力な老職にさえ、密かに反薩長を口にする者がいる。こうした実態を、官軍参謀には悟られてはならない。そう考えているところへ、思わぬ著名人が官軍として現れたのだから、不安を煽られたのも仕方なかった。

あの老人は加州藩領である越中氷見《ひみ》の出身であり、領内に伝手《つて》が多いに違いない。それを利用して、加州内の反薩長論者を調べに来たのではないか。

いやいや、斎藤弥九郎といえば、一昔前まで、尊皇論の一流の論客だった。恭順と言いながら、いまだに上洛しない藩主を説得しに来たのだ。

などなど、憶測は数々あったが、最も恐れられていたのは、これだった。

「斎藤弥九郎殿は、加州藩の割拠が本気かどうかを調べるために来たのではないか」

まさに、今の加州の病巣をえぐるような推測だったため、藩内は不安と警戒心とで張り詰め、その緊張の中にいるだけでピリピリと痛いほどにまで不安感は達していた。

小川もまた不安の中で考えていた。

(斎藤という人物の目的が藩の混乱を調べることならば、おそらく、長連恭暗殺の真相も対象に違いない。もし、黒幕が長州ならば、証拠の隠滅を図っているのか。それとも、何も知らないということなのか)

今、いよいよ、官軍の一行が金沢城に登って来た。それを自分の目で見ながら、小川は官軍側の出方に注意をしなければと思っていた。

＊＊＊

金沢城二ノ丸御殿竹の間に、山県の苛立った声が響く。

「なぜ、加州は先発していた官軍に合流して、正規の加州藩兵を派遣しなかったのだ」

竹の間は城内儀礼と政務の場である「表向《おもてむき》」と呼ばれる区画の中で最も広い部屋であるが、山県の声はその隅まではっきり届いていた。本来、この大広間は藩主の正式な謁見などに使用されるのだが、今、上段の床の間の前に、加州藩主前田慶寧《よしやす》公の姿はない。

代わりに、山県の苛立ちの声は、居並ぶ加州藩老職の中でも筆頭格である本多政均に向かってぶつけられていたが、本多は全く無表情のままだった。

「何分、時勢の急な変化に藩内が混乱してござる。加州の正規軍も再編が必要で、まだ整ってはおらず、しばしご猶予を」

山県が何度、正規軍を要請しても、本多の返事はこの一点張りだった。そして、やはり決まったようにこう付け加える。

「それに、急ごしらえなれど、加州の兵を先日、既に官軍へ派遣しております。派兵のお約束は果たしており、朝廷への恭順の意志は汲んでいただけましょう」

だが、山県はだまされなかった。加州藩が官軍に送っている部隊は形だけのものであり、彼らの恭順は疑わしかった。

本多と談判中、山県の頭の中には、ここ数日の間に、友軍から送られて来た情報の数々が浮かんでいた。

慶応四年四月二十三日に、まだ江戸にいた山県は北陸道鎮撫総督参謀に任ぜられ、薩摩藩の船で西郷とともに大坂に着いたのが翌、閏四月五日である。だが、その少し前である四月二十五日、時山直八に率いられた奇兵隊を含む官軍の本隊は京を出発して、次の月である閏四月上旬には加州藩領を通過、戦場になるやもしれぬ越後高田に向かっている。

時山たちの本隊を追って北陸道を急ぐ山県は、行路で何度も時山からの報告書に接してきた。

それによれば、官軍が前田の分家である富山藩と越後との境を越えて高田藩領に入るとほぼ同時に、越中と越後の境を守っていた加州の斎藤与兵衛隊が合流していた。加州ではこれが朝廷からの要請に応えた援軍だと言っているが、時山は疑っている。

山県はその報告書を思い出しながら、本多を追及したに違いない。

「あの兵たちは、加州藩の正規部隊ではなかったはずだ」

正規部隊は、最新と言っていい西洋式の装備を持ち、しかも十分な調練を積んだ西洋式部隊であることを、我々は知っている。だが、高田にやって来たのは藩の直臣による正規軍ではなく、家老の陪臣による部隊が主だった。旧式な装備しか持たぬ上に、所属さえ各々異なる寄せ集めだ。しかも、新政府が定めた官軍の編成とは大きく異なる軍制の部隊だったため、独立して機能させることさえ無理だった。やむなく、現場の指揮官は長州藩の部隊に加州の兵をばらばらにして編入するしかなかったのだ。あれは、正式に加州藩から派遣された部隊とは思えない。ただの義勇兵だったのではないかとの疑いがある」

この推測に対し、本多は何も答えなかった。だが、山県は、藩内の意見が、旧藩主派と現藩主派とに分裂していると見ていた。

二年前、前田慶寧が本家を継ぐと、すぐに藩兵の西洋化に取り組んだ。このとき、慶寧はすでに三十代半ばだった。

慶寧自身はまだ世嗣の頃から軍の西洋化に前向きだったのだが、先代藩主は藩内の反発に配慮して西洋軍備の導入を急がず、なかなか慶寧の思うように加州軍の西洋化は進まなかった。だから、慶寧が藩主となったとき、真っ先に西洋化を推進したのである。

時山が加州藩領を通ったときに援軍の派遣を迫った結果、送られてきたのが旧式装備の兵だったのは、それが旧藩主の息のかかった者たちばかりだったと考えれば納得がいく。つまり、先代は加州藩の恭順姿勢を見せたがっているが、当代の藩主はそうではないと思うしかない。

さらに、時山からのこんな報告書もあった。

「家中混乱、出兵未だ決まらず、前田本家の領地、加賀、能登、越中の独立割拠の噂あり」

加州藩が独立すれば、次々とそれに続く藩が出かねない。ちょうど、将棋倒しのように薩長に逆らう勢力がたちまち広がっていくだろう。加州の割拠は何としても許すわけにはいかない。だが、山県は信じられなかった。今どき、本気で割拠を実行するような藩があるとは思えなかったのである。

割拠など、ただのフリだけではないか。

山県はそう高を括った。そのため、正規軍を援兵として出すように高圧的に迫っていたのである。

「直ちに正規軍を出してもらおう。さもなくば、恭順の意志がないと、拙者は朝廷に報告せねばならん。そうなれば、加州は逆賊。それでもいいのか」

山県には責任がある。薩摩藩の船の上で西郷が語った、新政府の理想像が頭から離れない。山県は西郷という人物の大きさを知るとともに、自分を信用してくれた西郷に深い恩義を感じていた。西郷の構想を現実のものとするには、加州を官軍から離反させるわけにはいかない。

ところが、山県が何度恫喝しても加州の年寄役は援兵を渋り続けている。どうやら、殿様が「うん」と言わないらしく、なんのかのと理由をつけて出兵に猶予を求めてくるばかりだった。

鳥羽伏見の戦いが始まった直後、加州は徳川宗家に援軍を出そうとしていたのに、徳川方の旗色悪しと見ると、一転し、朝廷に恭順した。その変わり身の早さ、明らかな日和見の様を知ったときには呆れたものだった。なのに、これが本当に同じ藩なのかと驚くほどに、今の加州藩の姿勢は頑固である。

どこまで行っても、話は平行線のままだった。山県は、苦々しい表情で、初日の談判を終えるしかなかった。

＊＊＊

「正規軍を官軍に出せ。さもないと逆賊になるぞ」

先ほどまで続いていた談判で、あからさまに山県がこう恫喝したとき、その場にいた小川は密かに青くなっていた。こんな挑発が続けば、割拠論者たちはどう思うか。想像するだけでゾッとする。

（一刻も早く、官軍参謀に加州藩の状況を理解してもらう必要がある）

小川はそう考えていた。談判を終えて廊下へと出た山県に近づくと、藩の事情について、こんな説明をした。

「薩摩藩には薩摩の事情があり、長州藩には長州の事情がありましょう。そして加州にも加州の事情があります。それぞれの藩の事情をまず知っていただかねば、無用の誤解を招く恐れがあります」

小川は京詰役として、朝廷側へ加州の意志を上手く伝える役目があった。

「話があるのなら聞こう」

山県の同意を得ると、控えの間に案内して説明を始めた。

「幕府瓦解の前、どの藩でも大ざっぱに言えば守旧派と革新派に分かれていたことと思います。例えば、薩長における守旧派と革新派の立場には、ある傾向がありました」

小川はこう切り出した。まずは、一般論から入ろうと思ったのである。

上級武士は守旧派が多い。藩という狭い世界における自分の恵まれた立場を、維持したいからだ。

するとどうしても幕藩体制を守らねばならず、外国貿易によって財政が混乱するのを嫌うから、鎖国を選びたがる。

　逆に下級武士は革新派が増える。今までの凝り固まった秩序に不満があるので、体制を変えたいと考える。すると、旧弊な幕藩体制よりも尊皇という新しい秩序基準に惹かれるし、世の成り立ちを根本から変え得る開国にも関心がある。

「上級武士は佐幕で鎖国、下級武士は尊皇で開国。大ざっぱに言って、幕府崩壊以前、どの藩でもこのような図式が成り立っていましたが、これは薩摩や長州でも基本的に当てはまっていたことだと思います」

　まず、薩長両藩についてこう概括して見せると、山県は黙って聞いている。おそらく、彼にしてみても、加州の事情を知ることは必要だと思っているに違いなかった。

　小川の頭の中には、京で集めた情報が整理されていた。

　薩長両藩は攘夷で知られてはいたが、これは孝明帝が極端な外国嫌いだったという事情から来ていて、尊皇を叫ぶならば、攘夷をも共に唱えるしかなかっただけだ。他藩と同じように薩摩や長州でも、上士は外国にあまり関心を示さず、下級武士は大いに海外への関心を持っていた。だから、慶応二年、孝明帝が崩御して尊皇即攘夷という枠が外れると、薩摩も長州も攘夷論から開国論へと急速に藩論の重心を移している。これは薩長共に下級武士が藩論を主導するようになっていたからだ。山県もそうした下級武士の一人だと、小川は承知していた。

　だが、こうした下級武士たちの急速な海外文化への接近とは裏腹に、慶応三年という徳川幕府崩壊の年にあってさえ、薩摩藩の上級武士層には徳川の権威を重く見る公武合体論が根強かったし、開国への嫌悪を抱く者も珍しくはなかった。そうした上級武士の一人として、薩摩藩の君主同様の立場である島津久光も含まれていた。

　だが、長州藩は徳川幕府と直接戦ったこともあり、上級武士層に佐幕派はほとんど残ってはいなかった。ただ、海外文化への接近については、上級武士層の中には依然として嫌悪を抱く者は残っていた。

　小川は薩長における武士身分の違いと政治傾向との関連を説明した後、こう言った。

「では、加州藩はどうかといいますと、薩長両藩とは事情が異なるのです。加州藩の守旧派が佐幕を唱えていたのは他の藩と同様ですが、少し違うのは、守旧派はどちらかと言えば、かなり以前から、鎖国よりも開国を唱えてきたのです」

　小川は加州藩の特殊事情について、説明を続けた。

「これは、加州藩が徳川宗家に深く接近していたことに、理由があります」

　そして、藩の事情を簡略に話した。

　前田家は外様の中でも徳川宗家との結びつきが強い。慶寧の母である溶《よう》姫は元将軍である徳川家斉《いえなり》公の娘であり、加州藩はしばしば幕府から親藩に準ずる扱いを受けてきた。そのため、加州藩は幕府の方針をなぞるような政策をとる傾向があった。

　加州の守旧派が佐幕を唱えつつ開国論者だったのは、幕府が開国策を取ったからである。徳川幕府は井伊大老によって海外との交易を始め、その利益を独占していた。加州藩では、幕府に倣って上士層が海外文化に意欲を持って接近し、あわよくば、幕府の独占している貿易利益の分け前にあずかろうとしていたのである。

　徳川幕府では西洋式軍隊の育成、即ち軍隊の一新を、大いに図ろうとした時期がある。高島秋帆を教授として西洋式砲術を幕府軍に取り入れようとした。このとき、幕府と同様に西洋式軍隊を育成しようとした藩があったのだが、加州藩もその一つだった。そして、加州藩では佐幕派である上級武士層が意欲を持って西洋式軍隊の育成に携わった。

これとは対照的に、加州の尊皇派は攘夷主義を唱え続けていた。かつて尊皇攘夷の急先鋒だった長州藩でさえ、幕府崩壊の段階ではすっかり開国論に変わっていたにもかかわらず、加州の尊皇派は依然として攘夷を続けようとしていた。その理由は、禁門の変をきっかけにして加州尊皇派はほとんど壊滅させられ、外部の尊皇派からの情報があまり届かなくなっていたからである。

このように、加州では開国を是としているのは佐幕派だった。それは加州藩の年寄職を務める家柄である八家の本多家や長家のような上級武士たちのことだ。佐幕派の強い藩では一般的に西洋に対する反感がある上級武士が政権を握っているために、すすんで西洋式軍備を持とうとすることは珍しい。だが、加州藩では上級武士が西洋式軍備を率先して取り入れてきたのである。

「おわかりいただけたでしょうか。こうした経緯があり、慶応三年暮の段階で、加州藩は佐幕派が実権を握る藩としては例外的に、かなりの規模の西洋式軍隊を持つに至ったわけです。

年が明けて、徳川宗家が恭順を決めました。そして、我が加州藩も、今では恭順しております。でも、昨年までの藩のありように今でも引きずられているのです。

どうか、参謀殿には、その辺りについてお含みおきいただきたい」

小川は山県にそう言ったのだが、本当に伝えたいのはこうだった。

(参謀殿がお望みの西洋式部隊を握っているのは、元々の佐幕派なのです。そして、佐幕派は家柄への自負が強い。あまり彼らの誇りを刺激すると、反発を招きます。もし、無用な挑発をすると、せっかく我々が続けてきた恭順に向けた努力が無になります)

だが、この思いが伝わったかどうかは、わからなかった。

小川の説明を聞いて、山県は渋い顔になる。

(思っていたより、加州の事情はずっと厄介のようだな)

金沢に入るまで、山県はもっと単純に考えていた。

加州は典型的な佐幕藩で、今になって日和見し、恭順に宗旨替えしている。誇りをかなぐり捨てて、保身に走っている。だから、言うことを聞かぬときには「逆賊になるぞ」と恫喝すればよい。

こう断じていたのは、加州には、長州とは違って尊皇派がいないと思っていたからである。

「もはや、加州に人はおらぬ」

長州藩ではそう見ていたし、山県も同じ意見だった。

それまで尊皇攘夷の先頭を走っていた長州藩の運命を変えた、あの禁門の変の直前、加州は長州を庇った。当時まだ加州の世嗣だった前田慶寧の周りには、尊皇家が集まっており、慶寧は自ら兵を率いて京に上り、尊皇派の側近たちとともに反長州の幕閣、会津藩および薩摩藩と、武装して上京しようとしていた長州との間に入り、仲裁しようと努力した。

その労も虚しく、禁門の変が起こったときも、慶寧は長州兵と戦うのを避けるために加州の部隊を京から自藩領である近江海津へと撤退させた。この退却は、御所の守護をせよという命令に背いていたため、慶寧は幕府から厳しく責任を問われた。

加州藩では世嗣を守るために、全ての責任を側近たちに負わせた。家老だった前田大弐は切腹、主だった尊皇家も命を絶ち、わずかに残った尊皇派も流刑となる。これ以降、加州藩では尊皇攘夷派はほとんど壊滅状態となり、佐幕派の天下になった。

禁門の変までは加州尊皇派と深いつながりがあっただけに、長州藩ではこのような加州尊皇派の悲劇について、正しい情報を得ていたのである。

政局は激しく移り変わり、今や尊皇攘夷藩である長州は薩摩とともに朝廷の中心勢力となっており、佐幕派ばかりの加州藩は苦境に立たされて、何とか自らの「尊皇ぶり」を見せねばならない立場になっている。だが、かつて活躍した加州の尊皇攘夷派志士たちは、あるいは亡き者となり、あるいは表舞台から退けられている。そのことを、「加州に人なし」と言っているわけである。

だが、目の前の小川を見るにつけ、加州藩にもわずかに尊皇派はいるようだった。加州の今の恭順姿勢は、加州尊皇派の努力の賜物なのかもしれないと、山県は考え始めていた。

もっとも、山県にとっては、たとえ佐幕派ばかりであったとしても、加州を無視はできない。これから東北諸藩と戦闘となるとき、形だけであっても加州の官軍への参加は不可欠だったからだ。

東北や越後の諸藩と同盟しようかという古い時勢感覚の藩では、今頃、加州の動向をじっと見守っているはずだ。百万石の大藩がもし官軍につかないとすれば、他藩にも影響が出かねない。よもや、加州が奥羽越列藩と同じ側につくとは思えないが、中立を宣言されるだけでも官軍としては痛手だった。

だから、時山直八の報告に、「三州割拠の噂」とあるのを目にし、今もまた、小川という加州尊皇派の生き残りから予想さえしていなかった藩の事情を耳にすると、

(西洋式軍隊が自慢の加州のお偉方なら、本気で割拠を考えかねないかも)

と思い、山県は渋い顔になってしまうのである。

山県は本来、能吏である。有能であるがゆえに、無能なくせに身分ばかりを誇る上級武士には幻滅

を感じていた。逆に、西郷のような、志高く胆力のある武士らしい武士に対しての尊敬の念は強くなる。彼はこう思っていた。

「侍は理想ではあるが、幕府時代の終わった今日、真の侍などほとんどいない。新時代には半端な侍などいらない」

山県の見るところ、幕府にも諸藩にもろくな武士はいない。加州藩も、そんな典型的な、古臭い家門意識だけ強い、封建時代の遺物でしかなかった。

「新しい日本国に役に立たない加州藩は、黙って金と兵を出せばよい」

これが彼の本音だった。

一方、加州はこれに大いに反発していた。

「我が藩は帝には忠誠を誓うが、薩長に頭を下げるいわれはない」

大半の加州藩士がこう思っていた。

ところが、山県が金沢入りしたとき、こうした反発に気づいていなかった。尊大な官軍意識を前面に出したため、援兵を要請しても物事が順調に進まなかったわけである。

自分の思惑通りに進まなかった理由が、山県にもおぼろげにわかってきたとき、小川がまた言った。

「さらに申せば、今は藩論を統一するには時期が悪いという事情もあります。実は、老職本多殿が申し上げた藩内の混乱は、最近になって特にひどくなっているのです」

（まだ厄介ごとがあるのか）

山県がうんざりしかけたとき、

「その事情というのは、長連恭殿の死亡と、関係があるのかい」

横から、小川にこう問いかけた者がいる。官軍参謀補佐、斎藤弥九郎だった。

小川はしばらく声が出せない。すっかり、目の前の老人に興味を惹きつけられていた。皮膚は日に焼けてどこも真っ黒。毛は頭も髭も真っ白。顔は皺だらけなのに、袖口から見える前腕は筋肉ではちきれそう。これでは、若いのだか老人なんだかわからない。

そう思って、つい、じっと観察していると、小川は弥九郎と目が合ってしまう。笑っている顔ではないのに、妙に人懐っこい目をしていると思ったとき、弥九郎が言った。

「質問を繰り返したほうがいいかい？」

内心でぎくりとしたが、ゴホンと空咳をして、必死に押し殺す。

「失礼、長殿の死のことですね。藩の重臣の突然死ですから、それなりの混乱は、あるというか……」

あいまいに答えて躱《かわ》そうとするが、老人はさらに畳みかけてくる。

「暗殺だそうだね」

山県が不審な顔をする。

「本当のことか？」

「いえ、ただの噂です」

小川は無理に笑顔を作るがぎこちない。山県が顔を顰める。

「暗殺の噂があるとは穏やかじゃないな。藩論対立が原因ではないのか。加州は、恭順で一致していないのだろう」

小川は慌てる。

「いえ、決してそのようなことは……」

「じゃあ、なぜ、官軍に加州の正規軍を出さないんだ」

「それは、老職本多殿が申し上げた通りでして。長殿の件は無関係です」

山県は苦り切った顔で言った。

「官軍に正規軍さえ出せばそれでいいんだ。約束さえ果たしてもらえれば、加州藩内の対立は、そちらの問題だ。本来、官軍にはどうでもよい。だが、藩論統一に手間取っていて正規軍が出せないとなると、見過ごすわけにも……」

ようやく、山県は藩内の状況を調べる気になっていた。

「まず、加州藩内の情報を集めるしかあるまい」

山県の言葉に続けて、すかさず弥九郎が言った。

「それは俺がやるよ、参謀殿。そのための補佐だからな。

まず手始めに、小川さん、長殿の件であんたの知っていることを教えてもらおうか」

戸惑いながらも、小川は話すしかないと観念した。


一通りの話を、山県と弥九郎は小川から聞く。

長連恭という年寄役が「薩長は君側の奸である」と言って藩内の過激な若侍を集め、三州割拠を唱えていたこと。これと対立していた本多という筆頭年寄が長を暗殺したという噂があること。藩主は長に同情的だったこと。「薩長が帝を欺いている証拠を生前の長が握っていた」という噂があること。

加州尊皇派として小川がこれらを伝えたのだが、（バカバカしい）と山県は思っていた。

帝を欺いているなどという噂は、佐幕派の強かった藩ならどこにでもある。山県に言わせれば、加州が援兵を渋っているのは単に日和見しているだけに違いなかった。

「俺は噂の真相を調べようと思う。参謀殿、それでいいかね」

老人に問われて、山県は黙ってうなずいた。自分の本心はもちろん隠して。

金沢城から出たとき、山県は談判の不首尾にもかかわらず、何かから解放されたように感じていた。

＊＊＊

その夜、長州藩定宿に落ち着いた後、奇兵隊の連絡兵が山県からの言葉を伝えるために、弥九郎の部屋へ来た。

「明日以降、参謀補佐殿はご自由に探索をしていただきたい。加州藩の案内役が付くことになったと、参謀殿からのご伝言であります」

それだけ告げると、連絡兵は頬に大きなホクロのある顔を弥九郎と従者とに向け、軽くうなずいて去って行った。

連絡兵が帰って夕飯を終えると、従者の若者を相手に、弥九郎がこんな話を始めた。

「日本人は『天命』とよく言うだろう。あの天命という言葉から、この世に侍がいる意味がわかるんだ」

それはこういうことだと説明した。

身分が決まっているのは天命だし、侍が二刀を常にさして人の命をいつでも取れるようにしているのも、天命によってそれが許されていると考えるからだ。侍は人の命を取る役をする代り、必要なときは自分の命も断たねばならない。そうやって、侍は世の中の秩序を保つのに必要な力をふるうために存在している。侍の武芸が悪行を止めるからである。

「それが侍の天命だ。侍が百姓や町人などよりも高い身分にあるのは秩序のためで、贅沢な生活を楽しむためではない」

　若者がうなずいた。

「悪い奴を斬るために侍がいるわけですね。侍は正義だから」

「いや、そうではない。侍は本来、悪なのだ」

「悪？　そんなはずはないでしょう」

「おまえは、人殺しを良いことだと思うかね」

「そりゃ良くはないでしょう。でも、悪い奴を止めるのに斬るのは仕方がないんじゃないですか」

「そうだ。仕方がないことだ」

　弥九郎が説明を続ける。

　もし悪をなす者がいるなら、まず言葉で止める。不満があるゆえの悪なら満足のいくように図ってやる、無知ゆえの悪ならば道理を教えてやる、そうやって言葉を尽くし、手を尽くす。それでも悪が止まぬなら仕方がない。他に手立てがないから、悪行をなす者の命を奪って悪を止める。

　だが、たとえ相手が悪行をなしたからといって、その者を殺すことが良いことであるわけはない。他に手がないから、仕方のないこととして斬る。斬らねば悪が止まらず世の中が乱れるから斬るのだが、良いことをしているわけではなく、悪は悪だ。

「つまり、侍が悪をなす者を斬るのは、仕方のない悪というわけだ」

「なるほど、斬るのは必要な悪ですか。確かに、侍が二本の刀を差していても、一生、刀を抜かずに終わる人の方が多いでしょう。理由もなく人を斬れば、藩からお咎めを受けますもの。足軽みたいな軽格だと召し放ちにされちゃう。上士でも隠居させられたり、切腹になったり、最悪だとお家取り潰しなんてこともある。確かに、侍は必要なときだけ人を斬るのを許されている証拠ですね」

「つまり、侍が武芸を磨くのは、悪を止めるためなんだよ。力で悪を止めるなら、一番良いのは、圧倒的に強くなることだ。悪行をなそうとする者も、自分よりも明らかに強い者に止められると、悪を実行することを諦める。結果として、強者は戦わずして悪を止められるわけだ。

だから、侍は武芸を磨いて圧倒的に強くならなくてはならない。圧倒的に強くなれば、人を斬る前に悪を行うのを止めることができて、必要な悪さえ行わずに済む。

だが、もし武芸を磨いて圧倒的に強くなった侍自身が、悪をなしてしまえばどうなる？」

「そりゃ困る。誰も止められませんもの」

「だから、侍は不必要な悪をなさぬように、自分自身の悪をも斬る心構えを常に持たねばならない。侍には、自分の悪を見逃さないようにするために、学問も必要なのだ。

もし、この世で最も強い侍が、最も正しい心の持ち主ならば、世の中に悪が行われることはなくなる。最強の侍によって、他の者は悪行ができないし、悪行がなされないから、最強の侍も必要な悪として人を殺すことがない。人を一人も斬ることなく、世の悪はなくなるということだ。

これが、侍の世が成り立つ、本当の理屈だよ」

「この理屈により、長い間、徳川幕府の世の中が続いたんだ。徳川将軍という最強の侍によって、世の悪が抑制され、秩序が保たれたからだ。ところが、その徳川幕府の世は終わった」

「徳川将軍が最強ではなくなったからですね」

「そうだ」

「徳川よりも薩摩と長州の方が強いから」

「いや、そうではない。徳川が本気で戦えば、今でも薩長よりは強いだろう。ただ、徳川は戦意を失っている。宗家が朝廷に恭順しているからな」

「最強が、徳川でも薩長でもないとすると、どこです？」

「欧米諸国。つまり異人さ」

「じゃあ、大先生は徳川を倒したのは、薩長ではなく異人だと言うんですね」

「そうだ。あのペリーが四隻の黒船でやって来て、日本へ開国を迫った。あのとき、アメリカは船の大砲を撃って恫喝した。

ペリーは自分たちの力を見せつけて、意のままにしようとしたんだが、考えてみれば、この時点で徳川幕府はある意味で負けていたんだ。なぜなら、これは本来、最強の侍であるはずの徳川幕府のすべきことだったからだ。

幕府は異人であるアメリカに、自分たちよりも弱いと思われていたんだ。それだけでも、武力で世の秩序を守るという役目を果たせていないことになる。

幕府は異人になめられていた。もうこれだけで、全国の侍たちは幕府のだらしなさに憤《いきどお》ったんだが、それだけでは済まなかった。

あろうことか、日本最強の侍であるはずの徳川は、戦うこともせずに、アメリカの言いなりになって開国を決めた。

つまり、徳川はアメリカよりも弱いと認めたんだよ。このとき、幕府は本当のところ、もう終わっていたんだ」

若者は顔を歪める。

「なんだか、わけがわからなくなってきた。異人は日本の侍よりも強いんだったら、これからの日本は、最強であるはずの異人によって秩序が保たれるんですか」

「どうだろうな、俺にもわからんよ。異人たちは侍じゃない。天命を受けて正しいことをしようというつもりはないのさ。

日本にやって来た異人を、徳川幕府は最強だと認めてしまった。けれど、奴らは正しくなかった。日本にやって来たアメリカ人たちだけでなく、イギリス人やフランス人も、初めは日本を侵略するつもりだったからだ。

異人たちはこれまで、実に多くの国を侵略してきた。日本では古くから天竺と言われてきたインドは奴らにすっかり侵略されてしまった。今、隣の大国である清国が侵略されている。日本についても、奴らはそうするつもりだった」

「なぜ、そんなことをするんですか」

「豊かになるためさ。異人が他の国を侵略するのは、自分たちが豊かになるためだ。強い奴が弱い奴からむしり取る。それが当たり前だと思っているんだ。

言ってみれば、これが異人たち流の天命なんだろう」

「そんなの天命じゃありませんよ。許せない」

「そう思うのが、侍として当然だ。異人が悪をなそうというのなら、止めるのが侍だからな。孝明帝も異人を追い払うようにと、全国の侍に命じられた。そこで、日本中の侍が『尊皇攘夷』を叫ぶということになった。

これが、ペリーの来航から今日までの十五年、日本が激動の時代に入っていったあらましというわけだよ」

「じゃあ、これからの時代はどうなるんです？　侍より異人が強いなら、日本は侵略されるんですか」

「いや、そうとは限らない。徳川だけでなく、日本中の侍が全員で戦えば、異人の国にとっても手ごわいはずさ。そのことを、異人たちもわかっている」

「なら、大丈夫なんですね」

「それは俺にも断言できん。日本の侍が一つになれるかどうか、それがわからんからな」

「えーっ。大先生にそんなことを言われちゃ、不安になって来るなあ」

主従がこんな話をするうち、金沢での一日目は、ようやく終わった。

＊＊＊

翌日、弥九郎を案内して、小川は長連恭の死について調べて回った。だが、結果は芳しくなかった。藩庁で確かめると、長の亡くなったのは四月九日だったが、わかったのは日付だけで、死因がはっきりしない。暗殺という噂が広まったのはそのせいらしい。

次に、小川の案内で目付役に会い、噂の具体的な内容を聞いてみた。一説には旧佐幕派の首領格だったため、尊皇派の生き残りに斬られたと言い、また別のところでは、黒羽織党の首領だった長家の先代が断圧した犠牲者の意趣返しだとも言う。いずれにせよ、権力争いから殺されたのだという噂だが、これは専《もっぱ》ら町人たちが囁《ささや》いていることだった。

これに対して、加州藩の士族となると、この件に対して不気味なほど何も言おうとしない。長家を急遽継ぐこととなった連恭の弟が藩に「自然死」だと申し立て、藩ではこれを特に調べることなく受理したらしい。連恭の死からほどない四月十五日付で、朝廷より「官軍へ加州藩から兵を出すように」との命が下ったこともあり、彼の死についてはうやむやにされた。それでいて、家臣の中に本当に自然死だなどと信じている者はいないことくらい、問いに答える様子を見ていれば明らかだった。

何かあると感じずにはいられないが、真相に近づく糸口は見つからなかった。

「面白いことを知っていそうな人間に、心当たりはないか」

弥九郎に尋ねられて、小川は一瞬、あの道場を思い浮かべるが、口をつぐむ。だが、この老人に隠し事は無駄だった。

「お、やっぱり、あるんじゃないか。聞こう」

呆気にとられる小川は、思わず、先日の話をしてしまう。すると、弥九郎は、

「加州尊皇派のたまり場か。そりゃいい、直に、話を聞こうじゃないか」

と言い出した。慌てて止めたが聞き入れそうにない。やむを得ず、とうとう、道場主から聞き込んだことを大方話してしまう。

「なんだ。今回の核心に近いことばかりだな。ますます本人らに聞きたくなった」

そう言い始めたから、案内せざるを得なくなってしまったのである。


道場の門に着いてから、「乱闘になりますよ」と言って止めたにもかかわらず、

「まあいいから」

と、弥九郎は真正面から乗り込んでいった。

しばらくして、

「だから、言わんこっちゃない」

道場主が嘆くことになるが、小川も内心で同じことを言っていた。尊皇攘夷派の血気にはやった若侍たちに、弥九郎と小川、それに従者の三人は、すっかり取り囲まれていたのである。

道場の稽古場の中央で、三人を逃がすまいと囲んでいるなかには、早くも刀の柄に手をかけている者もいる。その物騒な輪の外で、道場主は一応、「やめんか」と止めてはいるのだが、誰も耳を貸す者は無い。小川はこの老人を連れてきたことを早くも後悔していた。そのとき、

「騒ぐな」

そう言って現れたのは、二人の中年武士だった。一人は中肉中背の色の黒い男、もう一人は長身で顔色の悪い男だった。小川は二人の顔を見て、思わず言っていた。

「青木、不破。久しぶりだな」

だが、二人の方は訝《いぶか》し気に小川を見るだけで、何も言わない。道場主が気の毒そうに、声をかける。

「なあ、二人とも。小川とは昔の誼《よしみ》がある。手荒なことはやめないか」

すると、背の高い方が前に出た。

「俺だとて、昔の同志にどうこうしたいとは思わない。もはや、俺たちとおまえとは進む道が違う。そのことは、もうわかったろう。この場は見逃してやるから黙って帰れ、小川」

意外とすんなり、退路が出来た。なのに、小川は余計なことを言ってしまう。

「なぜ、そこまで長州が信じられなくなったんだ、青木」

青木と呼ばれた背の高い男は、じろりと見る。

「帰れと言ったはずだが」

明らかに怒気を含んだ声だった。それがわかっているのに、小川はなおも言わずにいられなかった。

「長州の尊皇攘夷を信じ、命まで賭けたお主らが……」

「命を賭けたからこそ、信じられなくなったのだ！」

小川の言葉を遮って青木は叫んだ。怒りで目は真っ赤に充血している。

「この加州藩でいったい何人の同志が、長州を庇って命を落としたと思っている。なのに、長州は裏切ったのだ。攘夷を捨てて、夷敵と手を結んだことを、裏切り以外の何と呼べばいいと言うんだ。たった一度の戦さで敗れただけで西洋人に恐れをなし、攘夷を捨てるとは、見下げはてた臆病者よ。もはや、侍とさえ呼べぬ」

小川も大声になって反論する。

「それは違う。今の長州がイギリスと外交を結んでいるのは、西洋の武器を手に入れることで、日本を守るためだ。同じことを、我が加州藩だってやっている。西洋の強力な文明を使い、西洋の侵略から日本を守る。それが理にかなった攘夷と言うものだ」

「はん。腰抜けの言い訳だよ、そんなものは」

そう言い捨てたのは、色の黒い男だった。

「四カ国艦隊に砲台を全滅させられて、異国の兵隊の上陸を許した。これは夷敵の武器の優秀さかもしれん。だが、なぜそこで戦さをやめたのだ。陸に上がってからの勝負なら、日本の武士が奴らに後れを取ることなどない。少なくとも、加州の武士なら負けはせん。長州が弱かっただけのことだ」

「不破……」

「まともな武士なら、異人の武器に頼ろうなどと思うわけがない。長州には本物の武士がいないというだけのこと。現実的な攘夷だなどと、そんな言い訳に、俺は騙されはせん」

不破がいきり立った。そのとき、

「長州に本物の武士がいない？　それは聞き捨てならんな」

弥九郎がそう言ったのである。

誰だ、あの爺は？　不破が傍らの従者に尋ねた。答えを聞いて驚きの表情を浮かべたが、すぐに、不遜な顔になる。

「これはこれは、ご高名なる練兵館の斎藤弥九郎殿とはつゆ知らず、ご無礼をいたしました。天下三大剣士と称えられるその腕前、さぞ素晴らしいことでしょうなあ。ぜひ、一手、ご教示願いたい」

道場主が慌てて止める。

「よせ不破。斎藤殿は官軍参謀補佐だ。下手なことをすれば、即、官軍と戦争だぞ」

不破はにやりと笑う。

「官軍と戦争？　望むところだ。薩摩や長州などは偽物の官軍。今すぐにでも戦争をしたいと思っていた」

すると、背の高い青木の方が止めに入る。

「いや、やはりやめておけ。今はまだ事を構えたくはない。やるのは、準備が整ってからにしろ。ただでさえ、山県を睨おうという若いのを止めるのに苦労しているのに、不破、おまえまで面倒なことをやるなよ。企てが狂うじゃないか」

「大丈夫だ、青木。俺は何もここで戦争をしようというんじゃない。天下の斎藤弥九郎殿に稽古をつけてもらおうと言っているだけだ。この御仁もそう望んでおられる。そうですな、斎藤殿」

弥九郎に笑いかける声が憎々し気に響いた。が、弥九郎は平然としている。

「ああ、いいよ」

「そう来なくては面白くない。

聞けば、練兵館には長州藩士が多数、弟子入りしているそうだ。それで俺が長州を腰抜け呼ばわりしたのが気に食わないのさ。

何が三大剣士だ。何が力の斎藤だ。夷敵に臆するだけの腰抜けしか育てられぬくせに。長州者が腰抜けでないというのなら、弟子に代わり、師匠にそれを証明してもらおうではないか。ただし、もう老人だという言い訳は、無用にしてもらおう」

「大丈夫だよ。俺はもう七十過ぎだがね、年のせいにするつもりはないさ」

剣術の試合となると、道場主は立場上黙ってはいられない。きちんとした作法に則ってというつもりで口を挟もうとするが、不破に無視される。面や胴などの防具のない、木剣での仕合いとなってしまう。

「おい、不破。木剣では死ぬかもしれんぞ。今、死なせると予定が狂うと言ったろう」

かえって、青木の方が難色を示すと、弥九郎はのんびりとした声で言った。

「ああ、別に木剣で構わんよ。死なんように教えるから」

不破の顔色が変わる。

「ほう、それはありがたい。そういうことだ、青木。もう何も言うな」

殺気立った不破は、もう誰にも止められそうになかった。


不破は木剣を中断に構える。これに対し、相手である老人は右手で木剣を無造作に下げているだけ。

「どうした。構えろ！」

「いいよ、これで。来なさい」

カッと目を見開いた不破が、裂帛の気合をかけ、面へと打ち込んだ。

が、老人の姿がない。背後から声が。

「ここだよ」

振り向きざま、右胴をはらう。が、またしても姿が見えない。と、今度は相手が左に立っている。

さっと、不破が飛び退ると、老人は歩いてくる。摺り足ではなく、ただ普通にすたすたと。

「きえーっ！」

気合をあげると、相手は一歩近づく。そこを突こうとするが当たらず、こちらが一歩下がると、敵はまた前へ。不破は後退を続けて、ドスンと壁に背がぶつかる。退路が絶たれ大上段に構えた。

「来るか！」と叫んだ。

敵は止まらず、右手に剣を下げたまま歩いてくる。間合いに入った。木剣を脳天めがけて振り下ろそうと思ったときだった。

ポロリ。

力なく不破の剣が手から外れ、床の上に落ちてしまったのである。

何が起こったのかと、一同が思った。見ると、いつの間にか弥九郎の剣先が、不破の額の辺りに漂っている。相変わらず右手一本で握られた彼の木剣は、動いた気配さえ感じさせないうち、瞬間移動のごとくにそこにあった。

不破が剣を振る直前、無意識に握り直した。まさにそのとき、弥九郎は目にも止まらぬ速さの剣先で、不破の柄の底を突き上げたため、木剣が手から落ちたのだった。

見ていた誰にも何が起こったのかわからなかったが、対峙した不破だけに、弥九郎の神技がわかった。壁に背をつけたまま、ぺたりと床に腰を落としてしまう。驚愕の表情で、瞬きさえ忘れている。

一同は息を呑んだ。尋常ではない敗者の様子が、奇跡の出現を直観させていたのである。弥九郎がクルリと相手に背を向け、ゆっくりと一同を見渡す。

「次は、誰が来る？」

前に出てくる者は無い。圧倒的な力の前に、全ての者が打ちのめされていた。

「神道無念流練兵館の剣を、わかってもらえたかね」

弥九郎が一同に問う。誰も声を発するものは無かった。敗れた不破、その同志である青木を初めとして、加州尊皇派の侍たちの弥九郎を見る目が、変わっていた。

やはり、武士にとって武芸の腕は重い意味を持つ。腕を身につけるのにどれほどの修練が必要であるか、自らの経験に照らせば、武士にはよくわかるからだ。

積み上げられてきた時間の大きさ、その間に流された汗と血の量、被った身体の痛み、その全てが結晶となったものが、武芸の腕前である。

また、武芸の才というものがある。高い才を持って生まれた者ほど、より激しく厳しい修練を課さねば、完成にまで武芸の腕を導くことができない。単に才があるだけで十分な修練を怠れば、決して完成することはなく、高い腕前に達せず、ただの才で終わってしまう。

武芸の才とは、己を完成させるために必要な修練の高さである。言い換えれば、武士として課された天命の大きさなのである。

だから、武士は武芸の達人、名人と呼ばれる人物を尊ぶ。天から課された、凡人のそれよりも厳しい宿命に、見事に応えた人物として、純粋な敬意を払う。そして、優れた腕を作り上げた、その人物の心を信じるのである。

たった今、目にした奇跡を出現させた侍は、明らかに老いていた。髪も髭も白い。顔の皺は鑿《のみ》で削り出したほどに深い。その肉体は、絶頂期をとっくに過ぎているだろう。

なのに、この強さは何だ。いったい、どれほどの鍛錬を肉体に課せば、これほど見事に老いを超越できるのだ。どれほど心を磨けば、それほどに厳しい鍛錬に耐えられるのだ。はたして、自分があの人の年齢になったとき、なお、あのような肉体と心であり続けることができるだろうか。

彼らは自らの若さを恥じたくなるほどの、驚きを感じていた。その人物が全く未知の領域に達していることを察知していたからである。

加州尊皇派は、斎藤弥九郎という驚異の老人を、一人の武士として信用する気持ちになっていたのだった。

「長州には練兵館で修行した奴が多い。少なくとも、連中の剣が邪ではないことだけは、俺が保証するよ」

老人はそう言った。

「なるほど、長州の武士を腰抜けと言ったことは撤回します。ですが、邪ではないとは、まだ認められません」

そう言ったのは、青木だった。言葉遣いは丁寧になっているものの、その目にはまだ疑いの色があった。

「なぜだい」

弥九郎が穏やかに問う。

「確かに、ご老人……、いや斎藤先生が稽古をおつけになったからには、長州の武士はそれなりの腕なのでしょう。なのに、どうしてたった一度の戦いだけで、夷敵に敗けを認めてしまったのですか。鍛えた武芸の腕があるなら、命の限り戦って、攘夷の志を果たすべきだったはずです。加州藩士である我々ならば、必ずそうします」

なるほど、と言って、老人は青木をじっと見る。

「では、こちらからも一つ質問をしよう。もし、俺が練兵館の門人を二十人率いて、俺と同様の者に率いられた西洋式部隊五人と戦ったとしよう。俺の側は刀と槍に火縄銃という装備、西洋式部隊はエンフィールド銃という今の欧米で普通に使っている装備で戦う。どちらが勝つと思うかね」

青木は突然の問いに戸惑っていたが、首をひねりつつ、こう尋ねた。

「……先生のご門人の腕前は？」

「俺と同様だと思ってくれ」

「それならば、斎藤先生の勝ちに決まっていますよ。剣の名人が二十人もいては、たった五人の異人など歯が立ちますまい」

老人はニコリと笑う。

「俺を高く買ってくれたのに悪いが、その答えは間違いだよ。たとえ俺が二十人いても、エンフィールド銃で武装した五人には勝てない」

青木が気色ばむ。

「そんなことはないでしょう」

それをなだめつつ、弥九郎は説明した。

「エンフィールド銃というのは、日本の火縄銃に比べると、弾丸を込めるのに手間が省ける。おそらく、こちらが一発撃つ間に、エンフィールド銃ならば四発は撃てるだろう。なによりも、射程がずっと長いし、命中率がけた違いに高い。

この銃で武装した西洋兵五人がいると、いくら腕の立つ武士が二十人いても近寄ることさえできなくなる。

もし、指揮官の力や兵の士気、土地勘など、戦闘の他の要素が同じなら、まず、西洋式部隊の勝ちは動かんだろうな」

一同にどよめきが広がる。まさか、と声を上げる者もいるが、ほとんどの顔に浮かんでいるのは、不信というよりも驚きの表情だった。

「長州は四カ国艦隊と陸戦をしたとき、このことに気づいたんだ。だから、西洋の軍隊と同じ兵器を自分たちも手に入れようと考えたんだよ。

武士として磨いてきた武芸は、西洋銃を手にしても活かせる。武芸の腕と共に磨いた心も、もちろん活きてくる。別に、武士が西洋兵に敗けたと認めたわけじゃない。対等の武器で、西洋と戦おうとしているだけのことなのさ」

「先生ほどの名人が仰るなら、剣や槍で夷敵の銃に勝つのは無理なのでしょう」

青木は認めた。

「戦さで日本の刀を使おうが、異国の銃を使おうが、それはどちらでもいい。そのことは、私にもわかります。戦さで大切なのは、武器よりも大義ですから。そうだな、不破」

見れば、先ほどまで道場の隅にへたり込んでいた不破が、弥九郎のすぐ横で正座して二人の議論を聞いていた。

「俺もそう思う」と答えた後、弥九郎の方へ向き直った。

「お手合わせいただき、まことに有難うございました。先ほどの数々のご無礼、どうかお許しくださ い」

そう言って、道場の床にぶつかるまで深々と頭を下げた。

「そんなことはもういいよ。頭を上げてくれ。それより、さっきの話の方が気になる。企てが狂うとか言っていたな。

それに、西洋のことをあれほど毛嫌いしていたのに、戦いの大義さえあれば西洋の武器も気にならないとは、また、随分とあっさり宗旨替えしたもんだな」

頭を上げた不破は、青木の方を見て「申し上げてもかまわんのじゃないか」と言った。

「実は、大義を果たすために、西洋の武器を認めなければいけない事情が、我々にもあるのです。長連恭殿が、私と不破を同志にと誘ったとき、極秘の企てを打ち明けられていました。その予定では、加州の西洋式部隊が三州割拠のために立つことになっていたのです」

弥九郎が問う。

「西洋式部隊というと、藩の正規軍のことかい」

「その通りです」

これを聞いて、小川が驚きの声を上げる。

「正規軍までもが、長殿に与していたというのか！」

青木がうなずく。

「三州割拠のために立つ、というのは、実際のところ何をやらかすつもりなんだい？」

弥九郎がさらに尋ねると、青木も不破も、しばらく躊躇するように口をつぐんでいたが、意を決したように答える。

「官軍を襲うのです」

小川が青い顔で叫ぶ。

「そ、それは、叛乱じゃないか」

「いや、そうじゃない、小川。この襲撃は藩の正式な決定で行われることになると、亡くなる前に長殿は言っていた」

「そんな決定を誰が下す？　まさか、本多殿か」

小川が言うと、青木は首を横に振った。

「我々も、誰が企ての後ろにいるのかまでは、長殿から聞いていない。だが、首謀者は本多政均ではあるまいよ。

あの暗殺の噂以来、佐幕派には本多を斬ると言っている奴が何人もいるからな。佐幕派は長殿と直につながっていたし、本当の後ろ盾が誰なのかも知っているはずだ。もし、本多がそうなら、暗殺の張本人だと佐幕派が疑うのはおかしい」

「本多殿でなければ、他に、そんな決定を下せるのは……」

小川が不安そうに口をつぐむ。不破がそれを見て言う。

「お主だって、そんな方が一人しかおられないことは、わかっているだろう」

小川は不破を睨む。

「俺には信じられん。証拠はあるのか不破、青木」

青木がそれに答える。

「俺達にはない。だが、正規軍なら知っているはずだ」

小川が黙ると、弥九郎が言った。

「正規軍に直に聞いてみようか。指揮官に尋ねるというのはどうだ」

「指揮官は二人いる部隊長ですが、どちらもそんな秘密を漏らすとは思えません」

青木が答えると、不破が突然、思い出したように言った。

「そういえば、奴らは藩の西洋式兵術の養成学校、壮猶館にしばらく通っていたはずです。その頃の恩師になら何か話しているかも」

青木も「思い出した」と呟く。

「そうだ。斎藤三九郎殿がその養成学校にいたはず。三九郎殿は確か、斎藤先生の……」

小川を見る。

「うん、弟だ」

「以外に身近なところに手がかりがあったもんだな」

斎藤三九郎宅へ向かおうとしたとき、弥九郎の従者が言った。

「官軍を襲うという企てがあるのなら、山県参謀が一番危ないのじゃありませんか」

小川が眉を曇らせる。

「そうです。襲うつもりなら、今だって危ない」

従者は弥九郎に言った。

「宿へ行って、警備を厳重にしたほうがいいと、伝えてきます」

そう言って、従者は飛び出した。こうして、道場を出たところで二手に分かれることになった。

＊＊＊

小半刻後、弥九郎と小川が郊外の小さな家を見つけたとき、日は西に傾いていた。幸い、斎藤三九郎は在宅で、久々に再会した兄を喜んで迎えた。ひとしきり、互いの身辺について言葉を交わした後のこと、弥九郎が切り出す。

「ところで三九郎、正規軍の部隊長は二人いるそうだが、どちらかを知らんか」

「なんだい、兄貴、急に妙なことを聞くね。特に親しいというわけじゃないけれど、俺が講師をしていたとき、二人には教えたことはあるよ。それがどうかしたかい」

「正規部隊について物騒な噂を耳にしてな。おまえ、二人から何か聞いてないか」

三九郎はふうっと息を吐く。

「何十年も田舎に戻らなかった兄貴が、急に官軍と一緒に金沢に来るなんて、何かあると思っていたよ。その物騒な噂というのがどんな話かは知らないが、二人から、ちょっとばかり危ないことは聞いたことがある」

「本当か！　教えろ」

「他の奴には言う気がなかったが、江戸からわざわざ来た人間に隠すのも悪いな。仕方がない、教えるよ。実は、部隊長から、ある壮挙に加わってほしいと勧誘されたんだ」

「それは官軍を襲うという企てだな」

おや、という顔をする三九郎。

「よく知ってるな。そうだよ。部隊長たちは養成学校の講師たちのうち、何人かを誘ったらしい。もっとも、俺はもう年だからと、断った。だから、内容はほとんど聞いていない」

「なんだ。知らんのか」

ガッカリした弥九郎の顔を見て、三九郎はニヤリとする。

「俺は聞いていないんだが、同僚はかなりのことを教えられたらしい。後でそれを俺にも教えてくれたよ。聞きたいかい」

「もったいぶるなよ」

ハハと三九郎の笑い声が響く。

「わかってる、隠しはしない。その同僚は二人を止めたそうだ。でも、すっかり肚を決めた様子だったらしい。困ったその男は、俺に相談を持ち掛けたというわけさ。どうにか止められないかと言ってね。だが、俺にもどうしていいかわからない。だから、兄貴が来てくれてちょうどよかったんだ」

「二人の部隊長をそこまで決意させた理由は何だ？」

「どうも、企ての首謀者がよほどの人物らしいんだ。どれほど危なくても無謀でも、やるしかないと言っていたそうだ」

「首謀者の名前は？」

「二人いるようで、一人は長連恭だと言っていた。ただ、もう一人については、はっきり言わなかったらしい」

小川はそれを聞いてガッカリするよりも、むしろホッとしていた。だが、三九郎は続けてこう言った。

「名は言わなかったが、そのせいで、かえって誰がもう一人の首謀者なのか、その同僚は気づいたと言った。加州で下手に名前も明かせない人物と言えば、一人しかいないからな。

俺にしても、こうして内々の話でなければ、口にできない名前だ、もうわかるだろう」

小川は何も言えない。代わって、弥九郎が言った。

「前田慶寧公だな」

ああ、言ってしまったと小川は焦るが、三九郎は黙ってうなずいた。

「だが、あくまで俺の推測で、確かなことではないし、確かめる方法もない」

「大丈夫だ。こっちには、この小川さんがいる。若殿時代からの側近だ。いざとなれば、ご本人に直に会って諫めるなりなんなりできるさ。なあ」

と、弥九郎が小川を見ると、こちらはすっかり困った様子である。

「殿を首謀者だと決めつけていらっしゃいますが、本当にそうなのかもわからないんですよ。なのに、お諫めするなんて……」

弥九郎は目だけ笑わせて、こう断言した。

「できなきゃ、加州藩は終わりだ。あんたは必ずやるさ」

小川は頭を抱えた。

「それにはまず、藩公に、企ての首謀者であることを認めさせなきゃならん。どうしたものか」

三九郎が腕組みする。

「俺は、長連恭の握っていた秘密を、藩公も知っていると思う。それを探り当てれば、こちらの話を聞いてくれるはずだ」

弥九郎が言うと、三九郎が首を振る。

「だが、どうやって探り当てる。今さら、死んだ者に聞くことはできんし」

そのとき、弥九郎が小川を見た。

「なあ、小川さん、あんたは長殿が京詰役をしていたときの祐筆だったと聞いたが、何か手がかりになりそうなことはなかったか」

ギクリとする。小川は自分の心が丸裸にされているかのように、狼狽していた。実は、本多政均に呼び出されて以来、小川はずっとそのことを考え続けていたのである。

本多が偽勅の証拠が実在すると信じていることを知るまでは、長の勘繰りに過ぎないと思っていた。だが、あの本多が信じているとなると、まんざらあり得ないことでもないのかもと、思い直したのである。

もし、長連恭が京で偽勅の証拠を摑んだとしたら、どこの誰からいつ知ったのか。

小川は考えてみた。すると、ふいに、自分が長の京における行動を最もよく知る人間であることに、気づいたのである。

元々、小川が長の祐筆になったのは、佐幕派の首領格である長の行動を監視するのが目的だったから、彼の行動を細大漏らさず把握していた。小川は、昨年、京で付けていた日誌を見返しながら、よく思い出してみた。すると、当時は気づかなかったものの、今から考えれば、不審な行動に幾つか思い当たったのである。

だが、今、そのことを目の前の老人に話したものかどうか。また、無茶なことを始めるのではなかろうか。

「お、何かあるな。迷っておらんで言ってしまえ」

またギクリとする。なんで、わかるんだ？　あまりの図星に唖然としていると、

「剣術の修行を五十年もやっとると、相手の顔色から、たいがいのことは読めるようになる。俺に隠しごとは無駄だ。さ、全部話せ」

と畳みかけられる。小川は観念した。

京における長の行動を思い出していて、まず気になったのは、彼がある公卿の屋敷を訪ねたことだ

った。それは鷹司家と親しい公卿だったが、予定外の訪問だったからである。しかも、長はその翌日、鷹司家の執事と会ったのだが、その夜、執事は変死した。すると、長は急に金沢へと帰郷してしまったのである。

「確かに、その公卿というのは匂うな。何かを握っているかもしれん」

弥九郎が言った。

「その公卿のことを調べられるといいんだが」

三九郎の言葉に小川も同意する。

「私もそう思うんです。それで、京詰家老に調べてもらえばどうかと」

「そりゃいい。間違いないと思われるだけの証言なり証拠なりが出てきたら、それを鷹司卿に突き付けてやれば、隠し立てはできなくなる。京にいる家老の名は、たしか、前田内蔵太《くらた》殿だったな。今日にでも、早飛脚を出して依頼してくれ。

鷹司卿から真相を引き出したら、金沢へまた早飛脚だ。その真相を前田慶寧公に突き付ける。これで殿様も、こちらの話を聞く気になるという段取りだ」

弥九郎はご満悦だが、小川にはまだ気がかりがあった。

「仮に殿が秘密を知っていたとすると、一つ、わからないことがあるんですよ。長連恭殿は金沢に戻ったその当日にお城に入り、殿の御前で重職の会議に出ましたが、それ以降は一度も登城されていないんです。会議のときは真相を話していないし、お城に入った日には別のところで殿にお目通りしてもおられません。

するとどこで長殿は慶寧公に秘密を話したんでしょうか」

弥九郎も首をひねる。

「なるほど。長殿が秘密の漏れることを恐れていたのなら、証拠が残るから、文書で伝えるのは避けるな」

小川は不安げな顔をする。

「今度の問い合わせ、早飛脚なんか使って大丈夫ですかね」

「危ないことは危ないが、なにしろ時間がない。やむを得んだろう。

ただ、長連恭殿の場合、殿様に伝えるのに時間がないなんてわけじゃなかったはず。おそらく、余人を交えない対面の場で伝えようとしただろう。なのに、二人きりで会っていないと、小川さんは言うわけだ」

「殿がいつ誰とお会いになったのかは、毎日、記録に残っていますが、長殿との面会はどこにもありませんでした。それが不思議で」

弥九郎は反論する。

「いくら藩主が公人でも、行動の全部を記録されているわけじゃあるまい。お忍びで外に出て、人に会うことだってあるだろう」

「確かに、殿の行動が記録に全て残っているとは限りませんが、少なくとも、城の外から誰が入ってきたのかは全部記録にあるはずです。長殿があの日以外に登城していないのは間違いありません。

それに、殿が外へお忍びでお出かけになることは少ないはずです。お世嗣ぎだった頃は、まずありませんでした。ご幼少の頃、あまりお丈夫ではありませんでしたから。

最も、最近のことは私にはよくわかりませんが」

ふむ、と考え込んだ弥九郎。そこへ、三九郎が言った。

「可能性があるのがお忍びだけなら、それを調べるしかないんじゃないか。最近の殿のご様子に詳しいと言えば、例えば、奥女中に聞けばいい」

小川には、要望にふさわしい人物に一人心当たりがあった。慶寧公の側室付きの奥女中である。

「官軍からのお調べだと呼び出して、それとなく聞きましょう」

＊＊＊

加州藩主、前田慶寧には正室がいない。過去二度、正室を迎えたが、いずれも死別しているからだ。一人目の正室である崇《たか》は久留米藩主の娘だったが、安政三年に二十三歳で亡くなった。二人目に迎えた正室は通《みち》といい、鷹司政通《まさみち》の養女、実父は公家の久我建通《こがたけみち》である。安政五年に十歳で輿入れしたが、元治元年に十八歳で亡くなった。二人の正室はともに政略結婚であったし、若いうちに亡くなったこともあり、どちらにも子供はできなかった。

その後、慶寧は正室を迎えなかったため、妻と言えるのは側室、筆《ふで》だけである。筆との間には、五人の子供を授かっていて、うち二人は既に他界しているが、三人は健在だった。

長女の禮《みち》は、会津藩主松平容保《かたもり》との婚約が決まっていた。また、長男である多慶若《たけわか》は今、十歳であり、名門前田宗家の世嗣である。

前田家の後継者は大名になる前に従四位の官位を与えられる。そのため、筆は加州藩内で「従四位様御産婦」と称されているが、近々、「御筆殿」と正式に呼ばれることになる。

筆は、家臣、久徳《きゅうとく》嘉兵衛の娘である。九歳のときに先々代の藩主の正室である真龍院の小姓となり、十五歳で金沢城の奥勤めとなった。そして、世嗣だった慶寧の四度目のお国入りのときに見初められ、禮姫を授かった。以降、正室を早くに失くした慶寧にとっては、唯一の妻として寵愛されている。

「お筆様には久徳家を継いでいる兄がいるのですが、尊皇派なのです。この久徳と私とは旧知の仲なのですが、この男を通じて奥女中に一人、顔見知りがおります」

小川はそう言った。

翌朝、登城すると、早速、官軍のお調べだという名目で奥女中を呼び出す。

「官軍の斎藤殿が、殿のお人柄について知りたいと仰せなのです。ならば、あなたが適任だと思って、来てもらったわけです」

小川はそう説明する。側室付きの奥女中は、

「何をお話しすればよろしいのでしょうか」

と躊躇う様子だった。小川は気楽にさせようと考えた。

「あなたほど奥のことに詳しい人はいない。殿のご幼少の頃から順に、お人柄のわかる逸話をご披露すればいかがでしょうか」

それならばと合点して、奥女中は語り出した。


「慶寧様は極めて高貴なお血筋の通り、元々類まれなほど清廉なお人柄で、真っ直ぐな御気性でございます。

御母上様は第十二代将軍徳川家斉公の御息女・溶姫様ですし、御父上様は外様筆頭前田家第十二代藩主前田斉泰様ですから、生まれながらにして大名の中の大名である加賀百万石の藩主となることが約束されたご身分でした。

江戸城の幕閣たちも徳川将軍家の血縁として、何くれとなく別格扱いをしていたものです。こんな高貴なお生まれなら、言葉は悪いですが、お人柄や言動に少々の難があってもそりゃあ特別扱いは当

然でしょうが、慶寧様は高貴なお生まれの中でも珍しいほどに人柄も才覚も秀でた方ですから、幕閣や御三家、御三卿といった徳川ゆかりのお大名の皆様だけでなく、天下の名君と呼ばれる方々からも注目を集めることになりました。

例えば、慶寧様がまだ元服なされたばかりの頃、将軍家直々にご下問がありました。当時、ロシア公使プチャーチンの事件があり、その件について意見を、との仰せでした。そのとき、慶寧様は既に海防策について一家言を持っておられ、それを理路整然と述べられたところ、将軍家は痛く感銘を受けられたのです。

御三家である水戸藩主にして、尊皇論の大家として知られていた徳川斉昭《なりあき》様からも目をかけていただきました。江戸にある水戸家の上屋敷にたびたび招かれては親しく尊皇論の真髄をご伝授いただいたのです。当時の水戸家には天下の論客が多数訪れていたのですが、慶寧様はそうした一流の方々のお話も学んだそうです。

また、これも天下の英傑として名高い薩摩藩の名君、あの島津斉彬《なりあきら》様にも注目され、島津家の江戸屋敷に密かに招かれたこともありました。ここでは、海外事情や我が日本の危機について、斉彬様からご教示いただいたのです。その際、島津公からこんなお言葉があったそうです。

『あなたのお国である加賀は、江戸にも京にも近い。うらやましいことだ』

おそらく、島津公には近い将来、江戸の幕府と京の朝廷とが難しい関係になることが予想できていたのでしょう。そうなれば、江戸にも京にもすぐに駆け付けられる加賀の位置が有利になるわけです。そのことを匂わせることで、幕府と朝廷の間を取り持つ役割を慶寧様に期待すると、暗におっしゃったに違いありません。

尊いお血筋、優れた才能、そして秀でたお人柄を兼ね備えて、お若い頃からこれほどにも将来を期待されていた慶寧様でした。

が、その運命を狂わせたのが、文久三年に起こった、あの禁門の変だったのです」

奥女中がここまで語ったとき、「おほん」と小川が空咳を一つした。

「その先のお話は、もう私の方から斎藤殿に申し上げましたから、今は無用です」

奥女中は中断させられて少し気分を害した顔になったが、弥九郎が藩にとって客であることを思い出したか、すぐに笑顔に戻った。

「そうでございますか。この話題は、小川様の方が詳しいですものね」

小川は話を変える。

「ところで、最近、お筆様のご機嫌はいかがです。きっと、お喜びでしょう」

そう言われて、考えるように奥女中は首を傾げたが、

「ほら、三月二日に大赦があったでしょう」

と助け船を出すと、すぐに何事かに気づいた顔になる。

「ああ、久徳様のことでございますね。お筆様は、それはもう喜んでおられますとも。ご赦免の後で、兄上様にお会いになると、涙を流されてねえ」

「もう、久徳とはお会いになったんですね」

「はい。三月の晦日《みそか》でございました。久徳家へご訪問のお許しが出まして」

それはよかった。小川は言ったが、すぐに腑に落ちないという表情をする。

「ただ、久徳の赦免については、不思議に思っていることがあるのですよ。あの大赦では尊皇派が赦免になって、殿から直々に労《ねぎら》いのお言葉があったと聞いているんですが、なぜか、久徳とだけはまだ

殿はお会いになっていないらしい。そこがどうも。久徳に殿は何か気に入らないことでもあるのだろうかと、それが心配で」

ほほほ。奥女中は笑った。

「そんなこと、ご心配には及びません。久徳様のことは、もう、殿がちゃんと労っておられますよ」

小川は驚いた。

「エ？　もう労ったとは、いつのことです？」

奥女中は、しまった、という顔になる。

「仕方がありません。でも、これは他言無用にしてくださいませ。実は、お筆様がご実家に帰られたとき、殿もお忍びで久徳家へご訪問になられたのです」

それだ。内心で小川は叫んでいた。が、平静を装った。

「へーえ。その場には他の重臣の方々も？」

長連恭がいたのではないかと、期待を込めていたのだが、

「いいえ。殿だけですよ。どなたも、このお忍びのことはご存じありません」

との返答に、がっかりする。

「じゃあ、他の機会にも殿のお忍びはあったんでしょうね」

「まさか。外へお出かけになることさえ、めったにありません。そんなこと、小川様だってご存じでしょうに」

奥女中からは、他にこれといった手がかりは摑めなかった。

＊＊＊

「ここが久徳家の屋敷かい」

　その日の午後、弥九郎と小川は実際に出かけてみた。浅野川に近い武家町の一角に久徳家はあり、さすが、大名家側室の実家らしい広々とした屋敷を構えていた。訪ねてみたはいいが、生憎と、主人は留守だった。仕方なく、敷地の周囲をぐるりと歩いてみる。隣家との境界に生け垣があり、向こうの家は別邸風で、ちょっと凝った感じの数寄屋だった。

「あれは、家老か何かの家かい」

「いえ、多分、料亭の離れじゃないですか。ここは武家町の外れですから」

　小川が答えると、弥九郎は生け垣に近づいていった。

「向こう側が見えるな。これなら、垣根越しに話ができる」

　小川はハッとする。急いで表通りに回った。

　料理屋に入ると、女将にそれとなく三月末日の客について尋ねる。

「その日、確かに長様がおいででした。ええ、離れでございましたよ」

　小川と弥九郎は、思わず顔を見合わせる。

　これで、長連恭と慶寧公とがつながった。

第七章　慶寧

（あんな爺が、なぜ、西郷殿や桂さんの信用を得ているのだ）

明日、いよいよ加州藩主前田慶寧《よしやす》との直接の談判に臨むという夜、山県の心には弥九郎への嫉妬が渦巻いていた。しかも、彼の心で、何者かが、その嫉妬をじっと見つめている気がして、一層、不愉快だった。最近よく出る重苦しい肩の凝りもある。こうした苛立ちの全てが弥九郎に対する悪感情につながっていた。

そのくせ、あの老人の、いかにも剣豪として名を馳せた人物らしい行動力や豪胆さを、侍らしいと讃嘆する心もあった。自分のグズグズと鬱屈する性格を侍らしくないと普段から引け目に思っていたから、対照的な人物を見ると複雑な心持ちになる。

（俺は、自分の心を右か左かと、乱暴に片付けることができない。いつもどっちつかずの気分から抜け出せず、不安になる）

山県には困った性癖があった。時々、気が鬱するほどの猜疑心に憑りつかれてしまうのである。人の心を疑い始めると止まらなくなる。証拠もないのに嫌な想像が消えない。そんなことは下らない勘繰りだとわかってはいる。武士として恥ずべきことだとも思っている。臆病者めと自らを叱りつけてもみるのだが、いったん心に浮かんでしまった疑いはどうしても消せない。暗い妄想の雲はどんどんと広がり、やがて彼の身体を動けなくしてしまうのだ。

この性癖のせいで、これまで、随分と働きの場を逃してきた。例えば、最初に幕府が長州征伐に来襲してきたときもそうだった。長州藩内の俗論派に反旗を翻そうとして、高杉が奇兵隊の挙兵を求めてきた際も、隊の責任者だった山県は猜疑心から気鬱に陥り、まったく動けない状態だった。

もちろん高杉の真意を疑ったのではない。むしろ、命を預けて挙兵に参加すべきだと思っていた。だが、その気持ちと裏腹に、身体が動かなかった。理由は、長州藩の上層部の卑しさに絶望していたからである。もう何をしても無駄なのではないかと、藩の将来を疑っていた。藩のお偉方の浅ましい計算について不快な妄想が果てしなく頭にわき、気が鬱して、身体が動かない。たとえ無駄でも、武士ならば命がけで高杉の壮挙に加わるべきだとわかっていても、何も言えなかった。

どうしても動かない山県を見て、高杉はあっさりと去って行く。その引き際は潔かった。だが、後ろ姿に寂しそうな気配を感じて、山県は気鬱などに負けた自分をずたずたに引き裂いてやりたいほどに恥じた。

今、同じことが起こりそうになっている。加州藩に官軍への参加を催促しては、のらりくらりと躱《かわ》されているうちに、またしても山県の猜疑心が頭をもたげてきていた。

（三州割拠の噂が真実、「恭順」は口先だけで、こちらの方が嘘なのではないか。

加州の本音は、官軍を言葉だけの恭順で欺《あざむ》いておいて、加賀・越中を薩長軍が通過して越後に入ったら、藩正規軍が北陸道を北上して背後から官軍を襲い、奥羽越列藩の一つである長岡の兵との挟み撃ちを狙うつもりではなかろうか）

不安が高じると猜疑心が起こり、ついには、鬱屈へと沈んでいく。いつもそんな具合だったが、この場合、猜疑心は慶寧へ向かい、弥九郎へと向かっていた。自分でもつまらぬ猜疑心を抑えなければならないことはわかっていたが、容易には止められない。するとますます苦しくなるのだった。

そんなときの彼にとって、苦しさを逃れる道は女性しかなかった。ただし、女遊びなどという粋なもので、心を紛らわせるのではない。すがりつく彼を、どこまでも優しく許してくれる女性を求めていた。

そして、なぜか、彼を許してくれると見えるのは、幼いとさえ言えるほどに年の若い女性ばかりだった。山県が昨年嫁に迎えたのも、人が見れば「まだ子供ではないか」と驚くほど、幼さの残る年齢の女性だった。

金沢で大切な任務に神経をすり減らし、また猜疑心を募らせて焦りを覚えていたこの夜、山県は無性に新妻が恋しかった。が、彼をどこまでも許し、包み込んでくれる優しい妻が、北陸の地にいるわけはなかった。

不安なまま、悶々と虚しく夜具の中で転げるだけ、時だけが苦しく長く続く。

……………………

気づくと、山県は萩の叢《くさむら》の中に立っていた。その向こうを見ると、小さな顔の清らかな女性が立っていた。思わず、言葉を発する。

「私は立派な侍になりました」

立派になれ。そうすれば、母に会わせてやるという約束だったはず。

あの清らかな女性は母に違いないと、彼は思っていた。顔も立ち姿も彼の妻とそっくりだったのだが、不思議とおかしいという気がしない。ただ、あの女性は母だと思い込んでいた。向こうへ行こうとする。母にやっと会えるのだと、一心に前へ進もうとする。ところが、萩は彼を遮る。彼は悲しくなってきた。

「通してください、約束通り、私は立派な侍に……」

すると、頭上から声が降ってきた。

「侍ならば、女々しい未練はないはず」

祖母の声だった。そのとき、萩の向こうの母がくるりと背を向ける。こちらを見ようともせずに、行ってしまう。

「待って。行かないでください。母上」

……………………

払暁、山県は、夜具の中で目が覚めた。全身は汗みずく、顔はぐしゃぐしゃに涙で濡れていた。

＊＊＊

閏四月十五日、金沢城二の丸御殿でのこと、加州藩主前田慶寧が大広間に官軍参謀を迎えて、もう半刻は経つ。下座に重臣たちが見守るなか、参謀山県との談判は平行線のまま押し問答となり、ほとんど同じことを繰り返していた。

「加州の正規軍を早く官軍に出していただきたい」

山県が求めると、慶寧は逃げる。

「藩内混乱のため準備が出来ておりません。しばし時間を」

さらに参謀が追及する。

「それは官軍に対する不誠実だ。朝廷に恭順を誓われた言葉に反しますぞ。

そもそも、藩公であるあなた自らは、まだ上洛してさえいない。恭順はただの言葉で、本音は朝廷に服する気がないのではないか」

　すると、慶寧はまた躱す。

「今日はたまたま体調が良いが、ここのところすっかり身体を壊しております。時勢の激変で心労がたまっておる故に。どうか、回復するまで、もう少しご猶予を」

「いい加減にしていただきたい。いつまでも、官軍と朝廷の命令を愚弄すると、逆賊の疑いがかかりますぞ。それでもよろしいのか」

「いいえ、決して愚弄などしておりません。ただ、時間が必要なだけです」

「いつまで待てばいい」

「藩内の混乱が収まるまで」

「いつ、収まる」

「さあ、いずれは収まるでしょう」

「それでは奥州の戦さが終わってしまう。早くしていただきたい」

「努力はしています」

　こんな調子で話が噛み合わないままだ。まったく前進しない話に、山県は苛立つばかりだった。


　実のところ、慶寧には官軍参謀の脅しに屈する気持ちなどなかった。

（毛利や島津を将軍にするために、我が家臣は死んだのではない）

　前田慶寧は、山県の要請を婉曲に躱しながら、そう思っていた。慶寧は今の時勢に怒っていたのである。

　官軍の要請に素直に応えるほうが、前田家存続のためには得策だということはわかっていた。もちろん、今の情勢についても知っている。もう、徳川宗家が政権に関与する機会はない。官軍を名乗る薩摩と長州の軍隊が力づくで次の政権を作るだろう。だが、それはなんのためだ。

ほんの数カ月前、慶応三年の暮、京では福井藩の松平春嶽《しゅんがく》、土佐藩の山内容堂《ようどう》、薩摩藩の島津久光が集まっていた。徳川宗家の大政奉還につき、次の日本の政権をいかにするかが話し合われ、九分通り、これらに徳川宗家も加えた雄藩を中心にした諸藩の連合政体が次代の政治を担うと決するところだった。

それが急転直下、王政復古が宣せられる。薩摩による朝廷工作だった。朝廷の直接政治とは見せかけ、実態は薩摩と長州によって支配された政権になってしまったのだ。

だが、なぜ力づくで、薩長が政権を握ったのか。目的はなんだ。

尊皇か。国防のためか。だまされはしない。本心は権力欲なのだ。尊皇というのなら、徳川宗家を逆賊だと決めつける必要などない。国防のためというのなら、なおさら、最先端の西洋式軍隊を持つ徳川宗家を切り捨てるのはおかしい。

薩摩も長州も、権力欲から徳川を潰したかっただけだ。

そして、今や天下を握っている薩長の勢いに、あろうことか前田家も乗ろうとしている。父も本多をはじめとする重臣たちも、ほんの四カ月前まで「徳川家を支援する」とあれほど言っていたのに、方針を一変させ、今ではひたすら「恭順すべし」と言ってはばからない。理由は「御家のため」だ。

馬鹿を言ってはいけない。何が御家だ。私欲のために朝廷を乗っ取ったような輩は武士の風上にも置けぬ。そんな奴らの作る時代に、本当の侍が生きていけるものか。今の薩長を実際に操っている者どもが何を考えているか、よくわかっている。

慶寧の心には怒りがこみ上げていた。

（家臣たちの命は、日本を欧州に売るためにあったのではない）

薩長の輩は、封建の世を終わらせて、西洋の流儀で国を作りたいのだ。もし、帝の世が守られるのなら、それもいいだろう。あの禁門の変の後に腹を切った家臣たちも許してくれる。だが薩長を動かしている者たちが、自らの欲のために、国を欧州に切り売りしないとどうして言える。

（そんな薄汚い勝ち馬に、我が加州藩も乗れと言うのか）

慶寧は屈辱に震えていた。

加越能三州の太守として、慶寧は徳川時代の身分秩序の頂点にあった。その頂点から「侍」を見るしかない彼もまた侍の一人ではあったが、それは普通の意味での侍ではなかった。彼はあくまでも、家臣たちに担がれる「神輿《みこし》」であり、神輿としての役を果たすべき侍に過ぎなかった。

平穏な時代なら、家臣たちに担がれる神輿には中身などなくてもよかった。神輿という空虚な箱は、中身が重要なのではなく、存在することに意味があるからだ。加州という国の秩序を維持するための神輿、家臣たちへの命令書に記される名前、そうした言わば装置としての意義しかない。

しかし、空虚な箱であってかまわないとはいえ、大名も侍、やはり自らの命を賭ける覚悟は要る。それは、藩を守るときだった。

通常の場合、藩主の命が失われれば、御家断絶、すなわち藩の消滅という恐れが生じる。そうなれば、家臣全ての家禄も失われ、藩の侍は皆、生活の基盤がなくなる。だから、平時にあって、藩主の命は何よりも大切であり、家臣は自らの命を犠牲にしても藩主の命を守ろうとするのである。

これは、藩主自身にとっても同じことで、自分の命には家臣全ての生活がかかっているからには、安易に捨てるわけにはいかない。

それでも、侍である以上は、大名といえども大義のために命を賭けなければならない場面はある。

例えば、大名の主君、即ち将軍が危機にあるときや、自らの命を絶つことで藩が存続できるときなどである。

つまり、大名が命を賭けることが許されるのは、天下や藩が危機にあるときだけということになる。

そして、時代はまさに大乱に呑み込まれていた。海の向こうの異世界から強力な兵器を持った異人たちが日本に近づき、力づくで開国させてしまった。将軍は異人たちからの侵略を阻止できるかどうか、危ぶまれていた。

慶寧は、将軍の家臣として、異世界と対決せねばならなかったわけだが、それは同時に、大名という神輿としてではなく、一人の侍として、命がけの働きを許される好機でもあったのである。

では、慶寧にとっての異世界、西洋とは何だったのか。

それは彼にとって非常に興味深い敵だった。未知の技術、未知の学問、未知の論理、未知の社会、学ぶには非常に面白い対象である。しかし、敵に回して戦うには、極めて強く、難しい相手だった。

しかも、西洋の強さとは、侍の国である日本の強さとは異質のものだと彼は理解していた。

日本の強さとは、侍の強さである。武芸の腕、兵法の知恵、兵站の充実とそれを支える領地経営の巧拙。これらはいずれも、それに携《たずさ》わる侍の手腕で決まるから、つまるところ、日本の強さとは侍の強さを意味している。

ところが、西洋には侍はいない。騎士や貴族はいるが、西洋で国の強さを決めているのは、そうした一部の上流階級の力ではない。

西洋における強さとは、科学技術の力や経済力によって決まる。そして、科学でも経済でも、その向上を支えているのは一部の人間ではなく、全国民である。

つまり、西洋の強さとは、国民の強さだった。そして、その基盤となっているのは、デモクラシーである。

この時代の大名としては驚くべきことだが、前田慶寧は西洋文明について理解し、正しい見方を持っていた。そうした西洋観は、島津斉彬の直伝だった。

慶寧は西洋を正しく理解し、真の危機を察知していた。それは、日本の文化を否定しかねないほどの長所が、西洋文明にはあることだった。

慶寧は理想と現実の狭間で苦悩していた。彼にとっての理想は水戸派の国学者たちに近く、帝を中心とした国家を建設して繁栄させることだったが、その一方で徳川の世を支えてきた朱子学的な忠孝の道も捨てられなかったし、家臣や領民たちへの仁愛と領主としての役目の重さも痛いほどに感じている。理想と家と人倫の三つに心を引き裂かれていたのである。

先代藩主である父斉泰《なりやす》が慶寧に「恭順せよ」と言う。けれど、慶応四年閏四月の段階での「恭順」とは、本当に帝の意に従うということになるのだろうかと、彼は疑っていた。それは、薩長の都合に合わせるだけのことではないかと。また、翻って、この「恭順」とは所詮、「前田家の得を取る」という意味に過ぎないのではないかと、悩んでいた。

彼には、薩長が本当に尊皇の志で働いているとは信じられなかったのである。ほんの五年前の禁門の変では、かつて尊皇一筋だった長州藩を薩摩藩は幕府とともに攻めたではないか。なのに、それからわずか数年で、今度は長州と薩摩は同盟を結び、長州藩を征伐しようとした幕府を撃退した。そして、わずか四カ月前、大政奉還して朝廷への「恭順」を示していた徳川宗家を、薩長の主導する朝廷は無理やり反逆者扱いして、打ち滅ぼすと決めてしまった。

彼は徳川宗家だった慶喜とは血縁者であり、宗家が確かに尊皇家であることを知っている。もし、薩摩が真に帝に忠誠を尽くすというのなら、徳川宗家を敵とみなして滅ぼす必要などないはずだった。

（薩摩は徳川を滅ぼして、次の将軍になりたいのではないか）

この疑念が強くあった。さらに、

（父上はその薩摩に取り入って、新しい時代での前田家の地位を上げたいと狙っている。そのための「恭順」であり、帝への忠誠など二の次なのだ）

この想像は、彼の心を一層暗くしていた。

疑念は彼の心に無視できない重さでのしかかる。気が鬱し、暗い怒りが沸き起こる。

そんなことのために、あのとき、あの者たちは命を捨てたわけではない。

まだ藩主ではなく世嗣だった彼の思慮の浅い決定により、禁門の変に際して長州藩を討つことを避けようとしたばかりに、加州藩は敵前で逃亡したとの疑いをかけられてしまった。あのとき、彼の側近だった尊皇派の家臣たちは代わりにその責めを負った。家老だった前田大弐《だいに》は腹を切った。尊皇家だった千秋《せんしゅう》順之助、不破富太郎を初め、主だった尊皇派の家臣たちが命を絶ったのである。

尊皇の志を持った見事な侍たちだった。その命に報いる働きをしなければ、どうして顔向けができる。真の尊皇に役立つ働きをせねば、どうして前田家の藩主だなどと言っておられるのだ。今さら加州の藩主である彼がただの保身を決めたのでは、あのとき死んだ侍たちは犬死ではないか。そんなことは、自分自身に対して許せぬ。

だが、今、朝廷から前田家が賊軍と見なされれば、朝敵の汚名とともに、あの時に身を捧げた者たちの一族も前田家とともに滅ぼされてしまう。それでは、藩主として家臣たちに申し訳が立たない。

彼は侍としての意地と家臣たちへの責任との狭間で、長い間、苦悩していた。

世嗣だった慶寧の側近たちは尊皇家だった。彼らの多くは下級武士であり、庶民の現実を知っていた。「高貴の身分に生まれた人は、下々の者たちの苦しみを救う天命を負っております。どうか、民たちに慈悲を」と側近たちに教えられて慶寧は育った。

慶寧にとって、大名と言えども天皇に仕える一侍であり、世のため人のために尽くすことが大義だった。そして、新しい時代の日本は、侍の私心のなさで西洋の新しい文明の良い面を受け入れることにより作られるべきだと考えていた。

慶応三年の末まで、慶寧は意欲的に加州藩の改革を行っていた。この年の十月の大政奉還も予め想定しており、新しい政治は徳川宗家を含めた雄藩の合議で行われるだろうという見通しだった。

加州藩は加賀、越中、能登の三州にまたがる領地を新しい時代に合わせた国へと変えていかねばならない。慶寧はこのように考えていた。

十年以上前から始めていた西洋式軍隊の整備を急ぎ、藩主に就任してわずか一年後であるこの年には完成させていた。また、福沢諭吉の『西洋事情』に啓発され、貧民救済策を手厚くすると決意、金沢の卯辰山に撫育所を建設した。

ところが、慶応三年十二月に王政復古が宣せられてからは、朝廷のあり方に疑念が湧きおこる。いぶかしいことに、帝に忠義を尽くそうとしていた徳川宗家を一方的に逆賊扱いして、追討令が出された。薩長が帝を蔑ろにし、勝手に権力を振るっているとしか思えなくなった。

特に、薩摩には不信感があった。藩主のように振る舞う島津久光は、先代藩主斉彬公の弟である。慶寧は若い頃に斉彬から海外事情について教えられ、国防意識に目覚めた。言ってみれば、慶寧にとって斉彬は師である。島津久光の一派は怪しげな謀略で斉彬を葬ったとの噂があった。慶寧にとって、久光は師の仇にさえ思える。

今の薩摩を動かしている西郷という男は、かつて斉彬に目をかけられていたと聞けば、慶寧には西郷が汚らわしい裏切り者に見えてくる。

そして、薩摩が帝の名を騙って偽勅を出したと聞くに及んで、慶寧は新時代に対して絶望してしまった。慶寧が今、「三州割拠」を唱えるのは、もはや新しい時代を築くという目的からではなかった。

（たとえわが加州藩が滅亡しようとも、逆賊、薩摩に一泡吹かせてくれる）


慶寧公の全身が粟立っている。思えば、官軍参謀との談判が始まってからずっとそうだった。奇妙なことに、この世ならぬ者が彼の心を眺めている気がしていた。

（あるいは、亡き家臣たちが見ているのかもしれぬ）

慶寧公が寂しさとも悦びともつかぬ思いでそう考えていたとき、苦り切った参謀山県が、こんな提案をしてきた。

「このままではらちが明かない。前田公と一対一で話をしたい。どうか、他の重臣を下がらせていただきたい」

藩主は同意した。

＊＊＊

山県の肩に、ドスンと重荷が乗った。一対一になると、慶寧は別人のように雄弁になったのである。

「江戸の徳川家が朝廷に大政奉還した後の政治は、いわゆる雄藩による列藩会議で決められ、取り仕切られるものと、私は思っておりました。そして、その雄藩には、当然、徳川宗家も含まれると。これは、前田家だけの見方ではない。日本のほとんどの諸侯が同じく考えていたはず。

それが、昨年の暮に、突然、宗家は賊軍、薩長が官軍となった。

徳川宗家の当代は慶喜殿、その勤王の志に偽りはないことを、私はよく知っております。いや、薩州も長州も、そのことは充分にご存じのはずだ。

なのに、なぜ薩長は徳川宗家を賊軍にしなければならなかったのです。いいや、どんな陰謀が行われたのかなど、そんな下卑たことは今さら知りたくもない。

私が参謀殿に聞きたいのは、あなた方、薩長がこれからの日本をどうするつもりで徳川宗家を追い出したのか、その真意なのです」

山県は戸惑っていた。まさか、と思っていた。

加州藩主は領地が百万石を超え、外様大名の筆頭に列する家柄である。普通、大大名とされているのは十万石を超える領主のことだ。こうした大名は太守と呼ばれて特別扱いされてきたが、与えられる官位の上限は従四位下までと決まっている。ところが加州藩主は、正二位まで官位が上ることのできる家柄なのだ。そんな貴人が、血腥い戦場を走り回るしか能のない自分のような足軽上がりに、まるで対等な相手にするかのような議論を吹きかけてきた。

全く予想していなかっただけに、山県は平常心を失っていたらしい。

「徳川の政治では、時代の変化は乗り越えられない」

山県は、思わず口をついて出た自分の言葉に、もっと驚いていた。本心だったからである。

佐幕派かとの疑いのある藩から官軍に軍隊を出させるなどという厄介な外交の場で、こんな率直な意見を言うなど、慎重すぎるほど慎重な彼らしくない。もちろん、この場に加州藩の老職など、他の家臣たちのいる通常の交渉ならば、むき出しの本音など言いはしない。余人を交えぬ面と向き合った話し合いだったことと、殿様らしくない率直すぎる相手の様子に、思わずつられたのである。

(それにしても)と、山県はなおも思った。

(今、俺が口走ったぞんざいな物言いは、まるで、加賀百万石の殿様よりも上位者のようではないか)

そのとき、心の中で蠢《うごめ》く虫のようなものの気配がして、彼は自らをこう叱った。

(いや、俺は今や官軍の参謀。朝廷の意志を伝える使者の役なのだから、立場は上である)

「帝に対して忠義かどうかが問題なのではない。徳川幕府の中身がもはや古過ぎることが問題なのだ。強力な欧州の軍隊が日本を狙っているとき、奴らの恐るべき軍隊に対抗するにしても、古臭い戦国時代のような考えではとても無理だ。古臭くて困るのは、軍隊のことだけではない。政治についても、今までのやり方を大きく改めることができなければ、欧州の手に乗せられるおそれがある。あの清国が今、欧州の食い物にされていることを知っているだろう。徳川に任せていては、日本も清国の二の舞になる。

それほどに、欧州は恐るべき相手なのだ。徳川宗家が一諸侯の位置に下がったと言えども、他の雄藩とともに会議に加わって政治を動かすなどというのは、いかにも時間がかかり過ぎる。第一、各藩の思惑が違えば話がまとまらない。雄藩連合、列公会議など、今までさんざん試みてきたが駄目だった。

徳川の時代を完全に終わらせて、大本から新しい日本を作り直すしか、この国を欧州の侵略から守る方法はない」

大藩の藩主に向かって敢えて突き放すように言った。すると、慶寧は「なるほど、それは本当のことかもしれない」とあっさり認めたが、次の瞬間、その細い目で鋭く睨んだ。

「だが、薩長が大御心もうかがわず、ただ帝の名を騙って、自分らの都合の良いようにするよりは、ましではないか」

(我々が帝の名を騙っている、だと……)

山県は言葉に詰まった。

(この殿様、いったい何が言いたいのだ)

そういぶかったとき、頭の奥に、浮かびあがる記憶があった。

慶応三年秋、長州から奇兵隊を率いて上方を目指して、安芸浅野藩を通ったときのこと、いつものように配下の者に浅野藩領の情報を集めさせると、妙な話が聞こえてきた。

「薩長に下った密勅は偽物ではないか」

根も葉もない噂だった。だが、当時の浅野藩では各藩の外交役が情報収集していた。

(おそらく、加州もあのとき芸州でこの話を知ったに違いない)

面倒なことだと山県は思った。


暗鬱な声で慶寧は言った。

「この国にもう侍はおらぬ。本物の侍たちは皆、偽物の侍もどきに殺された。本物の侍かと思えた志士たちも、今は異人の文明に心を売って、侍の心を捨ててしまった。

薩摩の西郷など、もう侍ではない。きゃつは、帝の名を騙ったに違いない。昨年の十月のこと、倒幕の密勅が薩摩と長州に降下した。が、それは偽物だった。岩倉卿と中川宮が勝手に作ったものだ。西郷の指示したことだ」

先ほどよりも、砕けた物言いに変わっている。もはや、慶寧は山県を対等だと思っているようだった。それを感じて、山県も身分差を忘れ、語気を荒げた。

「偽勅だと？　ばかな。第一、薩摩と我が長州とに昨年の十月に討幕の勅許があったなどと、そんなものはただの噂である。降りてもいない勅許に、偽物も何もあるわけがなかろう」

藩主は皮肉に笑う。

「ふん、参謀殿はどこまでもとぼけるがよかろう。だが、我が前田家は全て知っている。名門前田を侮るな。徳川宗家と縁続きなだけではない、朝廷の最も高いところにも前田家と縁の深い公卿はいるのだ。勅許が出たかどうか、本物か偽物か、そんな話が伝わってこないとでも思っているのか」

山県は否定した。

「確かに、昨年の秋に、長州の隣国である安芸浅野家には、薩長両藩に対して倒幕の密勅が降下したという噂が広がっていたし、その密勅が偽物ではないかと疑われていたことも承知しているが、いずれも根も葉もないことである」

だが、慶寧はその弁明を無視し、さらに薩長の不義を攻撃する。

「帝の名を騙るとは、まことに畏れ多いことだ。今上帝がいかに御幼少にあらせられようとも、大御心をうかがいもせずに勝手に作った書類を、勅書として通用させようとは、まさに君側の奸。帝を軽んじて、何が尊皇だ。大義もなく勝手なことをしている輩が、侍であるわけがないではないか。

私だとて、徳川幕府が腐っておったことはわかっている。譜代の幕閣に、侍としての覚悟のある者は残っていない。旗本や御家人にも、本当に侍と呼べる者は少ないだろう。しかし、少数とは言え、覚悟と志のある者はいるのだ。それなのに、偽りの勅書を作ってまで徳川を退けることが、攘夷のために必要だとは言えぬ。

目的は島津久光を将軍にすることか。そして、西郷は島津幕府の老中にでもなろうとしているのか。泉下の斉彬公が泣いておられるわ。

そんな薩摩と同盟を結ぶとは、長州にかつての尊皇の志はもうない」

山県は怒りを抑えて言った。

「それほどに、薩長を愚弄するからには、偽勅であるという証拠があるのだろうな」

慶寧は何も言わない。

「それ見ろ。証拠もないのに噂を鵜呑みにして薩長を逆賊呼ばわりとは片腹痛い。本当は、逆賊は前田家なのではないか。今でも徳川に肩入れして、徳川幕府再興を諦めていないから、こちらの援軍要請の求めに応じたくないということだろう。それを誤魔化そうとして、根も葉もない噂を持ち出しているだけだ」

慶寧は、しばらく黙っていた。それまで雄弁だっただけに、山県には意味ありげに見える。案の定、藩主は、ポツリと言った。

「証拠があるかどうか、あの世の長連恭に聞いたらどうだ」

死者に聞けとは何事か！

山県は自分の頭に血が上るのを感じたが、言葉はかえって静かになっていた。

「そこまで官軍参謀を愚弄するからには、よほどの覚悟があるのだろう。もう、議論は無駄ですな」

談判はこれまでか。山県が吐き捨てるように告げた。

「勝手にするがよろしい」

＊＊＊

同じ日の午後、金沢城の控えの間でのことだった。

弥九郎が「前田慶寧公が偽勅の噂を信じている」だの、「長連恭がそれを藩主に吹き込んだ」だのと報告してきたとき、山県の苛立ちは頂点に達していた。

（いったいこの老人は、何のために金沢まで同行したのだ）

心の中には不満が渦巻いている。

偽勅うんぬんなど調べて何になる。加州の年寄、長連恭の死亡など官軍と無関係ではないか。それをわざわざ調べて、「なるほど、加州が混乱するのも無理はない」などと、向こうの言い分を認めてやろうというのか。そんなことをすれば、加州の正規軍を官軍に出さないことに、良い口実を与えるようなものだ。

偽勅も長暗殺も、根も葉もない噂だと、山県は決めつけていた。単に、薩長への反発から正規軍を出し惜しみしている加州が、そうした噂を言い訳として利用しているというのが彼の見方だったからである。

まして、つい数刻前、彼は藩主との談判を行い、あからさまな反薩長の言動を藩主から見せつけられたばかりである。どうしても、弥九郎の調査そのものが加州藩をつけ上がらせているように思えてしまうのだった。

（ふん。剣豪だ論客だと言っても、しょせんは百姓上がりだな）

山県は斎藤弥九郎という老人をどうしても信用できないでいたのだが、その理由の一つは、斎藤という人物が元々からの武士身分ではなかったことにあった。

山県は奇兵隊の軍監であるが、奇兵隊士の粗暴な振る舞いにうんざりしていた。粗暴な行いをしているのは専《もっぱ》ら、手柄を立てれば侍になれるという私欲のために奇兵隊に入った連中だった。

多くは百姓の次男や三男で、赤貧のために食うに困っているか、あるいは富農や豪商の息子で、性格が荒くて手の付けられない暴れん坊といったところである。一旗あげてやろうとばかりに、ばくちか何かのようなつもりで、長州藩の奇兵隊や遊撃隊などの諸隊に入っていた。

武芸の心得もなければ学問の素養もない、礼儀も何もない。そんな庶民のはみ出し者たちを統率しなければならないのが、幹部としての山県の職務だったが、素行の悪さにほとほと手を焼いていた。

（やはり、百姓はだめだ）と内心で思っている。庶民には武士とは違って、役目に命を張るという覚悟を、幼い頃から養ってきたという素地がないのだ。士道不心得があれば、自ら腹を斬るという覚悟がないから、私欲を平気でむき出しにする。士分でない平隊士の身勝手な乱暴を見ていると、ムカムカしてくる。彼自身は、幼い頃から「侍らしくせよ」と祖母に厳しく育てられてきただけに、まるで獣のような野放図な行いを許せないところがある。

だから、斎藤弥九郎という老人が元は百姓だったと知ると、どうしても、卑しい者ではあるまいかという疑いの目で見てしまう。

（しょせん百姓からの成り上がり者だ。自分の欲で動いているのだろう）

どうしても、そう思ってしまう。西郷や桂ほどの武士が、なぜ、あんな百姓臭い爺を信用するのかと、山県は思っていた。

元百姓という先入観で見ると、斎藤弥九郎という人物の振る舞いには、確かに武士らしくないと見えるところもあった。

例えば、弥九郎は思ったことをずけずけと言う。この点など、山県には、「やはり百姓だ」と見えてしまうが、他の者にとっては好ましく受け取られることもある。

練兵館の若者たちなどは、むしろ、そんな弥九郎を慕ってさえいた。

弥九郎は、代々木村に早駆けで向かってくる弟子に鈍いのがいると見ると、「それで走っているつもりか！」、竹刀稽古でも、隙だらけの相手に打ち込まない者がいると、「目玉がないのか！」と怒鳴る。

自分でも気にしているような欠点や弱点を容赦なく指摘されれば、普通なら嫌な気分になるものだが、不思議と弥九郎に言われても腹が立たない。足が遅い、注意力が足りないと、ただ指摘されただけで、馬鹿にされたという感じがしないからだ。

「おまえがそういう奴なのはわかっている。直せる範囲でいいから、精いっぱい直せ」

そう言われている気がする。

「あれは大先生の人徳だ」とは、練兵館塾頭の渡辺昇の言葉である。

弥九郎は弟子にこんな話をする。

「俺の田舎じゃ、あたわり、という言葉があってな。江戸の言葉で言えば、『天分』と同じような意味さ。生まれや育ち、才能も欠点も、全部天から授かったものだと思って大事にするんだ」

郷里である越中氷見の里言葉を引き合いにして、自然に劣等感から救ってくれる。

こんな人徳ゆえに、弥九郎はどんな人間からも慕われやすいし、身分の上下に関わらずすぐに信用される。

ところが、そんなところが山県には苦々しく感じられる。己にはないものだからだ。それで、「立ち回りのうまい奴」だの、「腹の中で損得を計算している」だのと、つい邪推してしまう。行きつくところ、弥九郎のことは「虫の好かない爺」となる。

弥九郎への意識せざる反発のため、山県には、どうしても弥九郎の感じている「三州割拠」の危機感を、現実的なものだとは思えなかった。

「斎藤殿は私には構わず、調査をお続けください」

そう言うと、山県は長州藩定宿に引き上げてしまった。

小川は暗い顔になる。弥九郎の報告を聞く山県の冷淡な様子が、どうにも気になっていたのである。

「もしや、参謀殿は斎藤殿の調査を頭から信じていないのでは」

だが、弥九郎は気にしていないようだった。

「いや、大丈夫さ。参謀殿は越後での戦さのことで頭がいっぱいなだけだ。俺たちで加州の問題を解決してやれば、結果は同じだよ」

だが、小川の不安は的中していた。実は、山県はこのとき、加州藩について見限っていたのである。

談判が決裂したとき、山県は、もうこれまでだと思った。時間切れだったのである。

元々、このときの山県にとって最大の関心事は、東北諸藩との戦争だった。西郷から要請されたように、できるだけ戦争を小さくしようとは考えていたが、さりとて、避けられない戦争だとも思っていた。

例えば、京から金沢へと進む道中、山県が常に気を配っていたのは前線の補給路が確保されているかどうかである。北陸道の諸藩は全て恭順を誓っており、官軍の補給部隊の通行に対する便宜を図ることになっていた。山県は来るべき戦さのために、それが実行されているかどうかを自分の目で確認しながら、北陸道を旅していた。

同時に、既に越後高田に到着している官軍から日々送られてくる報告を、途中の官軍宿所で拾いながら、新しい情報を整理することを怠らなかった。

この日、慶応四年閏四月十五日時点で、山県が最も警戒していたのは越後長岡藩の動向だった。この藩は軍事総督、河井継之助《かわいつぎのすけ》の方針で強力な西洋式部隊を持っている。その上、東北諸藩と同調していたから、官軍と戦う恐れが大いにあった。それでいて、河井はまだ官軍と戦う意思を表明してはいない。官軍にとって、避けられない戦いは会津との一戦であり、できれば、長岡とは戦いたくはなかった。

だから、参謀である山県にしてみれば、早く長岡に行き、自らの責任で長岡と不戦のための談判をしたいところだったのである。

かと言って、加州藩も放っては置けない。やはり、本式で大規模な西洋式部隊を持っている以上、敵に回すわけにはいかなかったからだ。

しかし、山県には、加州藩が本当に恭順しているかどうかについて、疑念があった。幾つか理由がある。

一つは、藩主が自ら上洛し、朝廷に対して恭順を誓うことを、まだしてはいなかったことである。朝廷は何度も藩主の上洛を要請しているのに、「体調が思わしくない」と言って、代理の上洛で済ませている。ところが、今日、山県が会談したとき、藩主、慶寧の健康には何も問題はなかった。

もう一つは、加州藩には朝廷の中心勢力になろうとの野心が見受けられることだった。東北諸藩と官軍とが険悪となり始めた頃、加州は朝廷に対して「討伐軍の先鋒」となることを願い出ている。明らかに、山県たち薩長に対する挑戦である。

もう一つの疑念は、会津藩主、松平容保と加州藩主前田慶寧の娘との婚約がまだ解消されていないことだった。本気で朝廷に恭順しているのなら、官軍に敵対する会津との婚儀などとっくに解消しているはずだと山県は考えていた。

これだけの疑念があったところで、今日、藩主のはっきりとした反薩長の言葉を聞いた。そこで、山県はこう結論していた。

加州藩はもうあてにはできない。今回は、正規軍を出さないだろう。既に形だけ出ている援兵で良しとしておく。これ以上反発されて、奥羽越列藩と手を組まれるよりはましだ。加州藩の反薩長の言動は、奥羽越列藩との戦さが終わった後に必ず追及してやる。

（あの老人が金沢に残るというのなら、勝手にさせておくだけだ。正規軍を出させられるなら儲けものだが、無理だろう。それでもかまわん。もう時間はない。

俺は明日、金沢を発つ）

山県は決めていた。

＊＊＊

翌、閏四月十六日早朝、官軍参謀山県狂介は、金沢を離れた。思うに任せぬ仕事からようやく解放されて、せいせいしていた。

と、その瞬間、しばしば悩まされてきた肩の辺りの重苦しさまでが、嘘のように消える。しかも、消えてゆくとき、誰かが「さらば」と暇乞いをしたような気が……。

（まさかな）
気のせいだと思い直し、彼は脚を急がせて、官軍本隊を追うのだった。

第八章　正体

前田慶寧《よしやす》には、官軍参謀の要請を拒否したことへの後悔はなかった。しかし、ただ一つ、腑に落ちないことがあった。

「なぜ、斎藤弥九郎ともあろう武士が、奸賊に堕ちた薩長の手先となっているのか」

慶寧は思った。仔細はわからないが、何か理由があるのだろうと。

遠い昔の記憶が蘇ってくる。


「あの男を覚えておかれると良い。加州藩領の出身です」

かつて、慶寧は徳川斉昭公にそう教えられたことがある。あれが、江戸で三本の指に入る剣豪であり、国防策の一流の論客でもある斎藤弥九郎という人物だと。

「お恥ずかしいですが、我が藩にそのような家臣がいるとは知りませんでした」

「あの男は前田家の家臣ではありません。氷見の百姓の出だそうです」

百姓身分から修行を重ね、今日の地位を築いたと教えられる。慶寧は生まれながらに侍として最高位にある自分とは正反対に、自力で侍になった男の存在に、大変な感銘を受けていた。

さらに斉昭公は言っていた。

「たとえ生まれた身分は侍ではなくとも、天はあのような侍になるべき男を決して見逃さないものです。剣が天下一流なら学問も一流。その全てをひたすら己の勉励克己で築いてきたのです。今、この国に必要な人間ですよ」

今の長州は、あの禁門の変の頃のような一途な尊皇藩ではない。薩摩と同調して、朝廷を我が物顔に操っている奸賊の一味としか見えない。だが、長州の山県と共に金沢へやって来た斎藤弥九郎が、長州と同様に堕落したとはどうしても思えなかった。

では、長州にだまされているのか。だが、あの斉昭公さえ瞠目させた論客が易々とだまされるものだろうか。それとも老いたのか。いや、白髪になったとはいえ、全身から発せられる気迫はあの頃のままだ。

侍の誇りを捨てたか。まるで百姓のような身なりで旅してきた姿を見れば、すっかり落ちぶれたようにも思える。

しかし、斎藤という人物は昔から身なりに構わぬところがあった。あの水戸藩の屋敷で見かけたときも、徳川斉昭公という貴顕の前に出るというのに粗末とさえいえるほどの質素ないで立ちだったが、身なりなどまるで気にする様子もなかった。元々、相手の身分で服装を変えるような小者ではないのだ。

やはり、斎藤弥九郎はあの頃のままだと思えた。ならば、なぜ帝をないがしろにしているはずの長州に手を貸すのか。

「あの男を覚えておかれると良い」

時を超えて蘇った、あの日の斉昭公の言葉が、どうしても気になる。今、金沢に斎藤弥九郎が現れたのには、何か重大な意味があるように思えてならなかった。

＊＊＊

ちょうどその頃、金沢の長州藩宿所では、弥九郎も慶寧のことを考えていた。

「身分の高い家に生まれるとだいたいそうだが、大名の跡取りは母親に育てられることはない。ましてや、慶寧公の母君は徳川将軍の御息女、実の息子と会うことさえあまりなかったかもな」

弥九郎が従者の若者に言ったところ、小川が同意する。

「ええ。母君である溶姫さまは気位の大層高い方で、慶寧公が御幼少の頃にお会いにいらしたときも気難しいご様子だったそうですよ」

慶寧が生母である溶姫の元を訪れたとき、世話係が母の家の女中にいじめられたことがあった。慶寧はそのとき世話係を庇ってやれなかったことを悔しがったそうである。

「当代様がまだお世嗣ぎだった頃、その側近は尊皇攘夷派で占められていました。私はその一人からこの話を聞いたのです。

今でもそうですが、あの方は幼い頃から、立場の弱い者を思いやる、優しい性格をなさっていました。それに、母君であろうと不当なことを憎む公平な性格でもあられます」

「なるほどな。身分を鼻にかけない公平さ、人を思いやる優しさがあるか。昔、ある人が慶寧公について同じようなことを言っていたよ」

興味深そうに若者が聞く。

「へえ、どなたです？」

「水戸の徳川斉昭公さ。時々、俺は斉昭公に呼ばれていたんだ。もう二十年ほども経つんだが」

ペリー来航の頃、斉昭の元には一流の論客が集まっていたが、斎藤弥九郎もその一人だった。

弥九郎は高島秋帆から西洋の兵術を伝授された数少ない専門家だったし、韮山代官である江川英龍の右腕として江戸の台場造営を現場で指揮した経験もあり、当時最高の軍事技術者だった。また、斉昭の側近である藤田東湖と弥九郎とは剣術の兄弟弟子の関係だったため、その東湖を通じて弥九郎の識見は早くから斉昭に認められていた。

「昔、俺は斉昭公の屋敷で、まだ若かった慶寧公に会ったことがある。慶寧公のことを斉昭公は何かと目をかけておられ、ご自分の屋敷に招いていたんだよ。そのときに斉昭公が俺に言ったんだ。『加賀の若殿は、将来が楽しみだ。あの身分でありながら人を公平に見ることができ、自分とはかけ離れた低い立場の者の心も思いやることができる』

今、それを思い出した」

「前田慶寧公が人一倍苦悩しているのは、あの方が普通の殿様ではないからだ」

弥九郎が言うと、若者は、「そりゃ百万石の殿様ですからね」と軽く受ける。

「そういうことを言っているんじゃない。普通の殿様ならば気づかないことに気づき、考えないことを考えたから、悩みが深かったと言っているのさ」

「何に気づいたんです?」

「自分がただの人だと、気づいていた」

若者は怪訝な顔をする。

「ただの人じゃないでしょう。お大名ですもの、偉いじゃないですか」

「大名だって、ただの人だ。神様や仏様じゃない、特別な神通力だの何だのはないんだからな。百姓や商人なんかと同じで、人としての力しか持ってはいない」

弥九郎の言葉になおも反論する。

「力は同じかもしれませんが、お大名なら家来衆に命令できるじゃありませんか。僕らのような郷士や足軽のような軽い身分の人間とは、やっぱり違いますよ」

うん、とうなずいて、弥九郎は言う。

「そうだ。家来に命令して色んなことができる。だから偉いんだと、普通の殿様なら思うところさ。生まれながらに高い身分にあると、自分は偉い、特別の力を持っているんだと頭から思い込むのが普通だな。家来の方でもそうだ。君主は自分たちを動かす特別の力を持っていると、頭から思っている。

ところが、あの殿様、慶寧公はそう思っていない。自分の身分を、自分の力だとは思わないんだな。大名も家臣と同じ、ただの人だと思っている。

そして、それは恐らく正しい」

若者は思わずぶるっと身震いする。

「殿様も平侍も同じだなんて、それは困りますよ。身分があるんだと思わなきゃ、僕ら侍は全員、ただの浪人になってしまいます。だって、主君がいなきゃ侍は何をすりゃいいんですか。主なしなら、要するにそれは浪人でしょ。

侍らしい働き場所もなく、侍らしい役目もなく、武士の誇りを毎日毎日、チクチクと傷つけられるような哀れで虚しい生活に耐えて、いつの日かどこかの大名家に召し抱えられることを夢見て、傘張りでもしながら屈辱的な世過ごしなんて、侍にとっちゃ地獄ですよ」

田舎でのんびり暮らしてきた富裕な郷士の次男にしては、ずいぶんと浪人者に詳しいと見える。

「そうだな。命を賭けて奉公するのが侍の生きがいだし、奉公させるのが主君の役回りであり務めだ。だから、主君に必要なのは、特別な力じゃなくて、そのような身分に生まれるという宿命だけなんだ。

つまり、身分とは、才覚や手腕ではなくて、宿命なんだよ。

ところで、主君が侍に命がけで奉公をさせるには、それにふさわしい大義が要る。この大義が曲者でな。平穏な世ならば、『御家のため』と言うだけで十分な大義になったんだが、昨今のような乱世になると話はまるで違ってくるんだ。

主君には侍を働かせるだけの大義を見つけてくる責任がある。ところが、乱世にあっては何が大義なのか非常にわかりにくい。簡単に見つからないんだよ。見つけようとすると、世の中の変化を見極めるだけの非常な才覚が必要になる。

でもな、主君であるのは才覚があるからではなくただの宿命だから、大名だからと言って才覚があるとは限らない。むしろ、平凡な才で生まれてくる大名がほとんどだ。そんな平凡な人に、乱世を見極めて、何が大義なのかを見つけてくるなんて難しいことができるわけはないのさ。

一生懸命に殿様をやってな、一生懸命に家臣のために乱世の大義を探せば探すほどに、気づくことになるんだ。

『ああ、自分はただの人だ。こんな難しい役回りをできるような人物ではない』とね。

まさに、慶寧公がそうなんだよ。だから苦しんでいる。

乱世で家臣が自分のために命を捨てていく。それなのに、自分の才や手腕は平凡で、彼らの命を大義のために使ってやることができない。次々と家臣が死んでいくのに、自分は立派な侍たちをただ犬死させているだけだ。申し訳ない。済まないと苦しむ。

どうすれば大義が見つかるかと悩む。そういうことさ」

ここまで弥九郎が語った後は、誰も口を開かなくなった。

しばらくして、弥九郎が言う。「もう遅いな。休もう。明日も何が起こるかわからんから」そして、欠伸を一つした。小川が帰り、従者は床を敷き始める。

金沢の街の一角で、弥九郎が侍二人を相手に慶寧公の心中を推し量っているうちに時は過ぎ、夜はすっかり深くなっていた。

＊＊＊

十六日の深夜、金沢城二ノ丸橋爪門では、定刻通りに警備兵の交代が行われようとしていた。そのとき、突然、鋭い声が響く。

「曲者！」

二の丸にいるこちらに向けた声だった。交代しかけていた二組の兵が共に龕灯《がんどう》で声のした方を照らす。一瞬、光の中を影がよぎった。

「賊は御文庫から逃げ、御殿御居間廻りへ走った。行かせるな！　仕留めよ」

別方向からの叫び声は、御文庫から賊を追ってきた兵かと思いながら、二ノ丸警備の二組は影を追う。そのとき、
パン！　破裂音が。

兵たちがハッとしたとき、いきなり影がすぐ目の前で風を巻く。橋爪門近くにある生け垣の方へ照明の光を向けると、賊の黒い姿がよぎる。右手の方へ向かっているが、そちらは藩主の暮らす御居間廻りの方向、最も奥には御寝所がある。今、賊らしき影が、右手の闇に再び溶けようとしているでは

ないか。

絶対に行かせてはならない。

まだ生け垣の上に残っている賊の影へ、兵たちは夢中で銃を向けた。

四発また四発、さらに続けて四発と四発。

人の倒れる音。そちらへ照明を集めると、丸い茂みの下、確かに一塊の黒い影が蹲《うずくま》るように倒れていた。急いで、八人の兵が曲者の影を取り囲む。

「仕留めたか?」「やったらしい」

動かぬ黒い影をよく見る、と、警備兵は怪訝そうな声を発した。

「……この筒袖、どこかで……、まさか長州兵か!」

＊＊＊

まだ夜明けまで一刻はあろうかという頃、長州藩定宿の戸を叩く者がある。女将が出ると、慌てて二階へ。

「急用のお客様でございます」

従者が障子を開けると、とっくに帰ったはずの小川が息を切らせて立っていた。

「斎藤殿、今すぐ金沢を離れてください。すぐに、城から捕り方が来ます。捕まる前に、加州藩領の外へ。あなたに何かあれば、加州は官軍と戦争だ。早く逃げて!」

金沢城内で見つかった曲者は頭を撃たれていた。御文庫に忍び込み、二月に長連恭が帰国した際の記録を盗み出して所持していた。さらに、二の丸御殿御居間廻りにまで侵入を試みた形跡があった。そして、一番の問題は、曲者が官軍である長州兵の制服を着ていたことである。

小川が早口で説明する。

「所属を明らかにするような家紋などは削り取られていましたが、服は確かに長州の物でした。しかも、曲者の右頬にある大きなホクロに見覚えがあるという者がいて、長州の詰所と金沢城との連絡兵に似ていると言うのです。

長州の間者が出た。しかも、殿の御寝所のある御居間廻りで短銃を一発撃ったというので、今、城内は大騒ぎですよ。たまたま、私は城内のお長屋に忘れ物を取りに行って、その騒ぎを耳にしたんです。

間者が長殿を調べていたのなら、やらせたのは斎藤先生、あなたに違いないと城内では騒いでいます。

長殿をやったのは長州だ。今度は、殿まで狙っている。そう言って、怒り狂っている者もいるんです」

弥九郎は慌てる様子もなく言った。

「俺はそんなことをやらせていない」

小川はじれったそうだった。

「もちろんです！　わかっていますよ。これは罠だ。だから、早く逃げてくださいと申し上げているのです」

「だが、今逃げれば、ますます疑われるぞ」

「けれど、殺されるよりはましですよ。血気にはやった連中が、ここへ向かっているんだ。もうすぐ、大挙して襲ってきます。藩士が官軍の肩書を持つあなたを殺せば、即、加州は逆賊です。藩があなたを疑って、官軍ともっと険悪になろうとも、戦争になるよりはましなんです。だから、急いでください」

話しながらも弥九郎と従者は身支度を急いで整えていたのだが、ふと、その手が止まる。弥九郎は窓に耳を近づけた。

「いや、もう時間はないらしい」

そのとき、再び女将の声がした。

「お城よりの、お改めでございます」

廊下に出て階段の下をのぞく。女将の背後に威儀を正した中年の武士が立っている。その両脇を、捕り方の武装をした配下の侍たちが、ずらりと固めている。

「官軍参謀補佐殿に伺いたき筋があり、まかり越した。城までご同道を願う」

弥九郎は小川を見て苦笑いする。

「どうする？　一か八か、力づくで逃げてみるか」

弥九郎はすっかり身支度を終えて、腰の二刀に軽く左手をかけていた。少し遅れて従者の若者も着替えを終え、こちらも臨戦態勢という顔である。小川も今はそれしかないかと思いかけた。そのとき、階下の中年武士が慌てたような声を出す。

「いやや、お待ちを。

それがしは斎藤殿を捕縛に参ったのではござらん。むしろ逆。そこの小川氏と同様、助け船を出しに来たのでござる。これは、年寄本多政均《まさちか》の命令でして。

既に、前田家中の過激な連中はこの一帯を取り囲んでござる。今は、それがしに捕らえられた体を装って、いったん、城中に入ってくだされ。本多は決して官軍と事を構えるつもりはないと申しております。どうか、それを信じていただきたい」

弥九郎は尋ねた。

「城に入ってから、どうせよと本多殿は言うのかな」

「まず、藩の重職たちを前に、曲者の件の申し開きをしていただきます。長州の間者だという明白な証拠があるわけではなく、最悪でも斎藤殿は加州からの追放処分で済ませるというのが、本多の申し出です」

弥九郎はゆっくりと階段を下りてきた。

「要するに、城内でしばらく監禁した後、解放するというわけか。まあ、不毛な斬り合いよりはましだな」

＊　＊　＊

弥九郎は狭い室内を見回す。

「ここは茶室か何かかい」

その正面に座っている武士が答える。

「さよう。本来は茶室だが、この離れは賓客のための宿泊所としても使用する場所」

「どうりで、外の庭はえらく凝っていると思った。なんていう所なんだい」

金沢城内にあるこの場所は、二代から十三代にあたる先代斉泰まで、前田家代々の藩主が丹精してきた大名庭園である。が、相手はそんな説明をする気はないようで、長すぎる間を置いた後、

「玉泉院丸」

短く、そう答えただけだった。

「ふーん。で、俺にどんな用なんだ、本多さん」

対座している本多政均は、重たげな瞼《まぶた》を全く動かすことなく、無感情に見つめたまま、何も答えない。弥九郎は別の問いをかける。

「俺の弟子の方は、どこに閉じ込められているんだい」

「座敷牢」

今度はすぐに答えが返ったが、声は冷然としている。

「そいつは気の毒。まあ、俺の方も牢屋と同じだが」

本多は何も言わない。だが、実際、弥九郎の言う通りだった。城内の一隅にポツンと建てられた離れの周囲は池になっており、その外では昼夜を問わず洋式銃で武装した兵がびっしりと配備されていたのである。

外から静かな水の音が聞こえてくる。庭園には小さな滝まで作られていた。その風雅な景色がかえって武装兵たちの場違いなことを際立たせているのだが、幸か不幸か、閉じ込められている弥九郎はそんな無残な光景を目にすることはない。

双方の沈黙の間にただ水音だけが流れていたが、しばらくして、弥九郎が切り出す。

「で、俺の処遇はどうなった?」

ゆっくりと本多は口を開いた。

「曲者と貴殿との関係を証明する物は、何も見つかっていない。だが、疑わしいという藩内の声は消えてはいない状態だ。加州藩としては官軍と険悪にはなりたくないところである。どうか、自主的に領外へ退去していただきたい」

「なるほど。で、俺が今追い出されてしまうと、山県さんは加州藩に朝廷への反抗の意志ありと決めてしまう。それとも、藩庁は加州の正規軍を官軍へ送り出す決定でも下したのかね」

「それは答えられぬ」

表情を変えなかった本多がこのときは顔を顰めている。

「そんな決定は出ないだろうな。この件で、割拠論者はますます勢いづいたはず。これまで恭順を支持していた者も、やむを得ないと言い出したんじゃないか。

何しろ、割拠論を唱えている慶寧公自身が命を狙われたんだ。主君の危機を放っておくようじゃ、もう侍じゃないからな」

「それでも、今は耐えるべきなのだ」

押し殺した声で本多は言った。弥九郎は笑顔を見せる。

「気が合うね、本多さん。俺もそう思うよ。それに、俺は割拠論の首謀者は殿様自身だと言ったのに、あんたは反論しなかったな。本多さんも同意見ということか。

だったら話は早い。本音で言わしてもらうよ。

これは明らかに罠だ。加州を薩長に反目させようと図っている奴がいる。ここで俺を追い出してしまうと、やっぱり、そいつの思うつぼだよ」

「罠だとは、わかっておる。が、どうしようもないではないか。大方の老臣たちは、この件を別ように解釈している。奴らは、長連恭の言っていたことは本当だったと思っている。だから、長州は長の口を封じ、殿の口まで封じようとしていると、解釈しているのだ。長の摑んでいた証拠の正体を、殿がご存じであるゆえに、長州が命を狙ったのだと思い込んでいるのだ」

「慶寧公がそれを認めたのかい」

「馬鹿な。そんな愚かな方ではない」

「では、なぜ、老臣たちがそう信じたんだ。不思議じゃないか。

不思議と言えば、金沢に来てまだ数日しか経っていないこの俺まで、同じことを信じている。これはなぜだ？　変だと思わないか」

「長連恭の広めた噂のせいだろう」

「その噂、本当に長さんが広めたのか」

そう言われて、本多はしばらく考える様子だった。

「いや、奴が言っても尊皇派が簡単に信じるとは思えぬ。確かに、いったい誰が噂を広めたのだろう」

「なるほど、あんたにもわかっていないことがあるようだな。じゃあ、俺はまだ加州から出ないよ。もうちょっと待とうじゃないか。本当のことが見えてくるまで」

＊＊＊

次の日の午後、幽閉されている弥九郎のもとを小川が面会に来た。本多政均が自分で連れて来たのである。青ざめた顔の小川を一人残し、本多は離れの外へ出て行った。二人きりになってしばらく、互いに無言が続く。やがて口を開いたのは弥九郎の方だった。

「京からの早飛脚が来たんだな」

無言のまま、うなずく小川。

「ご主君には、もう確かめたのかい」

　またも無言のまま、小川はガクッと首を縦に振る。

「慶寧公は、お認めになったんだな」

「……はい」

　やっと小さな声が出る。

「手紙はまだあるのか」

「焼き捨てました。今朝届いて、読んだ後、すぐに火鉢に入れて」

「賢明だ。途中で誰かに読まれはしなかったかな」

「多分、ないと思います。厳重な封がしてありました」

「本多さんには話したのか」

「いえ。そのせいであの人が死ぬと、加州は身動きが取れなくなります」

「では、内容はあんたの頭の中にだけあるんだな。俺には、話してくれるか」

　黙ってうなずき、小川の長い話が始まる。ぼそぼそと小声で語る間に、ときどき、弥九郎の短い間いが挟まれる。四半刻もしないうちに、また沈黙に戻った。

　それを破ったのは、今度は小川の方だった。

「暗殺者は、今も、秘密を知る人間がいないかと探っています」

「すると、おまえさんも、京にいる家老殿も命が危ないわけだ。もっとも、二人とも覚悟の上だろうが」

「はい」

「本当は、もう一人、秘密を知っている人間がいるな。おまえさんが俺に秘密を話したのは、その人のためだろう」

「ご推察の通りです」

小川は深々と頭を下げる。

「殿が危ないのです。斎藤殿、お助けする方法はないものでしょうか」

弥九郎は目をつぶって考えている。ゆっくり瞼が開いた。

「本多さんを呼んでくれ。俺を慶寧公に一対一で会わせてもらう。重大な話がある。加州藩主の他には、誰にも聞かせるわけにはいかない話だ」

小川は驚いていた。青ざめていた顔に少しずつ赤みが戻っていく。

「でも真相は今、私が言った通りでしょう。今さら殿に何を……」

弥九郎はニコリと笑う。

「いや、それ以上の真相がある。あんたの話を聞いて、やっと、俺には全てがわかった。慶寧公にそれを聞いていただこう」

＊＊＊

閏四月十八日、金沢城玉泉院丸の茶室から出た斎藤弥九郎が、どこへ向かったかを知る加州藩士はほとんどいない。形ばかりの賓客として幽閉されていた離れから、藩主の待つ二の丸御殿へと案内したのは、加州藩の直臣ではなく年寄を勤める本多政均の執事だったし、移動中の警護に当たったのも本多家の陪臣《ばいしん》だった。それまで離れを見張っていた直参《じきさん》たちは、弥九郎が向かっている先が藩主の前であることを知らず、ただ、本多によって客が別の場所に移されるのだと思っていた。この対面を極秘裏に進めたのは、全て藩主である慶寧公の命令である。

二の丸の松坂門を弥九郎がくぐり、御殿の玄関に着くと小川が待っていた。慶寧公の古くからの側近である小川は、弥九郎を案内して無言のまま廊下を進む。公式謁見で使われる大広間である竹の間を過ぎ、山県と一対一の対談で使った書院を過ぎる。そこから先は藩主の生活する御居間廻りと呼ばれる区画だが、小川はそこへと入っていく。

御居間書院の廊下へ着くと、待っていたのは本多だった。弥九郎の姿を見ると、これもまた無言でうなずく。そして、「ごくろう」と一言かけて、小川から弥九郎を引き継ぎ、さらに奥へと進もうとする。戸惑った表情で、小川が言った。

「殿は書院でお会いになるのではないのですか？」

慶寧公の内々での謁見は、御居間書院で行うのが常だったからである。が、本多はいつもの半眼を少し顰めて答えた。

「いや、菊の間でとの仰せだ」

小川は動揺する。菊の間は藩主の御寝所の隣室であり、側近である彼でさえ、めったに通されることのない部屋だったからである。それほどにも、この対面を秘密のまま進めたいと慶寧公は思っていることに、小川は不吉な予感を覚えていた。

その小川を残して、本多は弥九郎を伴って廊下の向こうへ消えていった。

「参謀補佐殿が参られました」

本多の声に応えて菊の間の襖が開かれると、まだ前髪のある少年が現れた。

「斎藤殿に、お入りくださるようとのことです」

小姓の言葉に、本多は弥九郎を伴って菊の間の中へと進もうとする。

「お待ちください。お入りいただくのは、斎藤殿だけです」

そう言うと、小姓は室外へ出て座った。

「警護も付けず、本当に二人だけでお話になられるおつもりか」

本多が襖の奥の主君を見ると、腰には脇差だけを差している。佩刀《はいとう》は刀掛けではなく、自らの左横、畳の上に直に置いている。外様筆頭百万石の太守が、まるで戦国武将のように自らの刀で身を守るかのような姿は、今さらながらに、徳川幕藩体制が終わったことを思わせずにはおかない。それほどの覚悟をしても、これからの話は余人を交えずに行われなければならないのである。

極度に緊張した空気を本多が感じていると、

「では、御免」

弥九郎は彼に目礼して、襖を閉めたのだった。


弥九郎が距離を置いて座ると、慶寧公が言った。

「どうか、もそっと近う、お寄りください。それでは話がしにくいので」

応じて近づくと、

「おや、斎藤殿は無腰ですね。これは気づかなかった」

そう言って、慶寧公は左手で脇差を鞘ごと外し、佩刀と揃えて、ゆっくりと自分の前に置いたのである。

弥九郎の目が見開かれた。それはそうだろう、実際のところ罪人同様に扱われている弥九郎はともかく、武士が人前で脇差を外すのは普通ではない。礼を失するとさえ言える振る舞いである。ましてや、自ら無腰になったのは、こともあろうに大名なのである。まったく異常としか言いようのない光景だった。

　二人と襖の外まではかなり離れている。会話は聞こえないだろうが、室外に控える本多が知れば、止めていたかもしれない。その余りに無防備な様子は、大藩の主にはおよそふさわしくない。三百年近い徳川幕府の時代、加州の藩主がこれほど無防備だったことは一度もなかったに違いない。まして、今、藩主と対面している弥九郎は、これから行われる会談次第では敵となるかもしれない長州に与している。本多に限らず、加州藩士なら誰しも主君を諫めるところだろう。

　だが、当の慶寧公は平然としている。あくまでも対等の立場での話を望んでいるという、強い意志の表れだった。

　その様子を弥九郎は静かに見ていた。しばらくは双方、無言である。と、ゆっくり膝を立てたのは弥九郎だった。中腰のまま、音もなく慶寧公の前ににじり寄る。慶寧公は全く動じる様子もなく、これを見ている。

　同じとき、本多家の家臣が一人、慌ててやって来ると、本多に耳打ちした。いつも半眼である瞼がカッと見開かれ、本多が立ち上がった。襖を開け放つ。

　そこで本多が目にしたのは驚愕の光景だった。弥九郎が主君の前に置かれた大刀を摑んでいるではないか。

　本多が血相を変える。

「何をする！」

「ご無礼！」

同時に弥九郎の右手は大刀を抜き、刃が慶寧の顔へと近づく。

「やめろ！」

本多が叫んだ。その瞬間、
ガキッ。

鋭い金属音。そのとき弥九郎は一足で優に一間もの幅を飛び越え、慶寧の背後に立ちはだかっていた。

奥に立てられた屏風が倒れる。

そこに人影。短い大刀を右肩に担ぐようにして斜めに振りかぶっている。その男は、弥九郎の従者ではないか。

本多の家臣が慌てて報告したのは、座敷牢から従者が逃げ出したことだった。その従者が、屏風の裏に潜み、慶寧の命を狙っていた。

弥九郎は慶寧公の刀で、間一髪、暗殺を阻止したところだったのである。


「どういうことだ。説明してもらおう」

藩公を背で守るように立った本多が弥九郎に問うと、こう返ってきた。

「俺はこれを待っていたんだよ。今、全てがわかった。だが、説明する前に片付けなければいけないことがある」

弥九郎は従者だった若者に尋ねる。

「おまえの本名は何だい。田邊伊兵衛はお前の名じゃない。加賀生まれでもない。俺は最初から、それだけはわかっていた」

若者は驚愕していた。だが、先ほどの構えのまま動かず、目を怒らせて言う。

「そんなに知りたければ教えましょう。私は長州の間者」

本多が睨む。「やはりか」と呟くが、弥九郎は言下に否定する。

「違う。俺は知っているんだよ、おまえがどこから来たのかを」

本多が聞きとがめる。

「なに？　こやつ、貴殿の従者でないのみならず、長州の間者でもないと言うのか」

「悪いね、本多さん。わけあって、こいつの正体を知りながら知らぬふりで、ここまで通さなきゃならなかったんだ。こいつは長州者じゃない。薩摩藩士だ」

若者の目がスッと細くなる。本多が重ねて問う。

「では、薩摩藩の陰謀だったのか」

「いや、それもちょっと違うんだ。こいつは確かに薩摩藩士だが、藩の命令で動いていたわけじゃない。そうだな」

相変わらず大刀を右肩に担ぐような構えのまま弥九郎に対峙し、若者は何も答えない。

「もちろん、朝廷の命令でもない。今の時勢を作り上げてきた、薩摩藩の大物の指令で動いていたんだ。その男の企ててきた陰謀のために、正体を隠して暗躍してきたのがこいつなんだ」

「陰謀とは、まさか」

「そう。あの偽勅のことだよ。そいつは、徳川幕府を力づくで倒すには薩摩藩の部隊を動かす必要があった。だが、島津久光殿は武力討幕には乗り気ではなかった。そこで、偽りの勅書を作った。帝の名で自分の主君を操ろうと考えたんだ。

見事、その企ては図に当たり、薩摩兵は上洛し、同盟している長州兵も上洛となった。これで徳川の凋落まで一気に時勢は動いたんだ。ここまでは、陰謀を企んだ大物の計算通りだった。ところが、偽勅を証明する証拠が残っていたのは予想外だった。そこからは、こいつの出番だよ。長連恭を暗殺したのは、この男だ」

「！」

声にならない驚きが一同を貫く。

「だが、こいつは、ただある男の命令で動いていたにすぎん。俺はその男が何を考えているのか、それを調べるために加州に来たんだ。

それが今、ようやくわかった。こいつは、加州藩主前田慶寧公が秘密を知っているとわかると、暗殺しようとした。当然、黒幕がそう指示していたからだよ。

そんなことをすれば、薩長と加州とは戦争になる。奥羽越列藩と加州が手を組めば、今の薩長勢力にも勝てるかどうかわからなくなる。日本は真っ二つに割れて、大きな内戦になるだろう。そうなれば、西洋諸国の食い物にされる恐れが大いにある。

それでも、その男は自分の陰謀を完成させるために慶寧公を亡き者にしようとした。

つまり、そいつは日本のために働いているんじゃない。自分の頭の中にある新しい日本のために、これまでの陰謀を企ててきたんだ」

「その男とは誰ですか」

尋ねたのは慶寧公だった。

「薩摩藩士ながら主君を欺き、尊皇を唱えながら帝の御意志を無視している、その男とは誰のことなんです？」

弥九郎は若者をじっと見据えたまま、言った。

「大久保一蔵」

第九章　真相

従者だった男は、蜻蛉《とんぼ》に構えた刀をいつまでも振り下ろさなかった。対峙する弥九郎は藩公の大刀を右手だけで握り、切っ先を下に向けて自然体で立っている。打ち込めばいつでも勝てそうな、一見、無防備な姿だが、男は目の前の相手が何者なのか、誰よりもよく知っていた。

(勝てはしない)

そう思ったとき、心の内で囁く声があった。

……なら、逃げればどうだ?

耳元で言われているように、はっきりと聞こえるくせに、どこか遠いところから響いてくるようにも感じられる、妙な声だった。

男は考え始める。今、この場にいるのは藩公、本多政均、弥九郎の三人だが、手ごわいのは弥九郎一人である。確かに、勝てぬのなら逃げる手もある。もし、弥九郎があくまでも自分を斬るつもりなら、逃げることさえ無理だろうが、単に藩公を守りたいだけなら、案外、逃げ切れるかもしれなかった。

先ほど、弥九郎が男の刃を受け止めて暗殺を阻止したとき、「曲者……」と叫びそうになった本多を、「待て。まだ、騒ぎにしたくない」と、慶寧《よしやす》公が制した。本多が廊下に控えていた小姓に、「警護の者には知らせるな。本多家の者だけ、目立たぬように呼べ」と低い声で指示すると、当惑げに視線を走らせた小姓へ、慶寧公はうなずいて答えていた。秘密保持のため、今日、御居間廻りからは通常の警備が遠ざけられている。二の丸御殿の外で備えている本多家の陪臣たちを小姓が連れて来るまで少し時間がかかるはずだが、逃げるつもりなら急がねばならない。

が、再び心の内で、あの声が囁いた。

……本当に、逃げてよいのか？

男は即答する。

（嫌だ）

男が刀を構えたままでいるのは、剣で勝つためでもなければ逃げるためでもなかった。こうして、目の前の老人と対峙し続けていたかったから、刀を下ろさなかったのである。

なぜなら、男にはわからないことだらけだったからだ。知らないまま、どうしてこの場を離れられよう。だから、刀を構えたまま、こう問わずにいられなかったのである。

「なぜ、わたしを薩摩藩士だと思うのですか」

弥九郎は剣をぶらりと右手に下げたまま、答えた。

「理由は、俺をおまえが見張っていたからさ。

まず、西郷が気づいた。あれは当家の者だ。俺にそう教えてくれたよ。

あの蒸気船に乗っていたときのことさ」

豊瑞丸の士官室で弥九郎と西郷が会話したとき、実は、盗み聞きしている者がいた。弥九郎の従者をしている若者である。西郷はそのことに気がつき、言葉には出さず、目顔で弥九郎に伝えた。弥九郎は黙ってうなずく。

西郷が示現流の話題を始めながら、洋卓《テーブル》の上の紙にこう書いた。

（先生のお弟子は、当家の間者です）

そして、そっと紙と筆記具を弥九郎の前に置いた。弥九郎は軽くうなづき、

「ああ、見たことがあるよ」

と答えながら、こう書いた。

（そのことは気づいている）

こうして、西郷と弥九郎は諸国の武芸についての話に花を咲かせるふりをしながら、筆談を続けていたのである。

西郷は弥九郎の従者をしている男に気づいたとき、見覚えがあると思った。自分の側近に確かめようとしたが、男は部屋にこもってあまり外へ出ず、薩摩の者に近づこうとしない。ますます怪しいと思い、部屋から外へ誘い出すことにした。

弥九郎を訪ねた後、士官室へ移動したのはそのためだった。案の定、男は客室から出て士官室の前で盗み聞きを始めたのだが、それが西郷の狙いだった。廊下の角に彼の側近が潜んでいて、男の顔を確かめたのである。

その男のことを側近はよく知っていた。大久保一蔵の間者で、特に重要な仕事を任されている若者だった。旅の者のふりをして諸国の情報を探り、忍びまがいに屋敷に侵入して重要書類を盗み出すこともする。特に、大久保に重宝されているのは剣の腕が立つことで、必要な時には暗殺も行う男だった。

西郷は、水夫が茶と共に置いていった側近からの紙片を見て、弥九郎に従者の正体を知らせてから、こう尋ねた。

（なぜ、薩摩の間者が斎藤先生を見張っておるのでしょうか）

弥九郎は筆で答えた。

（多分、彰義隊の件だろう）

弥九郎は、上野にこもって官軍と戦おうとしていた彰義隊に、早い段階から誘われていた。彰義隊は江戸の著名な剣士に片端から参加を呼び掛けていたが、弥九郎も重要な候補者の一人だったのである。

もし、練兵館の斎藤弥九郎が参加すれば、その影響は大きい。他の剣豪たちも上野に集まるかもしれない。また、長州尊皇派には練兵館出身者が多いため、恩師が反旗を翻せば動揺する可能性もあった。

どこから聞き込んだのかわからないが、大久保が弥九郎へ彰義隊の勧誘があることを知ったのだろう。危ういと見て、練兵館に入門するふりをして間者を送り込んだに違いない。

（俺は彰義隊に入ることを断ったが、もし誘いを受けていたら、あいつは俺を斬るつもりだったのだろうよ）

（気づいているのに、どうして、傍に置いておられるのです）

（あいつが、俺の故郷で、とんでもないことをしたらしいと気づいたからだ。奴の刀には血曇りがあった。刃こぼれもあった。こいつ、人を斬ったなと思った）

ここまで弥九郎の記す話を呼んだとき、西郷は急に筆談を打ち切った。

（奴が示現流を使うことや、示現流の太刀筋までご存じなら、たとえ不意打ちにあっても、斬られるような先生ではありますまい。安心いたしました）

最後にそう書いたのだった。

弥九郎はあの日の出来事の真相を男に話した後、こう続けた。

「それから、西郷は桂におまえのことを教えた。そこで桂は考えたんだ。俺に偽勅問題の調査を頼もう。弟子のフリをしているおまえを泳がせておけば、必ず、加州領内で何かをやる。そのとき、大久保が何を狙っているのかがわかる。

一つ間違えば、加賀の殿様をおまえに暗殺される心配があった。だが、桂は俺を信じて任せてくれたんだよ」

依然として、男は蜻蛉の構えを解いてはいなかった。けれど、その刀には最早、必殺の気合は込められていない。むしろ、男の心は言葉に込められていた。

「なぜ、そこまで桂殿は斎藤弥九郎殿を信用したのですか。恩師だからですか」

「違うね。桂は恩義を忘れない良い奴だが、師弟の情を仕事に持ち込むような甘い男じゃない」

弥九郎も最早、刀で戦おうという身振りではなかった。藩主の佩刀はもう、だらりとぶら下げられているのみである。弥九郎もまた、自分の言葉に熱を込めている。

「桂は最初、おまえの扱いについて迷っていたんだ。金沢でお前を泳がせるのか、早めに捕らえた方がいいのかとね。

桂が俺を本当に信用した理由は、上方で会ったとき、俺があいつに長連恭暗殺の下手人を教えてやったからさ。そうだよ、下手人はおまえさ。

俺がなぜ、おまえを連れて里帰りをしようなんて言い出したと思う。おまえを金沢に連れて行って、本当のことを白状させようと思ったからだ」

「なぜ、江戸にいたのに、長連恭暗殺の真相がわかったのですか」

男は本当に不思議だったのである。弥九郎の答えはこうだった。

「おまえの太刀筋だよ。

道場稽古を見たとき、どこか示現流の匂いがしたんだ。示現流は薩摩にしかない流派だ。加州の田舎にいたはずの人間が、示現流を使う。おかしいだろう。おまえが俺に隠し事をしていると気づいたのさ。

そして、急におまえは田舎に帰って、すぐに戻って来た。ちょうど、その翌日、金沢にいた弟の三九郎から手紙が来た。加賀の年寄役が暗殺されたという噂のことも書いてあってな、あいつはどうやったんだか、死体に残る傷についても調べて書いてきたんだ。

嫌な予感がしたよ。左右から何度も袈裟に斬られた痕がある、そう書いてあったからさ。下手人は示現流を使うと直観した。

だから、おまえを渡辺昇と仕合せた。奴ほどの手練とやれば、太刀筋は隠せなくなる。やはり、おまえは示現流の使い手だった。居合の型をやらせたろう。あのとき、俺はお前の刀を見たかったんだ。血曇りが残っていた。刃こぼれもあった。

確信したよ。長連恭暗殺の下手人は、おまえだとね」

男は思い返していた。

「何かやらかす老人」と弥九郎のことを評したのは大久保だった。実際、彰義隊から勧誘を受けていたという危ない人物だったから、大久保は、男に弥九郎を見張らせた。たまたま、男が腕利きだったため、金沢で長連恭暗殺もやらせた。

予定では、江戸に戻った後で弥九郎の元から去るはずだったのだが、里帰りの従者に指名されたうえ、上方で桂に何やら依頼されるに至っては、もう目を離すわけにはいかなくなった。金沢で「何かやらかす」とまずいからだった。

男の回想を察したかのように、弥九郎は言った。

「まあ、俺はすぐに無茶をする爺だが、取り返しのつかないことはしないと、桂も西郷も信用してくれたらしいぜ。

ただ、金沢に入るにあたって難しかったのは、山県に対してどう説明するかだった。山県は加州藩が不穏であるとしか知らされていなかった。偽勅問題のことはただの噂だと信じていた」

「なぜ、山県殿に偽勅問題の核心を教えなかったのですか」

「もし、山県が本当に偽勅の可能性ありと知った場合、何が起こるのか予測がつかなかったから、桂と相談の上、何も教えないことにしたのさ。山県は長州軍を率いる参謀だ。もし偽勅のことを知れば、ただでさえ協力が上手くいってない薩摩軍との関係が決定的におかしくなる心配があった。

それに、山県が核心にあまり近づくと、もう一つ別の心配もあった。実は、偽勅の証拠の存在について加州藩士が山県に話そうとしていたんだが、俺が止めたんだよ。

理由は、俺の傍にはおまえがいるからだ。偽勅の真相に気づく者があれば、それが長州軍の参謀だろうと斬るかもしれないと考えた。

金沢で長州軍の幹部が斬られれば、長州と加州の対立は決定的になるだろう。大久保が戦さを大ごとにしたいのなら、やりかねないと思ったのさ。

だから、山県には真相は知らせないようにしたし、問題に深入りはさせなかった」

「なぜ、暗殺者だと承知している男との旅を、斬られてはならないはずの山県殿と共にすることにしたのですか」

そうだ。これが本当にわからないと、男は思っていた。弥九郎はちょっと眉を顰めて答える。

「金沢での俺の調査には、面倒くさいことに、二重の偽装が必要だったんだ。

まず、山県に対する偽装があった。山県には桂から俺について、加州不穏の実態を調べる役割で同行すると説明があった。その調査のために、山県には俺に対して最大限の便宜を図るようにと桂は頼んだ。それで、俺には官軍参謀である山県の補佐役という立場が与えられた。山県の方では、あくまでも加州から兵を出させるのが重要であり、俺の仕事はその補佐だと信じている。

本当は加州不穏の調査じゃない。偽勅問題の調査が目的だったが、それは山県には言えなかった。それでいて、官軍参謀の補佐という立場は必要だった。これがないと、加州藩の上層部に近づく名目がなくなるからな。その意味でこれは偽装だったんだ。

つまり、山県と俺が同行した第一の理由は、官軍参謀の補佐という立場が必要だからさ。

それと同時に、別の意味での偽装もあった。それは、おまえに対する偽装だよ。おまえは俺が偽勅問題を調べていることを知っている。常に俺の傍にいて、大久保にとって不都合なことになれば、秘密を知った者を誰だろうと斬るつもりだった。

おまえが長殺しの下手人であることも、大久保の配下であることも俺は知っていた。そのことを、俺はずっと隠し続ける必要があった。それは、山県や加州の重臣、そして慶寧公の身を守るためだったんだ」

「なぜ、そんな偽装までして、斬られて困る者の近くに、暗殺者である私を近づけたのですか」

「俺には二つの目的があったからさ。一つはもちろん偽勅問題の調査だ。そしてもう一つは、大久保が何をしようとしているのか暴くことだった。

だから、あえておまえを重要な人々に近づけて様子を見ようとしたんだ。もちろん、おまえが誰かを斬ろうとしたとき、必ず俺が守ることができねばならん。だから、俺がおまえの正体を知っていることを気取られてはならなかったんだ」

大久保は口封じと証拠隠滅とを狙って、腹心である男に長連恭を襲わせた。しかし、長連恭が意外なほどに剣の達者だったため男は手間取り、辛うじて暗殺のみの成功に終わった。証拠の正体を長連恭から聞き出せなかったのだが、弥九郎と同行して調査するうち、前田慶寧公に長の秘密が伝わったとわかった。

ここで大久保は前田公の暗殺を指示する。その実行をすんでのところで弥九郎に阻止されてしまった。

「そうだよ。たった今、おまえが慶寧公を斬ろうとしたとき、大久保が、日本の将来ではなく、自分の欲望の実現を目的にしているとわかったのさ。これこそ、西郷さんと桂が本当に知りたかったことだ」

＊＊＊

「次に、聞きたいのは、偽勅の真相なんだろう」

弥九郎の方から言ってきた。男は無言である。

だが、その通りだった。大久保から、彼は肝心のことを何も教えられていない。それは世の中に漏れてはならない秘密とだけ理解していた。

しかし、彼は知りたかった。

「この場にいる皆にも、真相は明かすべきだろう。もう秘密にしている理由もあるまいからな。いいですね、殿」

弥九郎が問いかけると、慶寧公は静かにうなずいた。

「ご存分に」

弥九郎は説明を始めた。

＊＊＊

弥九郎が真相を知ったのは、今日の昼に離れにやって来た小川の口からだった。離れに入ると、小川はこう言った。

「今上帝は齢《よわい》十五におわします。昨年の段階では摂政が付いておられたとはいえ、事理を十分に解し給うご年齢です。その帝の御意志も確かめずに、勝手に勅書を作ったのなら、それはまさしく奸賊。かようなことが天下に知れ渡れば、日本全国の尊皇家が許しません。たとえ、今の天下を握っている薩摩であっても、そうです。今は勝ち馬に乗るつもりで薩摩に同調している諸藩も、たちまち離反するでしょう。

何より、薩長の間に決定的な亀裂が入るはずです。長州藩には尊皇の志の深い者が多く、薩摩が帝を欺《あざむ》いていると知れば、薩長同盟を破棄せよと言い始めるのは火を見るより明らかです。なかには、現状の権力に未練のある者も出ましょうが、野心から帝を利用して何の痛痒もないという輩は一部でしょうし、必ず、内部で分裂が起こります。

つまり、偽勅だったという証拠が公けになれば、薩長の天下が終わるということになるわけです」

「あくまでも、証拠があればの話だ」

弥九郎は、冷静な声で答える。

「もし、そのような証拠を鷹司が握っておるのなら、なぜ天下に示さない」

「鷹司卿には示せない理由があるからです」

「理由とは？」

「その証拠を公けにすれば、鷹司卿自身が逆賊になるからですよ」

「なんだと。どういうことだ」

弥九郎の驚く顔を見ながら、小川は説明を続ける。

鷹司卿の懇意にしているある公卿がいる。その公卿は孝明帝の代に勅勘を受けていたのだが、鷹司卿の計らいで、今上帝により晴れて勅勘を解いてもらうこととなった。そして、今上帝直々のお言葉を記した勅書が下された。帝の御前には鷹司卿の他に摂政だった二条斉敬卿も同席、勅書には鷹司卿と共に二条卿の署名も記された正式なものとなった。

「勅勘を解かれたという話が、偽勅の証明と何の関係があるんだ」

「実は、勅勘を許すという勅書こそ、偽勅の証拠そのものだからです」

「なに？」

「勅書には、そのときの帝のお言葉も記されていると申しましたが、お言葉の内容が問題でした。帝はこう申されたのです。

『不敬のあった公卿の過ちは赦《ゆる》す。今は天下が乱れているから、公卿たちも二条卿や鷹司卿たちを中心に心を一つにし、武士たちもまた棟梁である徳川を中心に心を一つとして、朝廷と幕府が共に日本を支えなければならない。古い罪を赦すのはそのためである』

こう記録されたことが重要だったのです」

「そのお言葉は、公武合体論そのものだな」

「そうなのです。帝のお言葉として徳川幕府を支えよと命じられているわけですから、討幕とは矛盾することになります」

弥九郎は考え込む。

「だが、この書状だけを証拠に、薩長に討幕の密勅を帝の御意志で下されることはあり得ない、とまでは言えまいよ。この後、幕府の許しがたい行為でもあれば、討幕へと御意志が変わることだってあるわけだからな」

「いいえ、薩長に下ったとされる密勅に書かれた『幕府討伐』は帝の御意志ではあり得ません。もう一つ決定的な事が、例の公卿の手に渡った勅書には記されているからです。

それは日付です。慶応三年十月十三日。勅書の記された日であり、帝の幕府支持のお言葉があった日がこれだと証明したことになります」

「わからんな。なぜ、そんなに日付が重要なのだ」

「もう一つの勅書、薩摩藩に下ったとされる討幕の密勅にも日付があるのです。

それは、慶応三年十月十三日」

「同じ日なのか！」

「はい。全く同日に記されたはずの帝の御意志なのに、一方は『徳川を支えよ』と申され、他方は『徳川を討て』と申されているのは、明らかにおかしい。どちらかが偽物だということになります。

では、どちらが偽物か。そのことは、鷹司卿には明白でした」

「鷹司卿はご自分の耳で、帝の御意志を聞いているからな」

「そうなのです。ご自分で聞いている以上、徳川を支えよというお言葉があったことは本当です。すると、もう一方は嘘ということになる。

つまり、薩摩藩に下った討幕の密勅は帝の御意志ではなかった。誰かが勝手に帝の御名を騙って作った偽勅だと、鷹司卿だけが気づいたのですよ」

「そこがわからぬ。なぜ、鷹司卿だけが真相に気づいたのだ。その場には、二条卿もいたはずだが」

「いいえ、二条卿は薩長への密勅降下についてご存じなかったから、二つの矛盾する勅があるとは気づかなかったのです」

「それはおかしかろう。あの密勅の噂は、金沢にまで届いていたのだぞ。朝廷の中枢にあった二条卿が知らぬわけがない」

「はい。しばらくして、薩長に討幕の密勅が降下されたことは、二条卿も朝廷内の情報として気づいたはずです。しかし、問題の日付についてはご存じなかった。鷹司卿でさえ、ことの重大さに気づいたのは、薩摩藩に下った密勅の日付を確かめてからだったのです。

鷹司卿は元々、長州藩と深いつながりがあり、その縁から、長州藩に討幕の密勅が下ったことは早い時期に耳にされていました。そのとき、卿は驚かれたはずです。つい先日、幕府を支援せよとの帝のお言葉を聞いておられたのに、急に大御心が反対の方向に変わったわけですから。それで、長州に密勅が下ったのはいつか、詳しくお聞きになる。

すると、長州への密勅の日付は十月十四日でした。例の公卿への勅書の日付の翌日ですから、卿はますます驚かれた。そこへさらに驚くべきことがわかる。

長州へ下った勅書の前日に薩摩藩にも同様の勅書が下っていたと、卿は長州の上層部から知らされたのです。

ここで初めて、二つの勅書は矛盾していることに鷹司卿は気づいた。さらに、このことを知っているのは卿、ただお一人であることにも気づいた。

例の公卿の勅書のことは、薩長の関係者は誰一人知りませんし、逆に、二条卿や勅勘を解かれた公卿は薩長に降下した密勅の日付を知りません。両方の内容と日付を知っているのは鷹司卿だけなのです」

弥九郎は唸った。

「かくして、鷹司卿だけが、討幕の密勅が偽物だという証拠を握ったというわけだな」

「そうなのです」

「だが、まだわからないのは、なぜ、卿はその証拠を公表できないのかということだ」

「それは、例の勅勘を解くという話に関連します。

鷹司卿にとっては、ご自分の派閥の公卿の勅勘を解いてもらうことだけが重要でした。帝のお許しを得るために、昔、例の公卿とご自分が朝廷と幕府の間に立って行った、ある仲介工作を告白したのです。その出来事が孝明帝に誤解されて勅勘を受けていたのですが、工作の目的は朝廷のためだったと、改めて釈明しようとしたのです。

この申し開きが功を奏して、今上帝から勅勘を解かれたのですが、一つだけまずいことがあった。ご自分の関わった工作について、勅書に記されてしまったことです。実は、このとき鷹司卿たちは、幕府の内部事情と長州藩について、時の帝である孝明帝に嘘を教えていた。それで孝明帝の長州への不興となり、禁門の変につながる、あの政変を招いていたのです。

もし、勅勘赦免の勅書を長州側が知れば、鷹司卿は窮地に追い込まれます。そのせいで、長州藩は幕府に攻め滅ぼされかけたのですから、卿のことを決して許さないでしょう。孝明帝を欺いていたことを理由に、卿を逆賊として処刑するかもしれません。

おわかりでしょうか。確かに、勅勘赦免の勅書を公表すれば、薩摩藩の陰謀は証明できます。その代り、鷹司卿も破滅することになる。

卿は証拠を明らかにするどころか、証拠が存在することさえ知られたくないのです」

「ところが、証拠の存在を知った男がいたというわけか」

「はい。鷹司卿の執事と長連恭殿の二人です」

「そして、その二人はともに死んだ。恐らくは、殺された。口封じだな」

このように、弥九郎と小川の間で偽勅の真相について全てが語られていたのである。

＊＊＊

弥九郎は慶寧公に語りかける。

「あなたも、偽勅の真相を全てご存じでした。そのうえで、自分がそれを知っていると、密かに噂を流されていた。自らの命が危うくなることを承知で。いえ、むしろ、ご自分を危うくするように狙っていたのですね」

慶寧公は笑った。

「いかにも。私は長連恭と同じように、斬られるつもりでした」

慶寧公は告白した。

「私が薩摩の暗殺者の手にかかることで、加州藩士の覚悟を固めさせ、独立を実現させる。私の狙いは、これだったのです」

加州が独立して領国の防御に徹すれば薩長も簡単には落とせない。戦いが長引けば、加州の独立に倣う藩が続々と現れるだろう。その状況に持ち込んだところで、鷹司卿の決断を促すつもりだった。

「だが、私は死ねなかった。それでも構わない。もはや、三州割拠は止まらないのだから」

「それが大久保の狙いでもですか」

弥九郎が諫める。

「今、大久保の間者が殿を亡き者にしようとしたのを見て、ようやく、目的がわかりました。大久保は新時代を勝手に作ろうとしています。そして、奴の作ろうとしている新しい日本とは、侍のいない国のことに違いない。大久保はこの国から侍をなくすために、侍の同士討ちを狙っているんです。今、加州が独立などすれば、それをきっかけに、日本中の侍は真っ二つに割れて、大戦さになります」

「望むところ」

「侍がいなくなれば、西洋の軍隊を誰が止めるのですか。日本が西洋に侵略されてもいいのですか」

慶寧公は黙り込む。

「西郷は奥羽越列藩との戦さをできるだけ小さくしようとしています。侍を減らせば、国が守れなくなるからです。

私をご城下に送り込んだのは、長州の桂小五郎ですが、桂にこの件を相談したのは薩摩の西郷です。西郷も桂も、大久保が侍らしからぬ暴挙に及んだ目的を恐れていた。

もし、大久保が帝を欺いていることがはっきりしたなら、たとえ薩摩が潰れても、大久保の暴挙を止めると西郷は私に言ったのです。

殿、西郷を信じるべきです」

こう言った後、弥九郎は鞘を拾い、手にしていた大刀を収めてしまった。一同に驚きの表情が浮かんだ。暗殺者はまだ抜き身を構えたままだったからだが、弥九郎は気にもしていない。藩公に向けて、熱を込めて語り始めた。

「……私は、命の要らない連中のことを「侍」と呼ぶのだと思っております。本当の侍は自分の命なんかかまっちゃいません、そこのところは佐幕派だろうが尊皇攘夷派だろうが同じです。ただ、命の代わりに要るものは、侍によって違います。

たいていの侍は「御家」のためなら死ぬものです。主家の命令には逆らわないし、逆らうことがあってもそれは主君のためだと信じています。これが普通の侍でしょう。佐幕派のほとんどは、こういう普通の侍たちです。

ですが、殿様のために死ぬことが、広く民百姓のために良いことだという保証はない。ということは、「御家大事」の侍が、本当に大義のために死んだことになるのかどうか、怪しいもんだということです。

もっとも、普通の侍であっても、私欲を押し殺しているだけで偉いもんですが、これにしても考えてみれば当たり前の話。

侍というのは、自分の欲を捨てる代わりに、いつも腰に人殺しの道具である二本の刀を差すことを世の中から許してもらっています。つまり、いやしくも侍なら、私欲を捨てることは当然なんです。

普通よりも下司《げす》な侍は、「自家」のために死にます。自分の家の名誉や家格を上げるために命を捨てるという連中です。自分の一族さえ良ければ、殿様が困ろうが民百姓が泣こうが知ったこっちゃないわけです。

こんな考えで自分の家のために死んだところで、それはただの私欲でしょう。大義のために命を惜しまず働くというのが侍のはずですが、これでは大義も何もあったもんじゃありません。自分の欲のために無茶をするのなら、町の与太者と変わらないが、まあ、こんな下司な侍も珍しくはない。いや、今どきだとこちらの方が多いかもしれません。情けない話で、町人や百姓たちから、侍なんか要らないと思われても仕方がありませんな。

世の中は広い、下らないのがいると思えば、逆に、上等な侍もおります。そんな侍は「御家」とか「殿様」とかよりも、もっと大きなもののために死ぬ気です。大きなものというのは、例えば、帝のために命を捨てるということでしょう。

帝というのはこの国の歴史そのものです。帝の存在によって、皆がひとつにまとまって、日本という国が続いてきました。だから、帝のために命を捨てるという連中は、要するに、日本という国のために死ぬつもりということです。

もっとも、今どきは侍だけじゃなく、ちょっと学問をしたっていう町人や百姓だって、「尊皇」や「勤王」を口にします。帝というものが国に住む全ての人間の君主なら、立場や役どころは違っても、民は全て帝の臣下という意味では同じになります。

これは「一君万民」と呼ばれる考えで、西洋で言うところの、「平等《イクオリティ》」の一種です。

まあ、何もできないくせに威張ってる馬鹿野郎だの、悪賢く立ち回って正直者を苦しめる性根の腐った奴だのは、たいていは偉そうな身分を笠に着てるもんです。一君万民という考え方は、そんな下らない身分をなくして、帝の下に日本を一つにまとめようということです。

そう考えると、「尊皇」のために命を捨てようとしている侍は、かなり上等でしょう。「御家」よりももっと気高い大義のために死のうというのですから。

だが、世の中にはもっと上等の侍もいます。ここまでの侍はどれも命は要らなくても、大義のために死にたいと思っています。死んだ後に、「立派だった」と言われたいわけですよ。つまり、命は要らないが、名誉は要るということです。

ところが、侍の中には、死後の名誉さえ要らないという奴がいるんです。

たとえ悪人だ罪人だと呼ばれても、自分の命が国の役に立つならそれでいいと思っている。主君を裏切ったように見えることをやり、あるいは、帝を裏切ったようにしか見えないことをして死ぬ。だが、それをやった結果、国が滅びずに済んでいる。そいつのおかげだとは誰も思わないかもしれないが、よく考えれば、人々を救っている。

そんな風に死んでもかまわないという侍がいるとしたら、これこそが本物なのかもしれません。自分の命を世の役に立てるためなら、汚名も恐れない。凄い覚悟だとお思いになりませんか。

「命も要らず、名も要らず」

西郷という男は、そう言っています。

私は薩摩の武士じゃないし、薩摩隼人の心情や考え方はよく知りません。だから、西郷さんの考えについても、本当のところは知る由もないんですが、まあ勝手な想像をしてみましょう。その方が真に近づけるときもありますから。

今、西郷さんの頭の中にあるのは、「侍」のことだと思うのです。それというのも、あの人にとって一番大事なことは欧州やアメリカといった国から日本を守ることで、その鍵を握っているのが、侍の存在だからですよ。

昔の知り合いに、イギリス公使をよく知っている男がいましてね、私にこんなことを教えてくれたことがあるんです。

その男は公使に冗談めかして尋ねたそうなんですよ。

「あんたらは、インドみたいに、日本を植民地にしたいのだろう」

そしたら、公使は笑って「それは無理だ」と言ったそうです。「理由は?」と聞いてみると、こう言ったらしい。

「日本の最も強みなのは侍だ。侍の武芸は凄まじい。東洋式の学識もある。命がけの勇気もある。貴族出身のイギリス軍の将校に似ているが、それ以上だろう。しかも、日本の侍はイギリスの将校とは比べ物にならないくらいに数が多い。

日本が侍の国であるうちは、世界最強の我がイギリス軍でも、ちょっと手が出せない」

これはイギリス公使のお世辞かもしれない。彼らは外交官です。自分たちの本音を簡単に言うとは思えませんからね。

でも、案外と本心で言ったのかもしれないと、私は考えました。

もし、自分がイギリスの公使だったら、日本が弱くなった方がいいと思うか、それとも強い方がいいと思うだろうか。

答えは、まず間違いなく、強い方がいいと思っているはずです。

もし弱くなって植民地にできたところで、日本から得られるものは大したことはない。清国やインドみたいに巨大な土地はない、人口もずっと少ないし、高価な特産品もない。

だが、強い日本を味方にすればどうか。東洋にはイギリスにとって大きな儲けを期待できる清国がある。ところが、清国はイギリス本国からも植民地であるインドからも遠い。清国に対しては欧米諸国が競って植民地化を狙っているが、その争いを有利に進めるには、清国に近い日本を味方にするのが良いやり方となる。

そのためには、日本は強くあってくれないと意味がないわけです。ところが、日本は旧幕府方と朝廷方に分かれて内戦になりかかっている。ここで貴重な侍が同士討ちで減っては、日本の強みがなくなります。だから、侍は貴重だという本音を敢えて言ったんじゃないでしょうか。

日本という国で最大の宝は侍だよ、とね。

西郷さんも俺と同じことを考えている気がします。あの人もイギリス公使とは親しいし、同じく、欧州人から見た侍の値打ちについて聞いていると思う。

欧州人は日本の侍を脅威だと思っています。

でも、それだけで侵略から守れるほど甘くはないことも、西郷さんにはわかっているでしょう。侍の武芸がいくら優れていても、西洋の兵器の優秀さもまた本当。今は、侍の武芸で西洋の侵略を防げるかもしれないが、いずれ、西洋の兵器はもっと進歩します。いつかは、侍の力だけでは退けられなくなるに違いない。

その日に備えて、日本にも西洋の兵器が必要です。侍たちが優れた西洋の兵器を手にして戦うという軍隊を、早く作らなくてはならない。

「私は、これが西郷さんの考えている新しい時代の国防策だと思う」

弥九郎がここまで自分の考えを語ったとき、まだ慶寧は半信半疑の顔をしていた。

すると、弥九郎はこう言ったのである。

「西郷は信じられる男ですよ」

そして、西郷との、ある会話について明かした。

大坂で、弥九郎が桂から加州の調査を依頼されたとき、西郷を訪ねるようにと伝えられていた。早速、西郷が投宿する屋敷へ向かうことにしたが、このとき、従者はついては来なかった。薩摩藩士に顔を見られて、自分の正体が露見するのを恐れたのだろうと弥九郎は推測した。

単身で屋敷を訪問すると、丁重に奥の西郷の部屋へと通されたのだが、かなり長い間沈黙していた西郷が、弥九郎にこんなことを小声で言った。

「篤信斎殿には、おいがどう見えもすか」

老人は静かな声で言った。そこには相手をいたわるような調子があった。

「侍に見えるよ。日本一の」

西郷はその巨体を縮めるようにうつむく。やがて、これも静かに言った。

「とんでもごわはん。おいはただの浪人でごわす。唯一の主君を失いもんした」

「斉彬公かい。あんたは、亡き主君の命令を今でも守っている。立派な侍さ」

「立派どころか。おいは、……逆賊でごわんど」

篤信斎の目が優しくなっている。

「あんたは逆賊なんかじゃない。この国を守るのに必死なだけだと、あの世のご主君にはわかっている。いずれ、やんごとなき方にもわかっていただける日がくる。俺は確信しているよ」

うつむいていた男は顔を上げる。と、大きな顔にふさわしい大きな目が光っていた。

「本当に、篤信斎殿はそう思われもんすか」

ああ。弥九郎は大きくうなずいた。

「そんお言葉、一生、忘れもはん」

そう言った後、西郷は老人に、用件を話す。

「実は、篤信斎殿にお願いがありもす」

西郷はかつての主君であり、師でもある島津斉彬から前田慶寧のことを聞かされていた。慶寧公がまだ若かった頃に、江戸の薩摩藩邸に密かに招き、海外の情勢や日本の危機について説き、斉彬公自身の考え方を伝えた。慶寧公は斉彬公の真意をよく理解し、共感していたことなどを、亡き主君から聞いていたのである。

西郷はその前田慶寧公には、彼が朝廷で行ってきた工作がどう見えているかと心配していた。あるいは、真意が疑われているのではないかと。もし、今、前田家が薩長の主導する官軍に反旗を翻せば、天下の趨勢が逆転する心配がある。かと言って、西郷の真意をどうすれば信じてもらえるか、その方策が見つからずに悩んでいた。

「篤信斎殿に、おすがりするより他はなか。なんとか、慶寧公へ真意をお伝えいただきたいのでごわす」

「そしてね、西郷からこんなものを預かっているんですよ」

弥九郎は懐から封書を取り出した。桂から渡された官軍参謀補佐の辞令である。

だが、実は、封の中にはもう一つ、文書が入っていた。そのことに、桂から渡されたとき気づいていたのである。あのとき、それに気づかぬふりをしたのは、もちろん、従者に悟られないための配慮だった。

今、弥九郎は封書から、その文書を取り出す。

「これは西郷から託された物です」

そう言って、慶寧公に手渡した。一読し、慶寧公に驚きの表情が浮かぶ。そこには短く、こう記されていたのである。

私事、西郷吉之助は大久保一蔵とともに帝の御名を騙り、勅書を偽造いたしました。

慶応四年閏四月六日　　西郷吉之助

花押

この告白書には、さらに、西郷の手紙が添えてあった。

「大久保一蔵の企みが国を害するとお思いのときは、どうか、先生の思うままの処置をお取りくださ い。そのときには、どうか日本の将来を第一に、決して薩摩のことも拙者のことも、一切ご心配くださいませぬように。

なお、前田公の御信用を得られないときは、同封の文書をいかようにお使いいただいても結構です。どうか、この国の将来をよろしくお願いします」

「西郷は、この国が良くなるために命の限り働いているだけです。慶寧公、あなたもそうではないですか。

偽りの官軍に一矢報いるなど、虚しいと思いませんか。薩長が朝廷を動かしている今の状況を作った大久保に、帝を裏切るやり方はあったのかもしれません。

だが、今、官軍として戦おうとしている侍たちの心に偽りがあるでしょうか。彼らはあくまで新しい世の中を作り、日本を良い国にしようとしているだけです。西郷もそうした侍の一人です。決して、帝を裏切ったのは彼ではない。

なぜなら、彼は大義のために命を賭けて働く、侍だからです。この国の侍は、帝という大義を裏切るようなことはしない。

西郷の『命も要らず、名も要らず』という言葉の重みを考えていただきたい。

名誉さえも要らないという侍はめったにない。逆賊の汚名を被ってでも、大義のために働くと言っている、そんな男が、日本という国が危ないという時代に、我欲で動くでしょうか。薩長のための世を作るなどという小さなことのために、帝の名を騙るでしょうか」

慶寧公はじっと目をつぶって考えていたが、やがて静かに言った。

「薩摩にも、まだ侍はいたのだな」

＊＊＊

全ての真相を知った後、弥九郎の従者だった男は困っていた。振り上げている刀をどうすればいいのだろう。もう、戦う意志はない。だが、この刀を捨てて、自分は何をすればいいのかわからない。

目の前の老人、弥九郎は既に刀を手にしてさえいなかった。それを見ているうち、ふと弥九郎の言っていた言葉を思い出す。

(人を斬らないために、侍は剣を修行するんだ)

男の構えがゆっくりと解け、ぶらりと下した右手の指が次第に緩んでいく。刀が滑り落ちて小さな音をたてると、そのまま、彼は本多家の侍たちに取り押さえられる。

縄を打たれている間、男は弥九郎を見ていた。

老人は真剣な表情で、加州藩主に立ち向かっていた。必死の言葉で、藩主の無謀な決意を翻意させようとしている。

(やはり、この人の勝負に刀は要らないのだな)

男はそう悟っていた。そのとき、口が自然に動いた。

「拙者の名は、皆井十蔵」

弥九郎がこちらを振り向いて、笑った。

「やっと、本名を言ったな」

(本当にやっと言えた)

皆井の心で、もう一人の自分が呟く。心の重荷がスッと軽くなっていた。

第十章　最期

本当の欲望を自覚してしまうと、それが躓《つまず》きの石になる。慶寧《よしやす》公はそう思った。

前田家の世嗣としていかに生きるべきか、そんなことならば物心のついたときから常に教えられてきたし、求められてきたのだ。今さら誰に教わる必要もない。だが、自分が本当にやりたいことはなんだ、どう生きたいのかと、つい考えてしまったときから、全てが少しずつ狂い始めた気がする。

あのときからだ。家臣が腹を斬った。一人、もう一人。さらにまた。ああ、あいつも、またあの男も。皆が彼を守るために、命を絶っていく。恨み言もなく、当たり前であるかのように。

その報が届くたびに、心の中で声が聞こえてきた。

（なぜ、あの者たちが死なねばならぬ。腹を斬るのは、なぜ、私ではだめなのだ）

ああ、これが本心だ。自分の咎を自分の命で償えないことが、たまらなく苦しい。慶寧公は悟ってしまったのである。

「私は、大名の世嗣などでありたくなかった」

なぜだろうか、こんな言葉は家臣たちの前では決して口にできない。なのに、目の前の老人になら言える。不思議なことだと思う。

老人は真っ黒に日焼けした顔の中で、武骨な目玉を慶寧公に向けていた。と、不意に温かいまなざしになる。

「殿は優しい方だ」

カッと血が上った。

「そんなことが、何になりますか！」

甲高い叫び声をあげてしまう。唇が震えていた。大藩の世嗣として、そして今は藩主として生きている彼には、こんな風に感情を露わにすることは許されてこなかった。思えば、それは贅沢な行為だったのかもしれない。

「優しい？　違う、弱いだけです。多くの侍を犠牲にして、こんな世の中しか作れない。徳川の世が終わって薩摩の世が来るだけ。こんな世しか来ないのなら、あの者たちではなく、この私が死ぬべきだった。

許せない。この弱い前田慶寧という男を、私は決して許すことができない」

「時代の只中にいる人間に、その時代の意味はわかりませんよ」

弥九郎は言った。

十年前に、「ああ今は、徳川の世の幕切れだ」などとわかった人間などいない。ただ、世の中が大きく変わるという漠とした思いを持つのがせいぜいだった。そして、来るべき時代への不安と恐れ、そしてわずかな期待があっただけだ。

武士に不安や恐れなどあってはならないというのが建前だが、武士だとて巨大な時代の波の前に平気でいられるわけがない。内心の恐れを押し殺し、その反動でやたらに暴れたがる者もある。恐れを認めまいとして、あるいは打ち消そうとして、勇ましい振りをしなくてはいられなかったからだ。

「だから、命を失った家臣、全ての責任をあなたが負うことはありません」

「では、私は何のためにいる。何をすればいいというのです。私にはわからない」

慶寧公は言った。生まれると同時に、前田家という大きな荷物をいずれ託される運命だと教えられた彼は、藩と家臣、領民たちをいかに導くべきかと考え続けてきた。開国を迫る欧州諸国、その圧迫に屈した幕府、尊皇攘夷の嵐、幕府の長州征伐、その失敗、大政奉還、そして王政復古。

ほんの十数年の間に、政治も社会も激変を繰り返したこの時代、慶寧公は疲れ切っていた。加賀百万石を預かる大名として藩の理想を描いては壊され、何度も作り直してはまた壊されという繰り返しの末に、前田家という荷物の置き所を見失っていた。

その姿は、大藩の主というよりは、今破産したばかりの大店の若旦那のように見えた。恐らく、この殿様には三州割拠も、武装中立も、もはやどうでもいいのだろう。時の偶然がこの人物に背負わせたものは、一人の人間の耐えきれる重さをとっくに超えていたに違いない。今の顔は、これまで誰にも見せたことはないのだろう。それほどに、徳川幕府が終焉したこの時代、大名というものは孤独なのだ。

弥九郎はそんな慶寧公に静かな声で話しかけた。

「何もわからないですと？　そんなことはないでしょう」

「本当にわからないのです、私には」

「これからの世の中、こうなってほしいと願うことは？」

「……………」

「では、お子様のことについてはどうですか。どんな世になろうと、たとえあなたがいなくなったとしても、お子様は生きねばならない。そのとき、この日本がどうなっていてほしいという願いはありませんか」

「……、願わくば身の務めを果たしてほしいが、もはや次の世に前田の家があるかどうかも怪しい今、そんな願いが何になります」

「家のため、役目のために生きてほしいとは、何のためにそう思うのです？　お子に何を託そうとされているのですか」

「主君とはそう生きるものだと教わってきたからです。家のため、家臣のため、領民のために生きよと。世が変わるとしても、今さら、どんな生き方に変われと言われるのですか。前田家の当主とはかくあるべしという以外に、私には何も考えられません」

「前田家当主としてではなく、ただの父親としてはどうです」

「何を言いたいのですか」

「子の幸せを願うことなら、父親としてできるのではありませんか」

「そんなことは、これまで考えたこともないが、もし、前田の家も藩も忘れて生きることを許されるのなら……。そう、我が子が最期を迎えたとき、振り返って満足できるように生きてほしい」

「許されますよ。子の幸せを願うのは、大名だって、足軽だって同じです。百姓だって、子の幸せは願います。それを、誰が止められましょうか」

慶寧公は黙り込む。やがて、少し表情を緩めた。

「篤信斎殿は、水戸の斉昭公の前でも堂々と思うままに言葉を口にされておられましたね。頭には白いものが増えたようにお見受けしますが、心は二十年前と少しも変わらないとは羨ましい」

「無礼の段、どうかご容赦を」

「無礼だなどととんでもない。私は嬉しいのですよ。生まれて初めて、身分を気にせず、人間として話をしてもらった気がします。

なるほど、やっと気づきました。私が暗い気持ちでいたのは、自分の子の将来を憂いたからだったのですね。この国が我が子にとって良いところにはなりそうもないと。

だったら、この国を少しでも良くすればいい。たとえ今はろくでもない世でも、良くなる望みが持てるなら、きっと後代の者たちがそれを引き継いでくれるでしょう」

弥九郎は浅黒い顔のしわを一層深くして、ニカッと笑った。

「若い者はいつだって元気だし、これからも次々と生まれてきます。きっと、悪いことばかりは起きませんよ。それに期待しようじゃありませんか。

阿弥陀さまではなし、殿様だって間違いはします。人ですから。家臣だって、そんなことはわかっていますよ。主君が間違うことだってあると。それでも命を賭けて奉公するのは侍の誇りがあるからです。主君を責めるためではない。ましてや今は、こんな一寸先も見えないような乱世だ。ご家中の侍たちは決して、あなたを責めはしませんよ。

だから、思うままにやればいいのです」

「私の思うままか。ならば一つだけ望みがあります。決して口にしてはならないと思っていた望みですが」

「なんですか」

「家臣たちの忠義は、私よりも、もっと大きなものに向けてもらいたいのです」

「加越能三州百万石の太守よりも、もっと大きなものですか。それは徳川幕府の再興ということでしょうか」

「いいえ、徳川の世が終わったのは時代の流れです。そのことは、私にもわかっています」

「では帝への忠義ですか」

「確かに、尊皇こそが正しい侍の道だと、私も思っていました。しかし、今はそれも虚しい気がします。帝の名を騙る者たちへ忠義を尽くしたとて、それが侍にふさわしい大義だとはどうしても思えませんから」

「なるほど。すると、何に対して、これから前田家の御家臣は忠義を尽くせばよいと思われるのでしょうか」

「大きなもの、と言っても、私自身、よくわかっていないのです。強いて言うのなら、この日本への忠義ということなのかもしれません。でも、それではわかったような、わからないようなことになりますね。

　新しい時代に、真の侍たちが命を賭けるにふさわしい忠義の対象とは何か、篤信斎殿、教えてはくださいませんか」

　慶寧公は真剣な面持ちで問うた。それに対する篤信斎は笑顔だった。

「私にはあなたにお教えするようなことはできません。なぜなら、公はもうわかっていらっしゃる」

「はて？」

「先ほどおっしゃったではありませんか。我が子には、生きて悔いなき生涯をと。

これからの時代、侍はこの国に生きる全ての人間に、悔いなき生涯を送ることができる世を作るために命を賭ければいい。侍の忠義は、その理想のために尽くすということではありませんか」

「悔いのないように生きられる世。それに忠義を尽くす、か。なるほど、それは命の賭けがいがある」

　慶寧公の顔は、晴れ晴れとしていた。

　が、ふいにまた表情が曇る。

「だが、三州割拠の段取りはもう動いている。武装蜂起を止めることは無理だ」

弥九郎が力強く言った。

「いや、まだ間に合います」

菊の間の外の廊下には小川がいた。

「あいつの本名は皆井十蔵だ。小川さん、俺がいない間、あいつを頼む」

廊下を駆け抜けると、出口の脇に控えていた本多家の執事の横に斎藤三九郎がいる。

「三九郎、武装蜂起はどこから始まるんだ！」

弥九郎は、外へ走り出した。

＊＊＊

北陸街道を進んでいる官軍の糧秣補給部隊は、金沢を出て、次の宿営地である今石動《いまいするぎ》へと向かっていた。加賀と越中の境に近づいた辺り、細い川に沿った長い丘陵が続いている。

補給部隊は十騎余りの荷馬を中心に隊列の前後を護衛の騎馬が三騎ずつ、隊列の中には荷馬に歩兵を二名ずつという配置で警備している。馬の荷は米などの食料の他、かなりの量の弾薬も含んでいた。普通なら警備はもっと厳重にすべきだろうが、北陸道の諸藩は全て朝廷に恭順を誓っていたため、官軍は戦力をより危うい越後方面へ集中させ、補給路の備えを軽くしていた。

部隊は平野から丘陵地帯にさしかかろうとしている。それを丘の上から待ち構える一団があった。

加州正規軍である。街道の通る小高い崖に配置した二門の野砲が麓の街道のある一点を狙っている。官軍の補給部隊がその地点に来たら野砲を放つ。その砲火を合図に、加州正規軍が補給部隊を襲う。

同時に狼煙《のろし》を上げて街道筋の同志へ通達、全官軍施設を制圧して三州割拠を宣言するという手はずになっている。

　おそらくは、今頃、官軍参謀山県狂介は越後と加州領の国境にさしかかっているだろう。手はず通りに進めば、越後に入る前に、山県を捉えることができる。これが最も効果的な加州独立の意思表示だと、加州正規軍は考えていた。

　狙い通り、今、官軍補給部隊の隊列が見えてきた。まもなく、予定地点にさしかかり、加州正規軍の野砲が火を吹くだろう。いよいよ着火しようと、砲手が思ったそのときだった。鈍い音とともに、野砲近くの地面が砂煙を上げた。慌てた砲手は照準を狂わせ、あらぬ方からズンと音が響いた。

「何事だ。敵に気づかれたのか」

　だが、遠望しても補給部隊の進行に変化はない。周りを見渡す。すると、野砲を据えた崖の下から煙が上がっているのに気づいた。

「あれは抱え大筒か？　誰が一体」

　いぶかる隊長に向けて、下から怒鳴る声がする。

「割拠は中止！　直ちにやめろ」

　ざわつく正規軍に向かって、見事な馬さばきで崖の道を駆け上って来るのは誰かと見れば、白髪の老人ではないか。

「隊長に申し上げる。拙者、斎藤弥九郎篤信斎。藩公前田慶寧殿の代理としてまかり越した。藩公の御意志を伝える。割拠の企ては中止。官軍への攻撃をやめよ」

　老人の迫力の前に呆気に取られていると、だいぶ遅れて、騎馬の若者がやって来た。慶寧公の小姓である。

「ああ、良かった。間に合いました。殿よりどうかこれをお持ちくださいとのことです」

それは「上意」と表書きのある、慶寧公の中止命令だった。

＊　＊　＊

金沢城に弥九郎が馬で駆け戻ると、年寄役の本多政均が自ら出迎える。

「首尾は？」

「間に合った！」

おおう。一斉にどよめきが起こる。馬から弥九郎は飛び降りて、

「小川さんはどこだ」

と周囲を見回すと、小川が走り寄る。その場にへたり込み、地面に頭をつけて詫びる。

「申し訳ない。皆井が腹を斬ってしまいました」

弥九郎は怒鳴った。

「やめろ、そんな真似はいらん。それより、あいつはどうなんだ。死んだのか」

「いえ、まだ息はありますが……」

それはほんの一瞬の隙だった。皆井はいつの間にか縄を解いていたのだが、油断していた小川は背後から近づいてきたことに気づかなかった。自分の小刀を抜き取られ、ハッとして振り向くと、皆井がそれを逆手に持って、

「御免」

と叫び、自分の腹に突き立てたのである。

居合わせた武者が、とっさに、皆井の両手を小刀から引き離して背後に回し、ねじり上げた。腹に小刀は刺さったままである。

「どうする。腸はあまり切れておらんようだ。介錯するか、それとも医者を呼ぶか」

藩医が来て縫い合わせる。刀をすぐに抜かなったことも幸いし、出血量は少なく、助かるか否かは五分五分との見立てだった。

「斎藤殿に頼まれておりましたから気が気ではなく、ずっと皆井を看病しておりました。鎮痛剤が効いて眠ったのですが、やがて、熱を発して譫言《うわごと》を……」

小川はこのまま皆井が死ぬのではという不安もあり、譫言を注意して聞いていると、時々、「今、薩摩の船で」とか「西郷先生が」などと聞こえる。その話に何やら聞き覚えがあると思っているうち、あの斎藤三九郎宅で弥九郎に聞かされた話と合致することに気づいた。

「どうやら自分の見聞きしたことを辿り直しているらしいのです。人は死ぬ間際に、一生を全て振り返ると聞いたことがあります。もしや、今の皆井がその状態なのではと思い、それで……」

義務感のようなものを覚えて、聞き取ったことを書き留め始めたと言う。急に、小川はぶるっと体を震わせた。

「ところが、妙なことを言うのです。『俺は空を飛んでいる』とか、『山県殿の心が見える』とか。ただの夢だろうと思ったのですが、先ほど、どうにも不思議なことを口にしまして。『小川殿が本多殿に呼ばれて屋敷に』と言って皆井がしゃべった内容は、私が実際に本多殿と話したことそのままでした。でも、私はあの日のことを誰にも話してはいないのです。なのに、なぜ皆井がそれを知っているのか。私にはどう解釈していいのかわからなくなりました」

弥九郎が皆井の枕元に座って、こう言った。

「今、こいつの魂は身体を離れているのかもな。魂が過去へ行って、俺たちのことを見ていたのかもしれん」

小川は青い顔になる。

「じゃあ、私たちはずっと、死にかけている皆井の魂に見られていたということですか」

弥九郎はそれには答えず、横たわっている皆井に向かって怒鳴った。

「おい、起きろ！　俺だ、斎藤弥九郎だ」

すると、皆井の瞼がゆっくりと開いた。

「大先生、そこにいらっしゃるのですか」

「おお、いるぞ。言いたいことはないか。聞いてやる」

皆井が微かに笑ってうなずく。

「ありがたい」

譫言なのか正気なのか定かでない様子の皆井十蔵は、やがて、語り始めた。


「拙者の本当の名は皆井十蔵。ご推察の通り薩摩藩の禄を頂戴しておりますが、元々の薩摩藩士ではございませぬ。父、皆井市兵衛が薩摩藩に召し抱えになって以来の新参です」

皆井家は元々、中国地方の郷士で某藩の家臣だったのですが、父の代にわけあって召し放ちになりました。

一家は江戸へ出て浪人暮らしとなり、厳しい生活が続きます。貧困の末に母が病死し、いよいよ食い詰めて父が私と心中を決めたのです。

いつだったか、浪人暮らしを地獄だと言ったことを覚えておいでかもしれません。あれは、私自身の過去を思い出して、つい出てしまった本音です。まだ子供だった私と亡くなる前の母を見る父が、いつも悲しげな眼をしていたことを、どうしても忘れることができません。浪人暮らしを抜け出るために、私を道連れに死のうとした父を責める気持ちにはなれない。あれは本当の生き地獄です。

死のうと決めた直後でした。父の腕前を見込んだという人が現れたのです。江戸薩摩藩邸の方でした。父は召し抱えられ、私たちは命を拾いました。

二年程が経ち、父は剣の腕に覚えがあることに加え、各地の国言葉をすぐに覚えるという特技があったのを、ある方に見込まれるようになります。その方とは、大久保一蔵殿でした。大久保殿は乱世を見越し、他藩の諜報に力を入れていたのです。

私たち父子は江戸の薩摩藩邸で暮らしておりました。大久保殿に見込まれたのは、私が八歳のときでした。以来、父は役目でどこかへ旅に出て、短いときには半年、長いときには二年も三年も留守にし、私はひたすら武芸と勉学に明け暮れるという生活が始まりました。

そして、私が十七のとき、父は二度と戻らぬことを知らされ、私が役目を引き継ぐこととなったのです。

「私の素性はこの通り、薩摩藩の、いや大久保殿の間者です。斎藤弥九郎殿に見抜かれた通りなのです。

今の今まで、私の魂魄は時を遡っていました。全てを自分の目で見てまいりました。

その上で、なお、斎藤弥九郎殿にお聞きしたいことがございます。よろしいでしょうか」

「ああ、いいよ」

「有難うございます」

血の気を失った口唇の端が弱々しく上がり、宙を漂うような視線を必死に弥九郎の方へとつなぎ止めて、感謝の言葉を喉で押し出すように述べると、皆井十蔵は最後の問いかけをする。

——なぜ、あのとき、弥九郎殿は下手人だとわかっている私を、金沢へ連れて行こうとしたのですか。旅立ちを決めたとき、まだ、桂殿から依頼は受けていなかったはずなのに。

「それは、曲がりなりにも、おまえが俺の弟子だったからさ」

——あなたに弟子と呼ばれる資格など、私にあろうとは思われません。なぜ、弟子として扱ってくださるのですか。

「俺の方からも、一つ、尋ねたいことがある」

——なんでしょうか。

「おまえ、田邊伊兵衛を襲ったのに、なぜ斬らなかったんだ」

——なぜ?

「おまえは、福井の外れの河原で田邊伊兵衛を峰打ちにした。伊兵衛は気絶し、身ぐるみはがれた。着ていた物も江戸までの路銀も、そして三九郎からもらった練兵館への紹介状も、全て賊に奪われた。

だが、命は奪われなかった。

どうして、俺がこんなことまで知っているのかと言うとな、三九郎からの手紙に書いてあったからさ。手紙はおまえが加賀から帰って来た翌日に来たんだ。それで、俺にはおまえが怪しいことをやっているに確信できたんだが、考えてみりゃおかしい。

田邊伊兵衛になりすますつもりなら、斬ったほうがいい。なぜ、こいつは斬らなかったのかと、不思議だったんだ。

その理由はなんだ。教えてくれるかい」

――でも、あのとき、私は何を思っていたのか、自分でもわかりません。

「思い出してみろ」

――あれは、確か……

今年の三月初め、大久保殿から斎藤弥九郎殿の見張りを命じられたとき、私は金沢に潜入中でした。長連恭殿を警戒していた。暗殺する準備をしていました。奇兵隊の連絡兵をこの頃に籠絡しました。何かの機会に使えると思って。

そこへ、斎藤殿を見張るという別の使命が下り、急ぎ江戸へ向かわねばならなくなりました。練兵館に潜り込むのにちょうど良い筋書きを思いついたのは、犀川のほとりにあった小さな道場で、偶然、田邊伊兵衛という若者を見かけたときです。

練兵館に憧れている田舎者、この男になりすまして江戸へ行こうと考えました。ところが、妙なめぐりあわせで、田邊伊兵衛は本当に江戸へ留学するところだったのです。ますます好都合と思い、旅に出た田邊を尾行しました。既に危うくなりかけていた越後を避けてか、田邊は上方を経て江戸へ向かうようでした。

加州領を出たところで声をかけました。同郷のフリをして上方まで同行しようと持ち掛け、福井の宿に入ったところで居酒屋へ誘いました。身の上を聞き出せば、田邊に化けるのに役立つと考えたからですが、これがいけなかったのかもしれません。話を聞くうち、同年輩の田邊に情がわいたのです。

なにも殺さなくても、役目は果たせるんじゃないか。

そう思っていました。そんなわけはない。田邊を生かせば、なりすましたことがいつ露見するかわからないと、私にだってわかっていたはずなのです。なぜ、あんな甘いことを考えたのでしょう。私にも不思議なのですが……。

……ああ、そうだ。あのとき、露見してもかまわないと思っていたかもしれません。露見して大久保殿に咎められるのなら、腹を斬ればいいと考えた。それで全部終わると思った。そうだった気がします。

「おまえはその一瞬、自分が侍だと思い出したんだ。見張りという役目に、人を殺すほどの大義はないとわかっていた、だから田邊を斬らなかったんだよ。

田邊伊兵衛を殺さなかったと知って、俺は、おまえがまだ侍の心を失っていないと思った。侍の心を持っているのなら、やっぱり、俺の弟子さ。だから、神道無念流の真髄を教えねばならんと思ったんだよ。

神道無念流の極意は抜かずの剣だ。それを師として俺は教えねばならん。抜いてはならない剣を抜いたのだと教えるために、俺はお前を金沢へ連れて行こうと決めたんだよ。

侍は剣を抜かないために、剣を修行するんだ。

どうだい、皆井十蔵、わかってくれたか」

――はい。心の底まで。

弥九郎先生は、大久保殿に感化されていた私の目を覚ましてくださった。

先生に会うまで、私は大久保殿の言いなりでした。召し放ちになるのが怖くて、大久保殿の命ずるままに、陰謀の手先として働きました。言われるがままに、人も殺《あや》めてきました。

長連恭殿を斬りました。おっしゃる通りです。……奇兵隊の連絡兵を金で唆《そそのか》して城内へ誘い込んだうえ、後ろから短銃で撃ち殺しました。先生もろともに下手人として城中へ囚《とら》われるためです。座敷牢の鍵は密かに手に入れて隠してありました。機を見て抜け出し、加賀守様を暗殺する手はずでした。

先生に止めていただかなかったら、とんでもないことになるところだった。……私はこの陰謀に大義があるかどうかなど、考えまいとしていたのです。いえ、無理やり嘘の大義を自分に信じ込ませようとさえしていました。

新しい日本には、腐りきった侍など要らないと思い込んで、殺す必要のない人を殺し続けた私を、侍の道に戻してくださった。本当にありがとうございます。

私はこの通り、最後の人斬りとして己を斬りました。斬られて当然の、……私のこの腹を斬った。せめて、最後は侍として死にたかったからです。

腹を斬った後、この身体から魂魄が離れ、……全ての出来事が見えました。あのとき先生が言われたように、……傍で見守って下さった阿弥陀さまの情けだったのかもしれません。

次の人生では、今度こそ、剣を抜かない本当の侍になるつもりです。……弥九郎先生、ではまた、お会いできる日を楽しみに……。

エピローグ　昇魂

皆井十蔵の魂魄は漂い続け、ある男の心へと辿り着いていた。その本心を知らないでは、どうしても黄泉路《よみじ》へと去ることができなかったからである。

その男、大久保一蔵の心に隠されていた声が、今、皆井の魂に聞こえてきた。


侍は野蛮だ。身勝手な都合で人を斬る。斬っておいて何も相手のことを思いやらない。第一、人体に刃物を突き立てること自体、無惨ではないか。野犬や猪ではあるまいに。いや、獣を切るのだって残酷なことだ。少なくとも好んで見たくなるものではない。たった今まで盛んに息をし、筋肉を活躍させ、全身に温かい血潮を巡らせて、己の意のあるところへ向かわんとしていた生命を、白く光る冷たい鉄の刃で無理に肉を切り、骨を断ち、動くことの叶わぬただの真っ赤な物体にしてしまう。まだ生温かい死体。誰しも気味悪くて見るのも嫌だろう。それが犬ではなく、人の体なのだ。人体の白昼での切断なのだ。侍のやることは、残酷の一言に尽きる。

それを平気でやる。見る方も平気で見る。そうでなければ侍とは言えぬ。平気で人を殺せることが侍の資格だからだ。平気でいられなければ侍の体面に関わる。「侍のくせに」と蔑まれる。

こんな野蛮な侍などという怪物が、この日本でのうのうと生き続け、武士などと名乗って威張って来た。それには理由がある。

切腹だ。

侍は他人を平気で斬るだけでなく、己のことも平気で斬る。ただの自殺ではない。わざわざ腹に刃を突き立てる。それだけでは死ねない。しばらく猛烈な断末魔の苦しみに耐えねば、死ぬことができない。それが切腹。

こんな非合理な方法で己を殺すのは、単に、自分を殺すことさえ平気であることを証明するためなのだ。

平気で己自身を殺せる者。それが気ままに他人を殺すからと言って、どうすれば止められる。己の死さえ平気な者を暴力で脅すことはできない。侍のすることを、恐れを抱かせることで止めることはできない。

動物は皆、恐れを抱かせることで行動を止められるのに、侍は止められない。不自然な生き物、手の施しようのない化け物、侍。

いやいや、侍と言えども人、動物の一種である。生まれながらに死を恐れない、痛みを恐れないという怪物だったはずがない。そのような者へと育てられた結果にすぎないのだ。最初から人を殺す役割の者として生まれ、それができる心と技とを幼き頃から叩き込まれて作り上げられたのが侍だ。

非人間的。死を恐れ、痛みを恐れるのが自然な人だ。世の中のために、死も痛みも恐れることのないようにと教えられたのだ。平気で殺せるようになれ、自分のことも平気でと。これを武士道と呼ぶ。異常なことだ。

世があって人がある。世のためにはいかなる無理もやむを得ない。いや、それは無理などではなく、天命だ。天の理が命じているのである。人はそれに従わなくてはならない。

かくのように信じて、代々、侍がこの国に生み育てられてきた。侍などという天地自然に逆らう異常が許されてきたのだ、他の少々の無理など当然ということになり、生まれながらの農民、漁民、職人、商人という具合に、世の中での役割と身分とを背負って、この日本で人は生きるようになった。侍はいわば、この国の手本というわけだ。

己の命を省みないというと、あたかも私欲のない者と思われもしようが、実のところそうではない。生きている限りは大いに欲張りだ。

大義と意地のために人を斬るのだとはただの建前、本当は己の欲で人を斬る。いや、むしろ必要なときでも斬らない。今では、そんな侍ばかりだ。

太平の世が長く続いた徳川幕府の時代にあって、侍が人を斬れば、何かと面倒が起こる。それで面倒の責任を負わされて立場が悪くなりがちだから、侍はあまり人を斬らなくなった。そうなると、己の腹だって斬りたくはなくなってくる。

となれば、これはもう侍ではない。一応、幼時から剣術は習うし、書物で腹を斬る覚悟と作法は学ぶ。全く斬れないというのではないが、世の中の道具になりきって人を斬ったり自分の腹を斬ったりするほどの胆力はもうない。これでは、中途半端な侍もどきだ。

徳川の時代がようやく終わった今、本物の侍はほんの一握り、過半を占めているのは侍もどきかもしれぬ。身分の高いものほど、侍もどきである割合が高かろう。

つまり、威張っている者ほど、偽物の侍なのだ。

そうなると、本物の侍はたまらない。偽の侍に本物の侍が頭を下げねばならないからだ。大義もなく意地も踏みにじられるだけ。それが、徳川が終わる頃の、侍の現実だ。

いんちきばかりになってしまったのなら、いっそ、侍などなくしてしまえ。そのほうが、人間らしい本来の世の中に戻れる。新しい時代に、もう、侍は要らない。

皆井の魂は悲しんでいた。このような心だと知っておれば、大久保の命じるままに、あのようなことは決してしてしなかったのに。

悲しみが恨みへと変わろうかというとき、もう一人の男が近づいて来た。

皆井の魂は、二人の対決をじっと見守ることにした。

＊＊＊

「帝を欺き給うては、いかなる戦略であろうと、武士が働くべき大義はなか」

西郷は言った。大久保は無表情だった。

「新しい国を作るための戦略じゃ。国づくりという大義じゃ。帝はわかってくださる」

「新しい国の形を、わいの一存で決めよと、いつ帝がおっしゃったか」

大久保は少し顔を歪めた。

「それも、後でお許しをいただく」

「畏れ多くも、大御心を身勝手のために使おうと言うのか。そげなこと、こん国全ての侍が許しはせん。必ず、禍根を残す。武士同士の無用な争いが続き、いずれ国を滅ぼすっど」

「禍根など残しはせん。敵を全滅させればよかこと」

「わいの言う敵とは、いったい誰のことじゃ」

「……侍。全ての、野蛮で度し難き侍こそ、おいの敵。

古臭か大義にしがみつき、刀を振り回すしか能のない、野蛮な侍どもには、新しか理想が見えておらん。そげん古か頭こそ、おいの敵じゃ。新しか時代を理解できる優秀な侍がおるなら、侍を捨てて文明人に生まれ変わって、おいについて来るがよか。

じゃどん、時代の見えぬ役に立たんただの侍などは、全部滅ぼせばよか。そいでやっと、日本国は、欧州並みの文明国になるっど」

「わいは、この国の侍、全てを滅ぼすと言うか」

「他人を殺し、己も殺すような野蛮な者は新しい国家に不要。これからの日本は人を刀で支配するのではなく、法で支配する。人を殺すための刀も、刀を差す侍も要らん。人を殺すのは侍ではなく、法を定める国家じゃって」

「侍は要らんから、大義も要らんと？」

「主君につくす大義は侍だけが守ればよか。新しか時代では国につくすことが大義じゃど」

「そげな国は、一蔵、わいが勝手に中身を決めた日本ではなかか」

「今は、おいの勝手にやるのも仕方がなか。新しか国の第一歩は、まず、古か要らんものを捨てるだけで、精一杯じゃっで」

「本当に、新しか時代に侍は要らんと信じるか」

「くどい」

「おいはそう思わん」

「なにゆえ」

「一蔵、わいは侍を侮り過ぎちょっど。そいで、西洋を買い被《かぶ》っちょる。今の日本で、西洋諸国が実際に恐れておるものは、なんじゃと思う？」

「………」

「侍じゃ」

「馬鹿な。西洋人が侍の何を恐れると言う。ふん、野蛮なところでも恐れるか」

「確かに、そいもある。じゃどん、侍の野蛮は、無私の野蛮じゃ。規律と信念のある、西洋の騎士道にも一脈通ずる、尊敬すべき面のある野蛮じゃと、西洋人たちは認めておる。そげな侍の国を征服するのは実のところ不可能じゃと、イギリス公使も通辞も口をそろえて言うのを、おいはこん耳で聞いちょっど」

「はん。笑わすっで。そげなもの、奴らの外交辞令。遅れた軍備の日本である方が、奴らにとって滅ぼしやすかで、おだてておるに相違なか」

「どうしても、侍を滅ぼすか」

「滅ぼす。日本を西洋と同じ文明国にするためじゃ」

「侍が、今の日本を守る切り札でもか」

「もはや本当の侍は、吉之助、わいくらいしか残っちょらん。わからんのか。ほとんどの侍は、とっくに腐っちょっど。今の侍など下らん。つまらん、己の見栄や面目、我欲のために、刀を抜くような輩ばかり。猿山の猿と同じじゃ。日本を守る役になど、立つわけがなか。

おいは、侍に愛想が尽きた。この大久保一蔵は、もう侍ではなか。腐った侍だけが封建の世にしがみつく。心ある者は、侍を捨てて文明人になる時代じゃ」

西郷は黙った。大久保は侍の現実に絶望している。彼の侍不要論の根底はそれだとわかった以上、もはや説得は無理だと悟ったからである。

「これまでか」

「ああ」

＊　＊　＊

大久保は去った。このときから、西郷は友と袂を分かつことになると、皆井の魂は知っていた。日本がこの後、辿ることになる茨の道についても。

ああ、どうかこの国にこれ以上の災いが訪れませんように。

魂は祈っていた。恨みも忘れて。

そのとき、気の遠くなる高みへと続く深い虚空から、一筋の光が魂を照らした。そこへ向けて皆井だった魂は、ゆっくりと昇って行き、新しい者に生まれ変わろうとする。

新しい時代を作るのは、新しい者。

魂はそう信じ、静かにどこまでも昇って行くのだった。

〈了〉

○主な参考資料

・木村紀八郎『剣客斎藤弥九郎伝』鳥影社　二〇〇一年
・伊藤之雄『山県有朋―愚直な権力者の生涯』文春新書　二〇〇九年
・一坂太郎『山県有朋の「奇兵隊戦記」』洋泉社　二〇一三年
・徳田寿秋『前田慶寧と幕末維新―最後の加賀藩主の「正義」』北國新聞社　二〇〇七年
・鈴木大拙『日本的霊性』岩波文庫　一九七二年
・鈴木大拙『浄土系思想論』岩波文庫　二〇一六年
・アーネスト・サトウ著　坂田精一訳『一外交官の見た明治維新』岩波文庫　一九六〇年
・宮下和幸『加賀藩の明治維新―新しい藩研究の視座　政治意思決定と「藩公議」』有志社　二〇一九年
・小西四郎『日本の歴史19　開国と攘夷』中公文庫　一九七四年
・井上清『日本の歴史20　明治維新』中公文庫　一九七四年
・金沢城二の丸御殿調査検討委員会「平成30年度の調査検討」石川県　二〇一九年
・竹内誠監修『ビジュアル・ワイド　江戸時代館』小学館　二〇〇二年

著者紹介

加納則章（かのう・のりあき）

1962年富山県高岡市生まれ。東京大学教育学部卒。週刊誌と単行本の編集者を経てフリーライターとして独立。医学、健康を中心に、歴史、企業経営からサブカルチャーにいたる幅広いジャンルで、単行本や雑誌企画の構成および執筆を行ってきた。
本書が作家としてのデビュー作である。

明治零年　サムライたちの天命

2020年4月24日初版第1刷発行

著者　加納則章
編集人　熊谷弘之
発行人　稲瀬治夫
発行所　株式会社エイチアンドアイ
〒101－0047　東京都千代田区内神田2-12-6 内神田OSビル3F
電話 03-3255-5291（代表）　Fax 03-5296-7516
URL https://www.h-and-i.co.jp/

編集　HI-Story 編集部
DTP　野澤敏夫
営業・販促　江森道雄・仲野 進
印刷・製本　中央精版印刷株式会社

乱丁本・落丁本は小社にてお取り替えいたします。

ISBN978-4-908110-10-8　¥1800